絶望の歌を唄え

堂場瞬一

ハルキ文庫

角川春樹事務所

本書は、二〇一七年十二月に小社より単行本として刊行されました。

目次

至 御茶ノ水
河台
ニコライ堂
楽器店街
太田姫稲荷神社
新御茶ノ水
安宅の喫茶店
小川町
淡路町
通り
スポーツ用品店街
田署

本作の舞台　東京・神保町
至 水道橋
山の上ホテル
リバティタワー
神保町
古書店街
一誠堂書店
書泉グランデ
さぼうる
キッチン南海
さくら通り
すずらん通り
東京堂書店
集英社
小学館
白山通り
学士会館
至 竹橋

地図製作／服部有実子

絶望の歌を唄え

第1章　爆破

1

密度の濃い暑さに、私はうんざりしていた。最近は日本も熱帯化してきたと言われ、実際に七月、八月の暑さは耐えがたいほどだが、それとはレベルが違う。宵闇《よいやみ》が迫りつつあるこの時間になっても気温はまったく下がらず、座っているだけで息苦しく、頭がぼうっとしてくるほどだった。まるで頭まで熱い風呂《ふろ》に潜《もぐ》っているようなものだ。

小さなコーヒーカップを引き寄せる。フランスが旧宗主国《きゅうそうしゅこく》であるこの国では、飲み物といえばまずコーヒーだ。フランスでコーヒーを飲んだことはないが、こういうものではないだろう……飲み干すと小さなカップの底に溜《た》まってしまうぐらいの砂糖が最初から入っているのだ。砂糖抜きのコーヒーが欲しい時はそう注文しなければならないが、それをすると店員は不思議そうな表情を浮かべる。

必ずしも私の好みの味ではないが、コーヒー好きとしては、どこへ行っても学ぶことがある。なかなかチャンスはないものの、世界各国でコーヒーを飲んでみたい……私の夢は、警察を定年退職した後に、コーヒーの専門店を出すことなのだ。

この国は、急速に変わりつつある。国会議員、そして大統領の選挙が終わった後にはスターバックスの一号店ができるという噂《うわさ》も流れていた。独特のコーヒー文化を持つこの国の人たちが、スターバックスのラテを受け入れるかどうか……しかしアメリカの企業は、チャンスがあると見るや、世界中どの国にでも突っこんでいく。マクドナルドができる日も遠くないだろう。

「やあ、安宅《あたか》さん」

声をかけられ、顔を上げる。目の前には田澤直人《たざわなおと》がいた。私は思わず顔をしかめた。

「こんな時間に一人で出歩くと危険だよ」

「真《しん》さんも出歩いてるじゃないですか」田澤が、唐突《とうとつ》に私を下の名前で呼んだ。昔からこう呼ばれるのには慣れているので、異国の地で知り合った男に言われても、ほとんど違和感はない。田澤はいかにもジャーナリストらしく図々しい――人の心にぐいぐい入ってくる――男だし。もっとも私は、この男と一緒にいると妙に落ち着く。ひょろっとした体型のせいか危険な香りもしないし、顎《あご》にある大きな黒子《ほくろ》が愛嬌《あいきょう》を醸《かも》し出している。

あるいはクソ暑いこの国の気候が、私の感覚を狂わせているのか。

田澤が私の正面に腰を下ろし、足を組んだ。開襟《かいきん》シャツにゆったりとしたズボンが、この国の雰囲気にすっかり馴染《なじ》んでいる。いつものようにもう酒が入っていて、何かのリズムに合わせるように、ゆったりと体が揺れている。危なっかしいが、これが普通の状態だ。

「一人で危ないなあ」田澤が心配そうに言った。

「俺は立場が違うから」

「さすが、ＰＫＯ部隊の人は守られているわけだ」

「守られているかどうかは……選挙監視の仕事は、そんなに危険なわけじゃない」

田澤が手を挙げ、店内でぼんやりしていた店員を呼んだ。私と同じコーヒーを注文すると、シャツの襟を引っ張って胸元に空気を入れる。

「なんで外で飲んでるんだ？　中の方が少しは涼しいんじゃないか？」

言われて、私は外に向かって大きく開かれている店内をちらりと見た。天井では巨大な扇風機《せんぷうき》が回っている。確かに風は来るものの生暖《なまあたた》かく、外にいるのとさほど変わらない。それに、中では煙草《タバコ》が吸えないのだ。この国では、喫煙《きつえん》マナーはそれほど厳しくないのだが、この店は店内禁煙だった。

私はゴロワーズをくわえ、火を点《つ》けた。今でもフランスの影響が強いこの国では、フランス製の嗜好品《しこう》が圧倒的に多い。煙草も、手に入りやすいのはゴロワーズとジタン——フランスではポピュラーなものだ。日本から持ちこんだ煙草はとうになくなり、今はゴロワーズに頼っている。しかし、この味には未《いま》だに慣れない。ヨーロッパ製の煙草はひどく癖《くせ》があるのだ。田澤はジタンに火を点ける。ゆったりと紫煙《しえん》をくゆらせる姿は、堂に入っているというか……白いリネンスーツにカンカン帽でも被《かぶ》っていたら、戦前、植民地の避暑地で寛《くつろ》ぐイギリス紳士のように見えるかもしれない。

暑い……指先に伝わる煙草の熱さえ鬱陶《うっとう》しい。店先で寝ていた犬が突然むっくりと起き上がり、尻尾《しっぽ》を引きずるようにして歩き始めた。途中、水たまりに顔を近づけ、舌を出したが、水は飲まない。

「この国は、どうしてこんなに野良犬が多いのかね」田澤が犬を見ながら首を捻《ひね》る。

「調べて記事にしたらいいんじゃないか」私は無責任に言った。

「そんなこと、記事にならないさ」田澤が鼻を鳴らした。

「じゃあ、あんたは何を記事にするんだ？」

「目先の出来事ばかり追ってるようじゃ、いい記事は書けない」田澤が組んでいた足を解き、前に放《ほう》りだした。両手で肘《ひじ》かけを摑《つか》み、体を支えている。「住んでみて初めて分かることがたくさんある。長い時間かけて観察して、じっくり書いていけばいいんだ」

「立派なジャーナリズム精神だな」

「何言ってるんだか」田澤の唇が皮肉に歪《ゆが》む。「だいたいあんたたちは、俺たちをイナゴみたいに思ってるんだろう」

私は思わず苦笑した。イナゴ、は確かに言い得て妙だ。一斉に襲撃して、作物を食い荒らす——警察官として十年近いキャリアがある私は、事件や事故の現場でのマスコミの取材活動を思い出し、空を真っ黒に染めるイナゴの大群を想像した。

コーヒーが運ばれて来て、田澤が店員に愛想良く礼を言った。彼は、この国の難しい言葉をどこまで覚えたのだろう。私はまだまだ……フランス語はある程度通じるとはいえ、そもそも私の専門は英語だ。選挙監視員として派遣されてきただけなので、とても言葉を学ぶ余裕はない。三か月の任務の間に、挨拶《あいさつ》の言葉をいくつか覚えるだけで終わってしまうだろう。

未知の国に馴染むのは、やはり難しい。それこそ田澤のように、住む覚悟がないと本当の意味での理解は難しいだろう。

湿気が強い。私は額を指先で拭《ぬぐ》い、濡《ぬ》れた指先をズボンに擦《こす》りつけた。実に不快……とはいえ、この国には、快適な場所などほとんどない。冷暖房完備の日本に慣れている自分は、完全に甘やかされていると思う。そろそろ日本が恋しい……ストレスが高まっているのははっきりと意識していた。警察官の海外勤務は非常に名誉なことだし、今後のキャリアの上でも有利になるのだが、この国での生活はきついばかりだ。

軍事政権と反政府軍の十年に及ぶ内戦が終わったばかりのこの国では、近く新大統領と国会議員を選ぶ普通選挙が行われることになっている。世情が落ち着かない状態での選挙には不安があり、国連が選挙監視委員会を派遣したのだが、今のところ大きなトラブルは起きていない。ぎくしゃくしながらも準備は進み、何とか選挙は無事に行われそうだった。

「こっちのコーヒーは好きになったかい？」田澤がいきなり訊《たず》ねる。

「あまり慣れないな……好みじゃない」私は小さなカップの縁を指で撫《な》でた。

「あんたの店でも、こういうコーヒーを出したらいいじゃないか。世界各地のコーヒーが飲めます、というのを売りにして」

「まあ……考えるよ」

「何だい、決まってるのは店の名前だけか」

「あんたの提案だからね」

「フリーバード」――サザン・ロックの雄であるレイナード・スキナードの名曲のタイトルだ。泥臭《どろくさ》いサザン・ロックはあまり好きではないのだが、その中で例外的に私が惚《ほ》れこんでいるのがこの曲である。それを知っていたせいか、「将来喫茶店を開きたい」と言った時に、田澤が真っ先に店名候補に挙げたのがこの名前だった。定年後、つまり三十年後に開く店の名前だけが先に決まっているのも馬鹿《ばか》らしいと思うが、田澤があまりにもしつこいので、苦笑しつつ受け入れていた。

「今晩あたり、一杯どうかな」田澤が誘ってきた。

「そうだな……」私は曖昧《あいまい》に返事をした。彼は既《すで》に、「一杯」どころでない分量を入れているはずだ。テーブル一つ分の距離があるのに、はっきりとアルコールの臭いが漂ってくる。一方私は、この国に来てからは酒は控《ひか》えめにしている。勤務時間は昼間に限られているものの、いつ何があるか分からないので、自分に「縛り」をかけていたのだ。しかしここまで何もないと、多少は気を緩めてもいいのでは、という気になってきている。環境に順応するのは大変だったが、仕事としては楽だったと言っていい。

「実は、新しい海賊盤を手に入れたんだ」田澤が打ち明けた。

「ここで?」私は足元を指さした。泥濘《ぬかるみ》を避けて、乾いた部分に足を置いている。

「まさか」田澤が苦笑する。「日本から音源を送ってもらってる」

「音質はよくないだろうな」

「まあまあ。それは聴いてから判断しよう」田澤がにやりと笑う。

田澤と私の共通点は、七〇年代のロックが好きなことで、二人とも海賊盤を集めているのも同じだった。警察官である私にすれば褒められた行為ではないのだが……互いのコレクションに被《かぶ》りがあまりないこともあって、この話ではいつも盛り上がる。

「今回手に入れたのは、なかなかいい音源らしいよ。さっきメールで情報が先に届いてね……ダウンロードするには、かなり時間がかかるだろうけど」

「高速回線が貧弱なのが、この国の弱点だな」私はうなずいた。「じゃあ……後でちょっとホテルにお邪魔するよ」

本当は、夜に出歩くのは避けるべきだ。時折、市街地でも散発的に銃撃戦《じゅうげきせん》が行われるのだ。新政府軍は、軍事政権の残党を確実に追い詰めているが、まだ完全に平定したとは言えない。トラブルを避けるためにも、夜はできるだけ国連が用意した宿舎《しゅくしゃ》から出ないようにしていた。派遣されている身でふらふら歩いていて被害に遭《あ》ったら、日本人の面汚しだ。

「よし」にやりと笑い、田澤がコーヒーを一気に飲み干す。「たまには、人任せで探してもらったものを聴くのも楽しいと思うよ」

「外れが多いけどな」海賊盤はそれこそ千差万別《せんさばんべつ》……七〇年代の海賊盤は、ライブ会場のファンがカセットテープレコーダーで録音したものもあれば、レコーディングしてボツになった音源が流出したものもあり、音質はばらばらだ。たまにオフィシャルのレコード並みの音質の海賊盤に出会った時など、身震いするほど興奮する。

「ところで、誰のアルバムだ？」

「ウィッシュボーン・アッシュ」

「何年頃？」

「クレジットによると、七三年」

ということは、ロック史に残る名盤『百眼の巨人アーガス』がリリースされた後だ。バンドとして脂《あぶら》が乗り切った時期のライブで、音質さえしっかりしていれば期待できる。ウィッシュボーン・アッシュには正式なライブ盤も何枚かあり、どれもクオリティは高い。

「じゃあ、俺はひとまずホテルに帰るから……八時ぐらいに来てくれないか？　それまでにダウンロードが終わってなかったら、その時は勘弁してくれ」

「ああ」

田澤が立ち上がる。雨が降り始める中、右手を頭の上に翳《かざ》して歩き始めたが、足元は怪しかった。しかし、サッカー選手がステップを踏むような歩き方は、この国に来た外国人がすぐに身につけるものである。道路の舗装状態が悪い——舗装されていない箇所も珍しくない——ので、泥濘を避けるためには、どうしてもこういう歩き方になるのだ。それにしても酔っ払いの歩き方は危うく、今にも転びそうに見える。

さて……私は固まってしまった。この国特有の夕方の雨は、長くても一時間で上がるが、それまでこの店でずっと時間潰《つぶ》しをしているのは馬鹿馬鹿しい。甘ったるいコーヒーをお代わりすると後で喉《のど》が渇くし、煙草を吸う以外にやることもない。

目の前を、一台のトラックが通り過ぎる。ぼろぼろになってはいるが、トヨタ製――この国で一番よく見かける車だ。途上国で使われる車で一番重要なのは耐久性であり、そういう意味で、トヨタ車はまさに重要なブランドである。

私は反射的に身をよじり、車から距離を置いた。予想通り、タイヤが水たまりに突っこんで、盛大に水をはね散らかす。ぎりぎりで体が濡れずに済んだ。

トラックは、田澤が姿を消した小さな交差点に入っていく。この道幅だと曲がるのにぎりぎりではないか……しかし切り返しなしで何とか曲がりきると、エンジン音が甲高くなる。一気にスピードを上げたようだった。

直後、衝突音。そしてそれを上回る爆発音。空気が揺らぎ、地面にまで衝撃が走る。私はとっさに濡れた地面に身を投げ出し、伏せた。頭の中で十数え、二度目の衝撃が襲ってきていないことを確認すると、瞬時に立ち上がって店内に駆けこむ。中にいた店員や客は、全員が床に伏せていた。

次の瞬間、二度目の爆発音が響き、店がゆらりと揺れた。埃《ほこり》が舞い始める中、私は即座に事態を把握《はあく》していた。

テロだ。

先ほどのトラックを使った爆弾テロに違いない。どれほどの量の爆薬が積まれていたのか……三度目の爆発があったら、この店も吹っ飛んでしまうかもしれない。私は現地語で「逃げろ！」――私がこの国に来て最初に学んだ言葉の一つ――と叫んだ。

忠告に気づいた何人かが立ち上がり、慌てて店を飛び出す。しかしまだ状況が把握できていない人間も何人か……私は今度は英語で「逃げろ！」と叫んだ。それで、まだ床に伏せていた連中も立ち上がり、慌てて店を飛び出して行く。全員が店を出たのを確認して、私もダッシュで店を出た。既に火災特有の臭《にお》いが漂い始めており、しかもそこに私には馴染みのない臭いが混じっているのに気づいた。これはおそらく、火薬の臭い……あちこちで悲鳴が上がり、泣き声が夜空に響く。

この国の内乱はまったく終わっていないのだ。本当の地獄はこれからだ。

2

ヴァン・モリスンの『アストラル・ウィークス』。私の感覚では、このアルバムはロックではなく、フォークソングやワールドミュージックに近い。いや、無理に分類するのは不可能か。モリスンの歌声は、唯一無二の世界を生み出す。彼が生み出した曲は、「ヴァン・モリスンの曲」としか言いようがない。

このアルバムは、夜遅い時間にこそ相応《ふさわ》しい。静寂《せいじゃく》とわずかな興奮。一日を締めくくるのにいかにも適している。

私は店じまいの準備を始めた。『サイプラス・アヴェニュー』のゆったりとしたリズムが心地《ここちよ》好く、つい手の動きまで遅くなってしまう。

カップを洗って乾いた布で磨き、火を落とそうかと考えた瞬間、店のドアが開く。カウンターの中の椅子《いす》にだらしなく腰かけていた姪《めい》の明日花《あすか》が、いかにも面倒臭そうに私の顔を見た。

私は彼女に厳しい視線を向けた。兄の子である明日花は、とにかく面倒臭がりだ。高校二年になってからは、学校へもほとんど行っていない。兄はそのリハビリとして、明日花を私に預けた。リハビリといっても、この店でバイトをさせているだけだが……家に引きこもられるよりはまし、ということだろう。

「ほら」

促すと、明日花がようやく立ち上がり、「いらっしゃいませ」と声を上げた。この声はいい……「鈴を転がすような」とよく言うが、まさにその通りで耳に心地好いのだ。常に無愛想《ぶあいそう》な表情なのにこの声――笑顔の一つも浮かべれば、もっと上手《うま》く世渡りできるのに。

ドアのところが光っている、と一瞬思った。

街灯の光が入ってくるわけではなく、そこに立っている女性が輝いている――そんな馬鹿な。

「まだいいですか？」

声をかけられ、私は再起動した。

「空いている席にどうぞ」

ドアが閉まり、女性がカウンターに向かって来た。私の目の前に座ると、「コーヒーをお願いします」と短く告げた。

最初に見えた光は既に消えていたが、女性の美しさは私をかすかに動揺させた。すらりとした長身。一度立ち上がってコートを脱ぐと、スタイルの良さがさらに際立つ。パンツスーツ姿で、アクセサリーはまったく身につけていなかった。化粧もごく控えめ。しかし彼女の場合、顔を飾る必要はまったくないのでは、と思えた。形のいい顎、大きな目、すっと通った鼻筋。ブラウスの襟元は大きく開いており、透き通るような肌が覗《のぞ》いていた。荷物は小さなショルダーバッグだけ。隣の椅子に置き、畳《たた》んだコートはその上に丁寧に重ねた。

最初の光は何だったのか……人間が自然発光するはずもないから、何かの見間違いだろう。私はそっと息を吐いてから、コーヒーの準備を始めた。

私は、コーヒーをペーパーフィルターで淹《い》れる。研究と実験の末に、これが一番美味《うま》いと確信している。何回かに分けてお湯を注ぎ、香りを十分引き出す……このコーヒーを、私は一日に五十杯ぐらい作るだろうか。カフェオレもカフェラテも紅茶も出さない。あとは数種類の軽食のみ。

コーヒーを出すと、女性が軽く会釈《えしやく》した。今時、こんな風に反応してくれる客は珍しい。感じのいい人だな、と私は気分が上向くのを感じた。

レコードが終わった……ヴァン・モリスンからクイーンへとスウィッチする。名盤中の名盤、『オペラ座の夜』。一曲目の『デス・オン・ツー・レッグス』は、イントロに少し不気味さが漂うエキゾティックな感じで、夜十時前に聴くにはどうか……少しボリュームを絞る。誰でも知っている『ボヘミアン・ラプソディ』は最後から二曲目だが、さすがに彼女は、その曲がかかるまでは店にいないだろう。

少し離れたところから見ていると、女性はまずブラックでゆっくりと味わい、後からミルクを加えた。砂糖は入れない。自分の好みと同じ飲み方だ、と妙に嬉《うれ》しくなった。

「何でニヤニヤしてるの？」明日花が不満そうに小声で言った。

「まさか」

「だらしない」

「君ね、それは高校生の台詞《せりふ》じゃないぞ」

明日花が鼻を鳴らし、スマートフォンに視線を落としてしまった。まったく、これではまともなコミュニケーションも取れない。

「選曲が渋いですね……クイーン」

女性の前に戻ると、いきなり声をかけられた。低く、落ち着いたトーン。腹の底に響くようだった。

「分かりますか？」

「ええ」

「あなたの年齢だと、リアルタイムでクイーンは知らないでしょう」彼女は三十歳ぐらい……私より十歳ほど年下だろうか。それこそ『ボヘミアン・ラプソディ』や『ウィ・ウィル・ロック・ユー』『ウィ・アー・ザ・チャンピオンズ』などのヒット曲を除いては、クイーンの曲に馴染んだ年齢ではないはずだ。後の二曲はスポーツのイベントでよく使われるから、広い世代に聴かれているはずだが。

「知ってますよ。よく聴きます」

「なかなか渋い趣味だ」

「私は……『世界に捧《ささ》ぐ』が一番好きですね」女性の表情が緩み、笑みがこぼれた。笑うと、控えめな八重歯《やえば》が覗く。

「イギリスよりアメリカで売れたアルバムですね」ロック好き——特にイギリスのロック好きの間では、こういう事態は否定的に捉《とら》えられることが多い。アメリカの方がはるかに市場が大きいし、単純で分かりやすい曲を好むガキっぽいファンが多い。そこで売れたということは、そういう幼稚なファンにおもねったアルバムを作った証拠——馬鹿馬鹿しい。ロックなど、全《すべ》て商業主義の産物に過ぎないのに。反逆の姿勢さえ、ビジネスになる。

「そうですね。曲が分かりやすいのがいいです。あのアルバムで一番好きなのは、『永遠の翼』ですね」

「クイーンにしては珍しく、コーラスが入っていない曲だ……かけましょうか？　アルバム、ありますよ」

「いいんですか?」女性の目が輝く。

うなずき、カウンターの背後の壁にあるレコードの棚の前に立った。この棚には千枚近いレコードと、五百枚に迫るCDが収納されている。元々ジャズ喫茶だったのを居抜きで借りたので、この棚は最初からあって役にたっている。私は基本的に、CDよりもレコードが好きだ。レコードの方がダイナミクスが強く、温かい音がする。

『世界に捧ぐ』を見つけ出し、レコードを替えた。二人の会話を聞いていたのか、明日花が呆《あき》れたように溜息《ためいき》をつく。無視して、A面の五曲目を狙《ねら》って針を落とした。すぐに、軽快なピアノのイントロに続き、フレディ・マーキュリーの力強い歌声が流れ出す。フレディ・マーキュリーはオペラからハードロックまで歌いこなす稀代《きたい》のシンガーだが、私はいかにもロックっぽいシャウトが好きだった。

女性は目を閉じたまま、曲に耳を傾けている。右手の人差し指を、ピアノを弾くように動かしている……自らも楽器経験者なのかもしれない。

次の曲――ゆったりしたヘヴィなリズムの『秘めたる炎』までを聴き終えて、私はレコードを片づけた。それがきっかけになったように、女性がすっとコーヒーを飲み干し、カウンターを離れる。

「ごちそうさまでした」

「頼む――」

明日花に声をかけると、いかにも面倒臭そうにのろのろと立ち上がる。まったく、この子は呼吸するのさえ大儀だと思っているのではないだろうか。

明日花がカウンターの横にあるレジの前に立ち、女性から伝票を受け取る。二人の間で、無言で金のやり取りが終わった。女性は私に顔を向けて、にっこりと笑う。その笑みには若さが残っており……もしかしたら、まだ二十代かもしれない。

「ご馳走《ちそう》様でした。コーヒー、美味《おい》しかったです」

「またどうぞ」

そこでふと思いつき、彼女に店の名刺を渡した。常連客になりそうな人は繋《つな》ぎとめておかないと……女性が名刺を見て笑みを浮かべ、「安宅さんですか」と言った。店の名前の由来を説明しようかと思ったが、話が長くなるので省略する。典型的なイギリスのバンドであるクイーンを聞いた後で、非常にアメリカ的なレイナード・スキナードの話をするのも変だ。

明日花が彼女の背中を追うように外へ出て、ドアにかかっている「営業中」の札をひっくり返し、「フリーバード」の店名が入った電飾看板の電源を落とした。

「帰っていい？」店に入ると、明日花がいきなり訊ねる。

「ああ、ご苦労さん」

「明日は来るかどうか分からないけど……」

「学校へ行くなら、ここへ来る必要はない。いつもと同じだ」

「はいはい」

これは、学校へ行く気はないな……明日は一日、どこかでサボって時間を潰すつもりだろう。そんなことをするぐらいなら、この店の手伝いをしている方がましなのに。

人生の最初の三十年を、それなりに真面目《まじめ》に過ごした私にすれば、何をやるにも面倒臭そうでやる気が見えない姪っ子の姿勢は我慢ならない。かといって、怒鳴りつけたらどういう行動に出るか、予測もできずに不安でもあった。十七歳というのは一番扱いにくい年齢だし、子どもがいない私は、とにかく彼女が苦手で仕方がない。兄に頭を下げて頼まれたのでなければ、なるべく距離を置いておきたい相手だった。

明日花は薄手のダウンジャケットを羽織り、スマートフォンを手にしたまま店を出て行った。十時過ぎ……神保町《じんぼうちょう》はまだまだ人出も多いし、自宅まではそれほど遠くないから、心配はいらないだろう。ここは基本的に、平穏な街である。

鍵《かぎ》をかけると、カウンターの奥にある階段で二階に上がる。この辺にもまだ残っている一戸建ての一階が店舗、二階が住居という造りで、狭いが一人暮らしには不自由しない。古い建物故、大きな地震の時は心配だが、それ以外には特に不便はなかった。

寒いのは承知の上で、二階の窓を開け放つ。昼間から夜にかけてはずっと一階の店にいるので、夜になると窓を開けて二階の空気を入れ替えるのは、季節を問わず習慣になっていた。建物が古いせいか、どうしても空気が淀《よど》む感じがする。

目の前には小さなビルが見えるだけ。建物の前の道路は狭いので、手を伸ばせば届きそうだった。

この店の住所は、正確には神保町ではなく小川町《おがわまち》だ。いわゆる古書店街が「神田神保町」、楽器店街と大学の街が「神田駿河台《するがだい》」で、「神田小川町」はスポーツ用品店の街になる。巨大なビルが建ち並んで、年末が近いこの季節には、スキー用品店の賑《にぎ》わいが街を活気づける。しかし一歩裏に入ると、古い一戸建ての家がまだあるし、趣深い飲食店も少なくない。

私は元々、この街に縁があったわけではない。私の前にここでジャズ喫茶をやっていた店主と顔見知りで、店に散々通っていただけだ。彼が親の介護で故郷の青森に帰らざるを得なくなり、店を引き継いだ。二階部分が住居だったから、店と家を同時に手に入れたことになる。以来十年近く、次第にこの街に馴染んできてはいたが、まだ「間借りしている」感覚は消えなかった。

しかし店は、自分の「城」になっている。渋い内装は私の好みで、ほとんど手を入れていない。前の店主はジャズ好きで、レコード用の大きな棚があったので、それもそのまま使っていた。棚の中身がジャズからロックに替わっただけだ。

それにしても冷える……結局五分も我慢できずに窓を閉め、エアコンを入れた。建物が古いだけに、隙間風《すきまかぜ》が常に入りこむ感じがするが、エアコンを効かせておけば、何とか耐えられる。

狭いキッチンに入り、冷蔵庫を漁《あさ》って食べられそうなものを探した。一日の始まりは店を開ける十一時過ぎなので、私の食事の時間は人と数時間ずれている。十時頃に第一食、昼の客が一段落した三時過ぎに第二食、そして店を閉めてからが夕食だ。きちんと食べるのはたいてい第二食だけで、一日の最後の食事はできるだけ軽く済ませることにしている。冷凍庫に、鶏をクリーム煮したものがあった……これを食パンに載せ、チーズを加えてトーストするのが私の好みの食べ方だった。こいつには季節に関係なく、ビールが合う。

冷凍したクリーム煮を取り出した瞬間、ずん、と重い揺れが襲った。地震か——私は死を覚悟した。でかい地震がきたら、この家は間違いなく潰れる。しかも小さな家が建ち並んでいる一角なので、火が出たらたちまち一帯が火の海になるだろう。ガス台に火が入っていないことを確認して、その場にしゃがみこんだ。

しかし、揺れは一回だけだった。続いて私を襲ったのは、爆発音。これは……日本人で、爆発を間近で経験した人はあまりいないだろう。

私の記憶は、一気に十年前に引き戻された。

あの国での綱渡《つなわた》りが、次々と脳裏《のうり》に蘇《よみがえ》る。

田澤がいきなり私の腕を引っ張った。田澤が宿にしているホテルよりも、さらに一つ星が少ないような、二階建てのホテルの前。まるで何かから私を遠ざけるように、そのままホテルに駆けこむ。一瞬の激しい動きで息が上がり、状況が理解できない。私が口を開きかけると、田澤は唇の前で人差し指を立てた。アルコール臭い彼の息が顔にかかる。外で、いきなり機関銃の音がリズミカルに響いた。

私は息を潜め、ドアの横に移動した。ここにいれば、外からは見えない。顔だけ突き出して外の様子を確認すると、田澤が急に動いた理由が分かった。数人の旧政府軍――政権から追い出された旧政府と運命を共にした兵士たちが、膝立《ひざだ》ちになって機関銃を構えている。また発射音が響き、私は思わず身をすくめた。

旧政府軍の兵士たちはボロボロだった。制服は擦り切れ、泥の中から出て来たばかりのように見える。ゆっくり立ち上がると、揃《そろ》って機関銃を肩に担ぎ、ホテルの前をのろのろと通過して行った。「兵士」という言葉がまったく似合わない。

私たちはしばらく息を潜めていた。やがて顔を見合わせ、丸めていた背筋を同時に伸ばす。

「助かったよ」私は息を吐いた。

「危なかったぞ。気がつかなかったのか？」

「面目ない」

「ゾンビたちは、何をしでかすか分からない。ホテルに逃げこんだからって安全とは言えないが、外にいるよりはましだろう」

「ゾンビ」と呼ばれる旧政府軍の一部は、未だに兵士の誇りを持って反乱軍――新政府軍と戦い続けている。しかし一部は野盗と化して、一般人を襲うのだ。行動パターンはまったく読めず、街中で旧政府軍の兵士に出会ったらひたすら逃げるかどこかへ駆けこむのが、基本的なサバイバル術になっている。

「ま、もう大丈夫だろう。だいたい今の連中も、あんたが相手じゃ勝てないだろうし」田澤が呑気《のんき》に言った。

「俺に始末を任せるのかよ」

「民間人を守るのが警察官の仕事じゃないか」田澤が笑みを浮かべる。「国が変わっても同じ調子で頼むぜ」

「俺は民間人に助けられた公務員、ということになるわけだ」私も自嘲《じちょう》気味に笑うしかなかった。まったく今夜は、アンテナが動いていないようだ。

「まあまあ……この国では数少ない日本人なんだから。お互いに助け合わないと」

田澤の笑みには屈託《くったく》がなかった。

3

私はスマートフォンだけを握って外へ飛び出した。身の安全を確保するためなら、家に籠《こも》っている方がいい——理屈では分かっていたが、好奇心と、市民としての義務感が勝った。もしも怪我人《けがにん》が出ているなら、一刻も早く救助しないと。

外へ出ると、明らかな火災の臭いが漂っていた。ビルの隙間から空を見上げると、煙が上がっている。ごく近い——おそらく、靖国《やすくに》通りだ。爆弾を積んだ車が、どこかのビルに飛びこんだに違いない。

走り出しながら、私はあの国の暑い夜をはっきり思い出していた。あの時も、まず車が建物に突っこみ、その直後に爆発が起きたのだった。その後はどうなったか……クソ、はっきり思い出すのは難しい。それほど現場は混乱していたのだ。

靖国通りに出ると、現場はすぐに分かった。ビルの密集地帯が黒煙に覆われている。直線距離にして、私の店から百メートルも離れていないだろう。歩道には何人かが倒れていた。爆発に巻きこまれたか……あの時とまったく同じ。十年前の衝撃が襲いかかってきて、私を凍りつかせた。この後、おそらく二度目の爆発がある。これ以上近づいたら、間違いなく自分も巻きこまれる——。

「クソ！」と声に出して、何とか再起動する。取り敢《あ》えずスマートフォンをジーンズの尻ポケットから取り出し、一一〇番ではなく一一九番に通報する。建物が燃えている以上、消防車の出動が優先だ。

「爆発事故です。現場は神田小川町の靖国通り。車がビルに突っこみました」

端的に報告する。的確に報告できたのが驚きだった。辞めて十年経《た》っても、まだ警察官としての冷静さが残っているわけか……。

むしろ、通報を受けた方が慌てているようだった。私は自分の名前とスマートフォンの番号を告げて通報を終えた後、すぐに一一〇番にかけ直した。誰か知った人間が応対しないだろうか——まさか。警視庁には四万人からの職員がいるし、私が辞めてから十年も経っている。

状況を説明した後、一瞬迷いながらも「テロかもしれません」とつけ加えた。「テロ?」通信指令センターの職員が、甲高い声を上げた。「どうしてテロだと?」「車がビルに突っこんだ後、爆発したんです。現場で確認して下さい」「それは――」

指令センターの職員がなおも説明を求めたが、私は電話を切った。説明すべきことはきちんと説明した。情報が多過ぎると、ノイズになってかえって混乱する。

私は慎重に現場に近づいた。これは……思ったよりも状況は悪い。靖国通り沿いの歩道は結構広いのだが、一台の軽トラックが植え込みを突き抜けて歩道に乗り上げ、さらに細いビルの一階に突っこんでいた。運転席部分がシャッターにめりこみ、荷台は炎に包まれている。シャッターは大きく凹み、二階から三階の窓ガラスはほぼ割れ落ちていた。歩道に散ったガラス片が、燃え盛る炎を受けてきらきらと輝く。このビルは……一階はスキーショップだ。二階から上はオフィスだろうか。灯《あか》りはついていないが、もう誰《だれ》もいないのか、爆発のショックで電気系統に異常が生じたのかは分からない。

車を運転していた人間はどうしたのだろう。まさに自爆テロで、車と命運をともにしたのか、あるいは爆発前に逃げたのか。その辺に隠れている可能性もあるが、もしもそうなら……その時はその時だ。

とにかく、救助だ。

私は、ビルの手前に倒れているスーツ姿の若い男のところへ駆け寄った。

「大丈夫ですか！」

大声で呼びかけると、スーツの男がゆっくりと立ち上がろうとした。しかしなかなか動けない。どこか怪我しているのか……ざっと検めたが、ベージュ色のコートに血痕《けっこん》は見当たらない。肩を貸して立たせると、何とか歩けるようだった。現場から三つほど離れたビルのところまで、スーツの男を無理矢理連れて行く。歩道に座らせたところで、目の前のビルからわらわらと人が出て来ているのに気づいた。このビルの一階はラーメン屋、二階はカレー屋で、まだ営業中なのだ。私は立ち上がると、「中に入って！　危ない！」と叫んだ。この判断が正しいかどうかは分からないが……とにかく今は、現場を混乱させたくない。それに、二度目の爆発がないとは限らないのだ。あの国で私が遭遇したテロでは、車は二度にわたって爆発した。おそらく、多くの人間を犠牲者にするための、時間差の仕かけだったのだろう。

私は、車道に飛び出した。炎が上がるビルを見物する車の渋滞が生じている。クソ、停《と》まってる場合じゃないんだ。しかし、車相手に声を張り上げても効果はないだろう。私は、横で停まっている車に向けて、思い切り右腕を振った。さっさと前に行け――ドライバーが気づく気配はない。

まだ救助が必要な人がいる。中年の男と若い女性。若い女性は、明らかに負傷していた。後頭部を押さえ、歩道の上でのたうち回っている。爆発のショックで頭を打ったか……動かすのは躊躇《ためら》われたが、現場に放置しておくわけにはいかない。私は女性の両脇に手を突っこんで立たせ、そのまま引きずるようにして現場から退避させた。交差点の脇にある薬局の前まで……それから急いで現場に戻り、へたりこんでいる中年の男性に声をかけた。

「大丈夫ですか！」

「あ……ああ」呆《ほう》けた声で男性が返事をした。心ここにあらず。額から出血して、顔の左半分が赤く濡れている。

「立てますか？」

痛み自体は大したことはなさそうだが、爆発のショックで腰を抜かしてしまったのだろう。腕を摑んで引っ張り上げると、何とか自力で歩き出した。腕を摑んだまま、私は男を薬局の前まで連れて行った。先ほどの若い女性は、薬局のシャッターにもたれかかり、両足を投げ出している。がっくりとうなだれているが、胸は規則正しく動いている。何とか無事なようだ。

その頃になると、近くの店で吞《の》んでいた人たちが出て来て、二人の周りに集まっていた。振り返ると、現場からの距離は三十メートルほど……危険はなさそうだが、忠告はしておかなくては。

「爆発です！　気をつけて下さい！」

その場にいた五人ほどの視線が、一斉に私に突き刺さる。

「救急車は呼びました。この人たちをお願いします」

言い残して、私は車道に飛び出した。車の間を縫うように走り、爆発現場の正面まで向かう。少し距離が開いた場所から、現場全体の様子が観察したかった。

これは……爆風は、上空へ向けて一気に噴出したようだ。トラックも燃えていて、火勢はまだ弱まりそうにない。私は反射的に腕時計を見た。通報してから五分が経っている。遅い……消防車のレスポンスタイムは、もっと早いのではないか？

分針がさらに一回りしたところで、ようやくサイレンが聞こえてきた。ほっとして、周囲を見回す。駿河台交差点の方から、赤い光が接近していた。

これで私はお役御免だろう。もしもビルの中に閉じこめられた人がいても、自分には何もできない。ここから先は、専門家に任せるべきだ。

私は、まだ渋滞している道路を反対側に渡った。一応、鎮火《ちんか》までは見届けよう……その時、二度目の爆発音が響く。一度目よりは小さいが、私は思わず首をすくめた。これはやはり、十年前の自爆テロと同じ手口ではないか？　一般的な手口とはいえ、やはりあのテロに記憶が直結する。

日本は、海外のテロ勢力に関しては、比較的安全な国だと言われてきた。入管のチェックは厳しいし、明らかに日本人でない人間がうろうろしていると目立つ。テロリストにすれば、仕事がしにくい環境なのは間違いない。

だからといって、完全に安全なわけではない。世の中、何が起きるか分からないのだ。

小さな炎が上がっている。しかし、爆弾によるものとは思えなかった。おそらく、車の燃料タンクに引火して、小爆発が起きたのだろう。この程度で済めば被害は最小限……私は腕組みして現場を睨《にら》みつけた。小さな炎がビルの壁を舐《な》めている。渋滞はますますひどくなり、道路は駐車場のようになってしまった。歩道は野次馬《やじうま》で鈴なりになっている。そこに埋もれたまま、私はただ現場を見守るしかなかった。消防の放水が始まり、火の手は一気に小さくなる。さらにパトカーも到着して、現場の整理を始めた。これで混乱は解消されるはず……そもそも夜十時過ぎなので、それほど混乱もしていなかったのだが。

私の脳裏には、十年前のテロがありありと蘇っていた。もちろんあの時とは状況も場所も違うのだが、イメージを喚起させるには十分だった。

日本もついに、イスラム過激派のテロに巻きこまれる時代になったのか？

4

激しいノックの音、それにインタフォンの連打で、私は眠りから引きずり出された。いや、そもそも寝ていたかどうか……昨夜は結局、午前二時ぐらいまで現場で立ち尽くしていたのだ。何ができるわけでもなく、単なる野次馬状態だったのだが、どうしても離れられなかった。事件には、不思議な磁力がある。

ベッドサイドの小さなテーブルに置いた時計を見ると、午前六時半だった。こんなものか——私は、早朝の訪問を予想していた。昨夜、消防、警察へは何人もの人が通報しただろうが、一番早く、そして正確に通報したのは私だったはずだ。当然、消防も警察も事情を聴きたがるはず……発生から八時間以上経ってようやくここを訪ねて来たのは、いかにも遅い。こういう時は、初動の迅速さが大事なのに。

警察の怠慢《たいまん》に対する無言の批判として、このまま無視してしまおうか、と思った。しかし、枕元《まくらもと》に置いたスマートフォンまで鳴り出してしまったので、もう無視できなくなった。

「……はい」

「安宅さんですか？　二宮《にのみや》です」

「ああ」警察時代の後輩だった。名前はすぐに思い出したが、考えてみるともう十年近くも会っていない。

「朝早く申し訳ないんですが、昨夜の事件の関係で、話を聴かせてもらえませんか？　今、店の前にいます」

「遅いよ」私は小声で言った。

「はい？」二宮が耳ざとく聞きつける。「何ですって？」

「通報者に事情聴取するなら、記憶が薄れないうちに――もっと早く来ないと」

「こういう事件の現場が混乱するのはご存じでしょう」二宮が弁解がましく言った。「ご協力、お願いしますよ」

「ちょっと待ってろ。今、店を開ける」

私はベッドから抜け出し、ジャージの下だけ脱いでジーンズを穿《は》いた。頭に手をやると、髪があちこちで爆発したように寝癖がついているのが分かったが、これぐらいは我慢してもらおう。

この建物には階段が二つある。一つは店から二階へ行く内階段、もう一つは外から直接住居部分に上がる階段だ。私は今朝、内階段を使って店に下りた。二宮を自宅には入れたくない。店で応対するつもりだった。

灯りを点け、ドアの施錠《せじょう》を解除する。二宮は、まだ二十代にしか見えない若い刑事を引き連れて立っていた。顔色が良くない……現場で徹夜《てつや》したのは間違いないだろう。私は少しだけ彼に同情した。おそらく、自宅で寛いでいたところを呼び出され、現場で一晩明かしたに違いない。家にいる時に出動命令がかかると、普通よりも疲れるものだ。

「どうも、お久しぶりです」

「元気そうだな」

「ご冗談でしょう?」二宮が目を見開いた。

最後に会った時、二宮はまだ二十代半ばだった。まだ幼ささえ残る顔つきだったのだが、さすがに十年の歳月は彼の顔に苦労の皺《しわ》を刻んでいる。

「一晩徹夜したぐらいで疲れるようじゃ、鍛《きた》え方が足りないな。普段サボってるからだよ」

「そもそもこの仕事がそんなに忙しくないことぐらい、ご存じでしょう?」二宮が言い訳するように言った。

「今は本部勤務か?」

「神田《かんだ》署です」

「そうか……カウンターに座ってくれ」

「そこのテーブルじゃ駄目なんですか？」二宮が一番近くのテーブルを指さした。

「テーブルは掃除してないんでね」

言って、私はさっさとカウンターに入ってしまった。テーブルを避けたのは、「取り調べ」の雰囲気を出さないためである。カウンターには、お湯が飛び散るのを避けるために低いガード板が立っているので、かなり守られている感じになるはずだ。

「コーヒーでもどうだ？」二人がカウンターにつくと、私はすかさず切り出した。

「ああ……」二宮は一瞬躊躇《ちゅうちょ》したが、カフェインの誘惑には勝てないようだった。「いいんですか？」

「話しながらでも用意はできる」

ポットを火にかけた。自分にも、今日最初の一杯が必要だ。お湯が沸くのを待つ間にカップを三つ用意し、豆を丁寧に手で挽《ひ》く。普段はきちんとお湯でカップを温めるが、今朝は省略だ。ペーパーフィルターをセットして挽いた豆を入れ、少量ずつお湯を注ぐ。すぐにコーヒーの香りが立ち上った。こうして作業している間にも事情聴取は進められたのだが、二宮は呆けたように私の手元を見ているだけだった。少しばて過ぎじゃないか、と私は呆れた。改めて見ると、十年前に比べてだいぶふっくらしている。スタミナ不足も当然の体形だ。

私は二人に、紙製のおしぼりを出してやった。黒ずんだ顔を見てしまっては、そのままにはしておけない。

「朝だぜ？　顔ぐらい拭《ふ》けよ」

言うと、二宮がすぐにおしぼりのパッケージを破いた。丁寧に顔を拭って、ほっと吐息を漏らす。その間にも私はコーヒーを淹れ続ける。そう言えばこの男はいつもブラックで飲んでいたな……思い出して確認すると、今でもコーヒーは必ずブラックだという。もう一人の刑事も、ミルクも砂糖も断った。私は途中からミルクを少しだけ入れる飲み方が好きなのだが、今日はブラックのまま飲むことにした。どうせこれからもう一眠りはできないだろうから、完全に目を覚ますためにも、最後まで苦みが残っていた方がいい。

「美味いですね」一口飲んで、二宮が感心したように言った。「元警察官が淹れるコーヒーとは思えない」

「もう、警察官をやっていた年月よりも、コーヒーを淹れている方が長くなった」

「そんなに、ですか？」

「辞めて十年近く経つんだぞ？」

「信じられないな……」疲れた口調で言って、二宮が首を横に振る。

「その分、お前も年を取ったということだよ」私は二宮をからかった。途端に、二宮が嫌そうな表情を浮かべる。

カウンターの中には椅子もあるのだが、私は立ったままでいた。二人を見下ろしていた方が、取り調べを受けている感覚は薄くなる。

「昨夜は通報が殺到したんですけど、安宅さんが一番早かったみたいです」

「だろうな。うちのすぐ裏だから」

「何をしてたんですか？」

「店を閉めて、二階に上がった直後だった」余計なことは言わないようにしよう、と私は肝に銘じた。警察官を辞めて真っ先に気づいたのは、警察官とは関《かか》わり合いにならない方が人生は幸せだ、ということである。話す時間はできるだけ短くしたい。

「時間は覚えていますか？」

「十時十分ぐらいだったと思う……そんなこと、通信指令センターのログを確認すればすぐに分かるだろう」

「念のためです」二宮がうなずく。自分は話すばかりで、記録は若い刑事に完全に任せていた。若い刑事は背中を丸め、手帳に顔をくっつけるようにして、ページを細かい文字で埋めている。

二宮の事情聴取は基本通りだった。時間軸を追って、私が見たことを詳細に確認していく。私は記憶をひっくり返して、できるだけ正確に答えた。警察官とは関わり合いにならない方がいいのだが、関わってしまった以上はきちんと応対する――そうすれば早く解放されることも、経験で分かっていた。

一通り事情聴取が終わると、私は逆に質問した。

「怪我人は?」

「五人。ただし、いずれも軽傷です。入院した人は一人もいません」

「不幸中の幸いか」私はうなずいた。「……それで、テロなのか?」

「状況的には、テロの可能性が高いですね。爆発物を積んだ軽トラックがビルに突っこんだ感じです」

「爆発物は?」相当の爆発力があったのは間違いない。

「分析中です」二宮が首を横に振った。

私は彼の真意を摑み損ねた。本当に分かっていないのか、あるいは隠しているだけなのか……公安には、爆弾テロの捜査を通じたデータの積み重ねがある。国内の極左《きょくさ》過激派が起こした爆破事件なら、現場を見ただけで、何が使われたかを即座に判断できるだろう。しかし、海外のイスラム過激派だったら……分析に時間がかかる恐れもある。テロに「慣れた」海外の捜査機関との連携が上手く取れていればいいのだが。

「極左じゃないのか?」

「極左のあんな手口は見たことないですよ」

「いや、なかったわけじゃない」私は記憶をひっくり返した。もう三十年以上も前だが、火炎放射器を積んだトラックで、自民党本部が放火された事件があった。あの時は、党本部裏の中華料理店に車を停め、そこから火炎放射器で党本部の建物を狙ったはずだ。建物の三階から七階が焼け、大きな被害が生じた。党本部が極左に狙われたとあって、公安の中では大きな失点として記憶されている。

「ああ……自民党本部の放火事件でしょう？　あれは火炎放射器でした。今回は爆発物です」

「日本では珍しい手口であるのは間違いないな」

「安宅さんは……心当たりがあるでしょう」

ある。昨夜も、十年前のあの国での事件を思い出していたのだ。よく似た手口なのは間違いないが……。

「犯行声明は？」

「まだです。極左だとしたら、もう少し時間がかかるはずですよ」

「で？　警察としてはどう見てるんだ？」私は腕組みをした。

「何とも」二宮が肩をすくめる。

頼りないことで……しかし二宮は本音を語ったのだろう、と私は判断した。国内の極左の犯行とは、明らかに手口が違う。かといって、海外のイスラム過激派が日本に入って来てテロを起こす可能性も高くはないだろう。

「被害に遭ったのは、普通のスキー用品店だよな？」店主とも顔見知りだった、と後で思い出していた。

「一階はね」

「二階から上は、別の会社か」

「小さい会社がいくつか、それにビルオーナーの自宅もあそこです」

「怪しい会社はないのか？」

「そこまで調べはついてません。安宅さんこそ、知ってるんじゃないですか？　この辺は庭みたいなものでしょう」

「いや」私は短く否定した。「俺はただの喫茶店のマスターだ。どこで誰が何をしているかなんて、把握していない。怪しい人でもいるのか？」

「それは言えませんよ」二宮が唇を引き結ぶ。

これ以上は突っこんでも無駄だろう。若い刑事も、反抗的な視線で私を睨《にら》んでいる。少しだけ、余計なことを言い過ぎた……警察はお節介を嫌う。自分の守備範囲内に入って来た人間は、容赦なく排除するのだ。

「何か思い出したら連絡してもらえますか？」二宮が立ち上がった。

「覚えてることは、もう全部話したよ」

さっと一礼して、二宮たちが店を出て行く。表情は強張《こわば》っていた。私の証言が参考になったかどうかは分からない。

急に広くなった店内に一人取り残され、気が抜けた。テレビ――こんな時間に電源を入れることはない――をつけると、ちょうどニュースの時間で、昨夜の現場の様子が流れていた。私はテレビカメラ越しよりもずっと生々しい光景を見ているのだが、テレビという小さな枠で見ている方が、より重大な感じがしてくるのはどうしてだろう。

急に空腹を覚えた。そう言えば昨夜は、第三食も取らないまま、爆破事件に巻きこまれてしまったのだった。仕方ない……普段よりもだいぶ早いが、ここで第一食にしてしまおう。

店の冷蔵庫を開け、昨日のうちに作っておいた卵サンドの具と食パンを取り出す。店で出す料理には、特に工夫はしていない——主役はあくまでコーヒーだから、喫茶店定番のメニューを一通り揃えているだけだ。

薄く切った食パンに卵サラダをたっぷり挟み、耳を落としてホットサンドにした。二杯目のコーヒーを用意し、明日花が自分用にキープしているオレンジジュースのパックからグラスに一杯注ぐ。普段はもう少し遅い時間に食べるので、今日は中途半端なタイミングで腹が減るかもしれない。

食事を終えたところで、スマートフォンが鳴る。兄の拓《たく》だった。ああ、面倒臭い……兄は「クソ真面目」としか形容しようがない都庁職員だ。今朝のニュースで爆破事件のことを知り、慌てて電話してきたに違いない。

「お前、無事なのか？」第一声からして、いきなり上ずっている。

「電話に出られるんだから、無事に決まってるじゃないか」

「いったい何があったんだ？」

「よく分からない。警察も事態を把握してないみたいだ」

「警察に事情を聴かれたのか？」この世の終わりが来るとでもいうような、深刻な調子だった。兄の生真面目さと心配性は、子どもの頃からまったく変わっていない。

「そりゃ、聴かれるさ」私は既に呆れていた。「最初に通報したのは俺なんだから」

「そんなに近かったのか？」

「ああ……明日花は無事だったのか？」

「爆発が起きた時には、もう中央線に乗っていたそうだ」

「今日は休みって言ってたけど」

「休み……お前は休まないのか？」

兄が目を見開いている姿を想像して、私は苦笑してしまった。それでなくても目が大きいのだが、驚くと、目玉が飛び出しそうなほど目を見開くのだ。

「開けるよ。定休日じゃないからね」

「大丈夫なのか？」

言われて、大丈夫かどうか分からなくなった。今日はまだ外に出ていないから、様子がどうなっているか、さっぱり分からないのだ。

「まあ……後で様子を見ておくよ。明日花は、今日は休みでいい」

「そうか」

「どうなんだ？　相変わらず学校へは行ってないのか？」

「ああ」兄の声が一気に暗くなる。「義務教育ってわけじゃないから、強引に行かせるわけにもいかないし、困ったもんだ」

「もっと強く言ってやればいいのに」

「冗談じゃない。今時の子は、ちょっと強く言うとすぐ壊れる。静かに見守るしかないんだ」

公務員らしく……という訳ではないだろうが、兄は基本的に事なかれ主義である。仕事でも私生活でも、波風が立つのを一番恐れている。

「いったい何がきっかけだったのかね。不登校には、必ず理由があるはずなんだけど」

「それが分かってれば、とっくに解決してるさ」兄が溜息をつく。「お前も無理するなよ。テロにでも巻きこまれたら、馬鹿馬鹿しいぞ」

「絶対に安全な場所なんか、今は世界のどこにもない」

私が指摘すると兄は黙りこむ。しばしの沈黙の後、「そうだな」と短く同意して電話を切ってしまった。西新宿の都庁に籠っている限り、テロの被害など受けないと思っていたのだろうが、だとしたら甘い。本当に今は、テロに対して安全な場所などないのだ。

朝から心配性の人間と話すと疲れる……私は一度二階に上がって、裏地つきのタンカース・ジャケットを着こんできた。晩秋から初冬にかけては、このカーキ色のジャケット一枚で済ませてしまうのが、ここ数年の習わしだった。

今朝は冷えこむ……そろそろ「初冬」とは言えない陽気だ。外へ出て、冷たい空気に全身を包まれた私は、思わず首をすくめた。早足で靖国通りへ向かう。これで体が温まるわけではないが、気分の問題だ。

私は、激しい戦闘の跡を想像していた――そう、あの国で何度も見たように。破壊された建物、道路を埋め尽くす瓦礫《がれき》、へたりこんで泣き叫ぶ住人たち。

そういう想像はことごとく外れた。

もちろん、現場はまだ混乱している。爆発した軽トラックこそ撤去されたものの、鑑識《かんしき》作業が続いているので、ビルの前面がブルーシートで覆《おお》われていた。もっとも、四階建てのビル全体を隠せるほど巨大なブルーシートはないようで、隠れているのは三階の途中までである。吹き上がった炎で黒く焦げた壁は見えていた。

靖国通りでは、見物渋滞が発生している。制服警官が出て車を流そうとしているのだが、既にニュースで見ているのか、現場の異様な雰囲気に気づいたのか、ドライバーたちは現場を通り過ぎる時に必ずアクセルを緩める。

現場には、まだかすかに火薬の臭いが残っている。果たして何が使われたのか……盗み出したダイナマイトかもしれないし、極左の連中なら手製の爆弾を用意したかもしれない。いずれにせよ、相当な威力の爆発物だったのは間違いないだろう。

まだ朝七時台だというのに、現場には野次馬が群がっている。歩道には人が溢《あふ》れており、大回りを余儀なくされたスーツ姿の男が、制服警官に文句を言っている。相当混乱してはいるが、私があの国で経験したテロの現場とは雲泥《うんでい》の差だ。そもそも、軽トラックが突っこんだビルも、完全に破壊されたわけではない。というより、十分修復可能だろう。一方、あの国で私が遭遇したテロでは、二つの建物が完全に崩壊して瓦礫の山になった。私自身は軽傷を負っただけで済んだが、直近で起こった爆発のせいで、数日間は耳鳴りに悩まされた。

「えらいことになったな、真さん」

後ろから話しかけられ、慌てて振り向く。近くのラーメン屋の店主、池内《いけうち》だった。昼の休憩時間に、毎日のようにコーヒーを飲みに来るので、いつの間にか親しくなった仲だ。私の方では、休みの日ぐらいしか彼の店に行けないので申し訳なく思っていた……だが、コーヒーは一日何杯でも飲めるが、ラーメンは週一回でも多過ぎる感覚だから仕方がない。

「池さんの店、被害はなかったですか？」

「なかった……けど、たまげたよ。朝のニュースで見て、慌てて飛んできたんだ」

池内は毎朝八時から仕込みを始める。今日はそれよりだいぶ早く、都営新宿線の森下《もりした》駅にある自宅から出勤してきたのだろう。

「昨夜はもっと大騒ぎでしたよ」

「だろうな……あんた、怪我は？」

「私は平気でしたけど、何人か、怪我人が出ました」

「怖い話だよなあ」池内が、頭に巻いたタオルを外した。ほぼ白くなった髪が露《あら》わになる。この男は、店に出ている時は必ずタオルで髪を隠しているのだ。汗が垂《た》れないようにするためか、髪の毛がスープに入らないようにするためかは分からない。いずれにせよ、まだ五十歳になったばかりなのに、見事な白髪だった。顔にはまだ若さが残っているのだが。

「こんな場所で、こんな事件が起きるとは意外でした」

「テロなのかい？」池内が声を潜めて訊ねる。

「それは何とも……分かりません」

「元警察官でも？」池内はしつこかった。人はいいのだが、これが困る――まるで彼の方が刑事だ。

「古い話ですよ。今の俺は、ただの傍観者《ぼうかんしゃ》です」

「あるいは被害者になりかけた男、か」

「あのビル、上に何が入っているか知ってますか？」

「さあ」池内が首を捻《ひね》る。「小さい会社なんだろうが、普段は気にもしていないからな。この辺には、従業員が数人しかいないような会社もたくさんあるよ」

「そうですね……」相槌《あいづち》をうちながら、私は好奇心が激しく刺激されるのを感じた。警察を辞めて十年経っても、「警察官の血」が薄れたわけではない。元々好奇心が旺盛《おうせい》だったから警察官になったのだし。そうでなければ、兄と同じような、危険のない公務員の道を選んでいただろう。

「どうしたらいいのかね、これ」池内がまた頭にタオルを巻いた。「テロから逃げる手なんか、あるのかい？」

「それこそ、逃げるしかないですね。他のことは考えなくていいから、一目散《いちもくさん》に。お客さんも置いてきぼりでいい。全て自己責任です」

「そう言われると、逆に責任を感じちまうんだけどなあ」

「死んだら、責任を取るもクソもありませんよ。とにかくひたすら逃げる、それだけです。後は、一一〇番通報しないことですね」

「どうして？　危険なことがあったら警察や消防に通報するのが市民の義務だろう」

「大きな事件だったら、必ず他の人も通報するんです。同じような情報が何件も入っても、混乱するだけでしょう。そんなことをしている暇があったら、逃げた方がいい」

「そんなものかね？」

「そんなものです……まあ、怪我人も多くなかったし、不幸中の幸いでしたよ」

「真さんのところは、今日は店を開けるのかい？」

「開けるつもりですけど、池さんは？」

「どうしようかねえ。しばらく、営業は自粛《じしゅく》すべきじゃないかね」

私は無言で腕組みをして考えた。テロリストに一番ダメージを与える方法は「無視」だ。決死の行動も、実は社会に何の影響も与えていない――テロリストは、そんな風に思われるのを一番嫌う。だから、彼らにダメージを与えるためには、普段と変わらない生活を続けるのが一番なのだ。

「開けましょうよ」私は言った。「何事もなかったかのように店を開けて、お客さんを入れる。そういうのを見たら、テロリストどもは歯ぎしりして悔しがります」

「テロリストか……どんな人間なんだろうな。想像もつかない」

私は黙って首を横に振った。それが分からないが故に、私の胸には未だに恐怖が染みついている。相手が何者か分かってさえいれば、恐怖は半減するものだ。経験上手口も分かっているから、相手がどこまでやるかも予想できる。

「じゃあ、俺は店の準備をするので……よかったら午後にでも、コーヒーを飲みに来て下さいよ」

「ああ、行くよ」池内がうなずき、踵《きびす》を返した。中綿入りのもこもこしたジャンパーにくるまれた背中が丸まっている。いつもぴしりと背筋を伸ばしているこの男にしては珍しい。あのジャンパーなら、背中を丸めるほどの寒さは感じないはずなのに。

午後か……それまでに何か、新しい情報は入っているだろうか。今のところ私には、独自に情報を入手する方法がない。ニュースを追跡していくぐらいだが、この手の事件では、警察は極端に情報を制限するものだ。

私も背中を丸めて歩き出した。今日は一段と風が冷たい——靖国通りは、両側にビルが建ち並んでいるので、しばしば風の通り道になってしまうのだが、それにしても寒かった。自分の店に入る小道に入った瞬間、腕を摑まれる。慌てて身を翻《ひるがえ》して縛《いまし》めから逃れようとしたものの、相手は私の腕をがっしりと摑んでいた。この握力は……嫌な予感がして顔を上げると、その予感が当たっていたことがすぐに分かった。

一番会いたくない相手の顔が目の前にあった。

5

「まったく、気に食わん」

男——石川《いしかわ》が、むっつりとした表情で文句を言った。私は無言のまま、コーヒーの準備を進めた。苦手な男……警察官時代の先輩で、今は神田署の警備課にいるのだが、とにかく当たりがきつい。いかにも昔ながらの警察官というタイプで、常に先輩風を吹かせるのだ。ただし後輩にきつく当たるだけではなく、自らもハードに働く。何しろ、単独での張り込み二十二時間という記録を持っているのだ。もっとも、それを見て「張り切り過ぎだ」と呆れ返る後輩もたくさんいたのだが。

私は比較的上手くつき合っていた方だと思うが、それでも苦手意識はあった。

石川はコートも脱がずに、カウンターについていた。このコートには見覚えがある……十年前も着ていたトレンチコートではないか？　あの時はまだ新品でパリッとしていたのだが、十年の歳月を経てすっかりくたびれたのだろう。

コーヒーをカウンターに置いたが、石川は無視していた。コーヒーが嫌いだったのか？　それとも、只《ただ》でコーヒーを飲むような習慣がないのか？

「とにかく、気に食わん」

「何がですか」私はさらりと訊ねた。石川は、会話では常に相槌を欲しがるタイプで、一人でまくしたてるのを嫌う。

「お前がこんな店をやってることだよ」石川が、太い人差し指を私に突きつけた。昔よりだいぶ肉づきがよくなったようだ。以前は、指もこんなに太くなかったと思う。

答えに窮《きゅう》して、私は無言で首を捻《ひね》った。自分が警察官を辞めてこの店を出すようにした理由——話しても、たぶん彼は納得してくれないだろう。そもそも私自身、上手く説明できない。

「喫茶店は儲《もう》かるのか？」

「ここは家賃が安いですから、何とか」

「そういうことを言ってるんじゃない。警察官よりも割がいい仕事なのか？」

「十年前に給料をいくら貰《もら》っていたかも忘れましたよ」

「まったく……」言葉を呑みこみ、石川がカップを直に摑む。相当熱いはずなのに、まったく気にする様子もなく、一気に半分ほどもコーヒーを飲んだ。栄養ドリンクじゃないんだが、と呆れてしまう。

カップを乱暴にソーサーに置き、石川が細い目をさらに細くして私を睨みつける。

「俺は犯人じゃありませんよ」

「そんなことは分かっている」

「石川さん……何なんですか？　聞き込みの途中で休憩ですか？」

石川が無言で、コートの胸元に手を突っこみ、煙草を取り出した。カウンターの左右を見回して灰皿を探したが、この店は基本的には禁煙だ。

「まさか、禁煙じゃないだろうな」真剣な表情で石川が訊ねる。

「残念ですが……時代の流れです」そういう私は、十年前に煙草をやめていた。結果的に最後の一本になったゴロワーズを吸ったのは、まさにあの自爆テロが起きる直前である。

「冗談じゃない。そんな喫茶店があるかね」

「今はこれが普通ですよ……でも、どうぞ」私は、カウンターの内側の棚から、もう使っていない灰皿を取り出した。五年前に店は全面禁煙にしたのだが、処分しないで残しておいた灰皿がいくつかある。

灰皿を受け取ると、石川が私を一睨みして煙草に火を点けた。

「もったいぶるな」

「石川さんが特別なんです。もしも今後も贔屓《ひいき》にしてくれるなら、店に入る前に煙草は済ませておいて下さい。もっともこの辺は、路上喫煙禁止ですけどね」

「お前、いつからそんな生意気なことを言うようになった？」

「警察を辞めた瞬間からです。先輩後輩の関係もなくなって、本当に楽ですよ。組織の中ではどんなに窮屈な思いをしていたか、辞めて初めて分かるんですね」

「とにかく俺は、お前が警察を辞めたことが気に食わない」

石川が、私に向かって勢いよく煙を吹きかけた。私は顔を背けず、ひたすら息を我慢することで嫌がらせに耐えた。この人はまったく変わっていない……ふと、「変わらない」

楽さを思った。警察官の仕事は何かときついのだが、他の職業に比べて危険性が高いわけでもない。給料は保証されているし、世間的には安泰な職場と言っていいだろう。自分はそれを捨てて、喫茶店の経営に転じた。冒険とは言わないが、組織の後ろ盾がない気楽さと同時に、危うさを味わってもいる。

「そういう話をするために、わざわざ来たんですか？」

「違う」

「俺はもう、一般市民だということをお忘れなく」私は釘《くぎ》を刺した。「警察を離れてから十年も経つんですよ」

「本当にそれでいいのか？」

「何がですか？」

「警察官を辞めたこと……後悔していないのか？」

私は肩をすくめた。昔はこんな仕草はしなかった——警察を辞めてから、都合の悪いことを訊《き》かれた時には、変な言い訳をするよりはと、黙って肩をすくめるようになったのだ。大抵の人はそれで引き下がってくれるが、石川には通用しない。

「だいたい、テロに巻きこまれたぐらいでショックを受けて警察を辞めるなんていうのは、肝が小さい証拠だ」

「日本にいる限り、テロで命が危なくなるなんてことはありませんからね。想像で物を言うのは簡単ですよ」自分でも驚くほどあっさりと、反論の言葉が出てきた。現役時代だったら、先輩に対してこんな口答えはあり得ない……しかし今や、石川は赤の他人である。そして、自分が受けた屈辱は自分で解決するしかない。

むっとした表情を浮かべ、石川が黙りこんだ。警察の中にいる限り、こんな風に反論されることなどないのだろう。

「コーヒーを飲んだら帰って下さい。お代は結構です……だいたい、こんな風に時間潰しをしている余裕なんかないでしょう？　捜査は継続中じゃないんですか」

「協力しろ」石川がいきなり切り出した。

「はい？」

「俺たちに協力しろ。お前ならできるだろう」

「人に物を頼む時の態度じゃないですね」私は鼻を鳴らした。石川の耳が赤くなり、唇の端が引き攣《つ》るのが見えたが、まったく平気だった。こんなことでビビッていたら、一人で商売はできない。

「俺は、お前にチャンスをやると言ってるんだ。中途半端に警察を辞めて後悔してるだろう」

「後悔しないと思ったから辞めたんです」

私は内心を悟られないように注意しながら言った。そう、後悔はしていない。心に抱いているのは空白だ。それこそ石川が指摘した通りに、全てが中途半端に終わっている、という虚脱感。それは、後悔よりも悪いものかもしれない。

「お前は、警察官に向いていた。あの当時、俺が知っている誰よりも、警察官として優れていた」

「石川さんは除いて、ですか？」

「いや、俺も含めてだ」石川が自分の胸元に親指を突き立てた。「そんな人間が、俺に一言の断りもなく辞める——許せなかったね」

「石川さんは、俺の直属の上司でもなかったでしょう。話すべき人にはきちんと話しましたよ」

「挨拶もなしで辞めて、それでいいと思ってるのか？」

「蒸し返すには時間が経ち過ぎてますよ。十年は長い」そう……当時小学校に入ったばかりの明日花が、今は高校二年生になっている。

「お前は、この街にもう十年もいるよな？」

「ええ」

「異動が多い俺たちよりも、よほどよくこの街を知っているはずだ。そういうお前だからこそ、この事件についても分かることがあるんじゃないか？」石川は私の言葉を無視した。

「まさか」私は即座に否定した。「そういうのは、警察官でないと分かりませんよ」

「警察には漏れてこなくても、地元の人間なら自然に摑んでいる——そういうこともあるだろう」

否定はできないが、私は無反応を貫いた。要するに石川は、私をスパイとしてスカウトしようとしているのだ。よくあるやり方だし、一市民としては協力すべきだとは思うが、今は石川に対する反発の方が大きい。

「俺に何かできるとは思えませんね」

「いや、お前はやるよ——お前は人一倍好奇心が強い男だ。自分の足元でこんな事件が起きて、黙って見ているだけじゃ我慢できないはずだ。だいたいお前、今回の事件とあの国の事件との関連性を考えてるんじゃないか？」石川が一気にまくしたてる。

「石川さんこそ、どうなんです？　公安は、当然あの事件との共通点を洗い出してるでしょう？　少なくとも、日本の極左の手口じゃないですよね」

「よく似てはいる。ただし、相違点もある。そもそもこれは、自爆テロではなかった」

「犯人は逃げましたからね……」

恐らく、軽トラックを運転していた犯人は、それほど激しい勢いで店に突っこんだわけではないだろう。植え込みを突破して、シャッターにぶち当たる程度——多少のダメージは受けたかもしれないが、逃走できるように加減していたはずだ。犯人が逃げ出した直後に、時限爆弾が炸裂《さくれつ》するという手順だったのだろう。

「あの事件についてお前が書いたレポートは、暗記するほど読んだ。だから、共通点も相違点も、すぐに比較できたんだ」

「お役に立てて光栄です」あの国での自爆テロのレポート——それが私にとって、警察官として実質的に最後の仕事になった。

「皮肉はいい」石川がぴしりと言った。「お前はどう思う？　今回は、あのテロの再来じゃないか？」

私は顎に拳《こぶし》を当てて考えた。そう……石川が指摘する通り、共通点も相違点もある。だがそもそも、車を使ったテロに、それほどバリエーションがあるわけではあるまい。基本的には、爆発物を積んだ車を目標に突っこませるだけだ。世界中どこでも、一番一般的な手口と言える。

「どうだ？　あの時のイスラム過激派が、日本に入って来たんじゃないか」

「私には分かりません。それを監視するのは外事の仕事でしょう」正確には警視庁公安部外事三課——警察を辞める直前に、私が所属していた部署である。この課は主に、国際テロの情報収集を仕事にしており、私があの国に派遣されたのも仕事の一環だったと言える。当時あの国では、イスラム過激派が入って来て、軍事政権と反乱軍の戦いに、さらに複雑な様相をつけ加えていた。要するにぐちゃぐちゃ。当時のあの国の情勢を三行に要約するのは不可能だろう。

「どうなんですか？」私はさらに迫った。「連中が日本に入って来ている事実はあるんですか？」

「マークしている人間はいる」

初耳だった——いや、もちろん私がそんなことを知る由もない。警察の情報が入ってくるわけではないし、ニュースで流れたわけでもない。

「今回の件も、そいつらの犯行じゃないんですか?」

「今のところ、尻尾も摑んでいない」

「二十四時間体制で監視しているんですか?」

「いや」

だったら「尻尾も摑んでいない」とすら言えないのではないか? 私は皮肉を吞みこんだ。石川は常に、百パーセント本気の男だ。冗談は一切通じない。

石川がむっつりした表情のまま、コーヒーを飲み干した。

「もう一杯、どうですか?」

「いらない。だいたい、コーヒーは嫌いなんだ」

「ずいぶん無理しましたね。後で胃薬を飲んだ方がいいですよ。飲み慣れない人が急にコーヒーを飲むと、胃が痛くなりますから」

「胃薬はもっと嫌いだ」

「じゃあ、胃が痛くなっても我慢して下さい」

「胃痛ぐらい我慢できなくてどうする。俺は刑事だぞ」

「刑事であることと、肉体的苦痛に強いこととは関係ないと思いますけどね」

石川が、灰皿に煙草を押しつけた。あまりにも力を入れ過ぎたのか、フィルターのつけ根のところで折れてしまう。

「とにかく、何か分かったら教えろ」

「俺に分かるはずがないじゃないですか」

「お前は十年前にあのテロを間近に見ている。何か思いつくことはあるだろう」

「思い出したくもないですね。死にかけた人間は、その瞬間をできるだけ忘れたいと思うものです。まあ……俺はついていたんでしょうけどね。国連の選挙監視員がテロにあって死んだとなったら、大騒ぎですよ。警視庁にも騒動が飛び火したでしょう」

「そうなったら、俺が現地に飛んで、テロリストどもを一掃してたよ」

「映画の見過ぎですよ」それも三流のハリウッド映画だ。テロリストをひたすら「悪」と決めつける単純な勧善懲悪のドラマ。目的は観客のストレス解消だけだ。

「お前は逃げ帰って来ただけだからな」

「死にそうになった経験のない人ほど、そういうことを言うんですよね」

私の皮肉は、石川にはまったく通用しなかった。鉄面皮というか、神経が何本か抜けているとしか考えられない。

「まあ、いい」石川が突然譲歩した。「俺がこのまま引き下がっても、お前は絶対にこの件を調べ始める。何故《なぜ》ならお前は、まだ刑事だからだ」

「まさか」私は短く笑った。自分でも思っていなかった乾いた笑いだった。

石川が立ち上がる。コートのボタンをきちんととめる間、一言も発さずに、店を後にした。

彼の背中を凝視しているうちに、私は心根を見透かされていたことを悟った。

そう、私は今でも刑事だと思う。ちょっと休憩していただけなのだ——死の恐怖に頭を押さえつけられて。

6

結局私は、店を臨時休業することにした。一日ぐらい休んでも収入に変わりがあるわけではないし、誰かに文句を言われることもない。自由。

石川を送り出してから、すぐに店を出る。現場ではまだ鑑識作業が続いていて、野次馬の数も減っていない……無視して話を聴くべき人の元へ向かった。地元の町会長・藤木《ふじき》。この辺にはまだ下町っぽいコミュニティも生き残っており、藤木はそれを代表する存在と言える。この街に生まれ育って七十年、戦前から続く文房具屋の当主だ。今も元気で、毎週日曜日の朝には、連合町会で作る草野球のチームでプレーしている。

この街に昔から住む多くの人と同じように、藤木も相続税対策で自宅をビルに建て替え、商売は会社組織化していた。一階が文房具店、二階が倉庫と事務室、三階と四階が自宅。藤木は基本的に店を息子に任せており、昼間は二階の事務所で時間潰し——筋トレが趣味なのだ——をしていることが多い。一階の店はまだ開く前だったので、店の横にあるエレベーターホールに入って、インタフォンを鳴らした。

「安宅です……『フリーバード』の」

「おお、真さん」少し甲高い藤木の声が流れてきた。「どうしました?」

「今、話ができますか?」

「いいよ。二階に上がって」

二階にいたエレベーターが自動的に下りてきた。セキュリティのために、訪問者は勝手に操作できない仕組みになっているのだ。二階でエレベーターを降りると、目の前はいきなり倉庫になっていた。かすかに埃《ほこり》っぽい臭いが漂い、私は目を瞬《しばた》いた。事務室は……見ると、右側に何も書かれていない鉄製のドアがある。一応ノックしてからドアを開けると、藤木が「どうぞ」と声をかけてきた。

室内はむんむんしている。エアコンの効き過ぎ……その中で、藤木は半袖《はんそで》のTシャツ一枚でトレーニング中だった。ダンベルを使って、右肘を曲げ伸ばししている。上腕部にはしっかり筋肉がついていて、いかにも固そうだった。あそこを鍛えることで、野球にどう役立つかは分からなかったが、七十歳なのに体がまったく萎《しぼ》んでいないのは驚きだ。

「ああ、失礼」藤木がゆっくりとダンベルを床に下ろす。急な動きで筋肉を傷めないように気を遣っているのだ。

藤木が窓際にあるデスクの前に座り、首にかけていたタオルで顔の汗を拭った。私は彼が置いたダンベルの横を通って行ったのだが、ちらりと見ると「十六キロ」の表記がある。アームカールで十六キロは、相当の負荷だ。

私は、彼の向かいのデスクについた。藤木の額を流れる汗はなかなか消えず、タオルが大活躍している。

「昨夜は大変だったねえ」藤木の方から話を切り出してきた。「夜中までずっと、現場で見ていたよ」

「右に同じくです」

「真さんは、ああいうのにも慣れてるでしょう」

「あそこまでの現場は、警察官でもなかなか経験できませんよ」

「そうか……お店の方に何か被害は？」

「それはありませんでした。でも、あのビルは大変ですね。お店の方、大丈夫なんでしょうか」

「今朝、オーナーの勝山《かつやま》さんとは電話で話したけど、相当ひどい……店は復旧できるかどうか分からないそうだ」

「ああ」私は低く言ってうなずいた。勝山はスキーショップの店主で、あのビルのオーナーでもある。「一階の被害が一番ひどいですからね。でも、勝山さん本人は無事だったんでしょう？」

「すぐに逃げ出したから、家族にも怪我はなかったそうだ。非常口から出たのが好判断だったようだな。あっちには火の手が回らなかったから……幸い、家の方にも直接的な被害はなかったようだ」

「私も話せますか？」

「いや、どうかな」藤木が顎を撫でた。「私と話した後、警察へ行くと言っていた。事情聴取には、時間がかかるんじゃないのか？」

「でしょうね」私は反射的に腕時計を見た。間もなく十時……朝一番で呼ばれていても、午前中は潰れてしまうだろう。

「地上げかな」藤木がぽつりと言った。

「地上げ？」私ははっと顔を上げた。その発想はなかった。「こういう手口があるんですか？」

神保町を含む都心部は、三十年ほど前のバブル期に、激しい地上げ攻勢にさらされた。かなり暴力的な手段で、住民が追い出されるようなこともあったという。私が十歳ぐらいの時で、当時住んでいた中野では、そういう話はあまりなかったのだが……都心部と山手《やまのて》線の外では事情も違っていたのだろう。

「トラックが突っこんだ、という話は、この辺りでも何度かあった。それこそ汚物を積んでとか……嫌がらせとしては最悪だね」当時のことを思い出したのか、藤木が顔をしかめる。「でも最近は、そういうのはすっかりなくなったよ。あれは、バブル時代に特有の、乱暴な手口だったんだろうね」

「勝山さんのところで、地上げのような話があったんですか？」

「それは聞いていないけど……同じ町会の人だって、周りに何でも話すわけじゃないからね」藤木がまたタオルで顔を拭った。「まあ、あってもおかしくないかもしれない。今は、東京を再開発する最後のチャンスだから」

「オリンピックですか」

「ああいうことがないと、大規模な再開発は進まないからね」

神保町付近には、オリンピックの影響は及びそうにないのだが……不動産や建設業界の人間は、また別のことを考えているのかもしれない。

「勝山さんと、ぜひ話したいんです」

「どうして真さんが？」藤木が不審気に目を細める。「何か、この件にかかわっているのか？」

「そういうわけじゃないですけど、近所のよしみということで……お見舞いもしたいですから」

「町会でも火事見舞いを出すよ。火事、というのとはちょっと違うけど」藤木にとっては、こういうことも日常茶飯事なのだろう。神保町では町会の活動も盛んだ。住人が多くない割に、イベントが多い街なのである。

「うちは本当に近所……裏ですからね。勝山さんもたまにコーヒーを飲みに来てくれるし。たぶん、あのビルに入っている会社の人たちも来てくれていると思います」

「あの辺には喫茶店がないからね」

「上に入ってるのはどんな会社なんですか？」

「ええとね……ちょっと待って」藤木が軽い身のこなしで立ち上がり、ファイルキャビネットの前に立った。「町会関係」とラベルが貼《は》られたキャビネットを開け、ファイルフォルダを取り出す。立ったままぱらぱらと開き、すぐに探していた情報を見つけ出した。

「一階が『スキーショップ・勝山』で、二階が倉庫。三階に会社が三つ入っていて、四階が勝山さんの自宅だね。うちと同じような造りだ」

「三つの会社は……」

「そこまでは分からないんだけどね。何度も変わっているようだし」藤木が眉根《まゆね》を寄せる。警察は、こんな事実はとうに割り出しているはずだ。警察には分からず、私でなければ摑めない事実が欲しい。どうせ調べるなら、警察を出し抜くぐらいのことはしないと。

「実態が分からないというのは……会社の登記をあそこにしているだけで、実際には活動していないとか？」

「そうかもしれないね」

私は、藤木が教えてくれた三つの会社の名前をメモした。会社を調べることは難しくない。それが捜査――いや、調査の第一歩になるはずだ。

「しかし、物騒な話だねえ」ファイルフォルダをキャビネットにしまいながら、藤木が言った。「バブル期にはいろいろ金絡みの乱暴な事件もあったけど、最近は静かだった。今回の件は、どういうことなんだろう」

「どうでしょうね……」私は言葉を濁《にご》した。

「よくニュースで見る、海外のその種のテロみたいじゃないか。車で突っこんで爆発なんて、日本では絶対にないと思っていた」

「ええ……ただ、テロかどうかは分かりませんよ」

「元警察官としての解釈かい？」デスクにつきながら藤木が訊ねた。

「いや、常識ということで……テロには、実際に何人殺すかということより、宣伝効果を狙う意味もあるんです」

「嫌な言い方だね」藤木が顔をしかめる。

「失礼しました——ただ、これは事実です。テロリストの狙いは、社会情勢を不安定にすることですから。局地的に揺さぶっても、影響は大きい。必ずしも何百人、何千人も殺さなくてもいいわけで、象徴的な場所を襲えばいいんですよ」

「象徴的？」

「例えば、人が多く集まる場所です。コンサート会場とかショッピングセンターとか……あるいは政治・経済の中心。そういう場所は警備もちゃんとしているはずなのに、テロの被害に遭った——そう考えただけで、普通の人は恐怖を感じます。テロに対する恐怖を抱かせただけで、テロリストの狙いはある程度成功なんですよ」

「つまり、勝山ビルはテロの『象徴』として相応《ふさわ》しくない、ということか」

「言葉は悪いですけど、単なるスキーショップですからね」私はうなずいた。「しかも閉店からだいぶ時間が経っていた。人もいませんから、狙う意味はないでしょう」

「じゃあ、テロじゃないだろう。それこそ、地上げのようなことじゃないのかな」藤木が言った。

「そうかもしれません。あるいは勝山さんが、人に恨みを買うようなことをしていたとか。嫌がらせや脅しの可能性もありますよね」

「私は知らない」藤木が「私は」を強調して言った。「実際に何が起こっているかは、分からないからね」

「仰《おっしゃ》る通りですね」私はうなずいた。「ここは東京です。田舎のように、隣の人が何をしているか、丸見えになることはない」

「そう」藤木が同意してうなずいた。「勝山さんとも、それこそガキの頃からの知り合いだけど、あの家がどうなっているか、勝山さんが商売以外に何をしているか、全部説明しろと言われてもできないから」

「あるいは商売で何をしているかも」

言いながら、自分は早くも疑心暗鬼《ぎしんあんき》になっているな、と意識した。小さなスキーショップで、いったいどんなトラブルがあるというのだ。

やはり、上の会社が怪しい。警察官だったら、バッジの威力に物を言わせて強引に捜査を進めることもできるが、今の私に何ができるか、急に自信がなくなった。

「どうも不安なんだよな」藤木が零《こぼ》した。「これだけで騒ぎが収まるといいんだけどねえ」

嫌なことを言ってくれる。藤木の不安は、一瞬で私に伝染した。

7

昼前、私は池内のラーメン屋に寄った。ちょうど店が開いた直後で、開店前から行列していた客でカウンターが埋まったばかり。人気店なので、基本的に昼は待ち時間なしでは入れない。私は十五分待ち、最初の客が引いた後の二番手で、何とかカウンターに陣取った。

「あれ、店は？」池内が驚いたように言った。

「やっぱり今日は休みにしました。何だかざわざわして落ち着かないんですよ」

「こっちは、あんたに言われたから開けたのに」池内が渋い表情を浮かべた。

「すみません」私はさっと頭を下げた。

「しょうがないね……何にしますか？」

「豚骨醤油《とんこつしょうゆ》、海苔《のり》二倍で」

「ライスは？」

「お願いします」

「豚骨醤油、海苔二倍！」池内がオーダーを入れると、店員たちが「あいよ！」と大声で答えた。この店は、味も上々な上に雰囲気もいい。池内も含めて店員は全員濃紺のＴシャツを着用。動きがきびきびしていて、見ているだけで気持ちがいい。

私は椅子に座り直した。この店の唯一の弱点は狭いことで、カウンターで食事をしていると、隣の人と絶対に肩が触れ合う。それがどうにも落ち着かない……私は一度立ち上がり、ダウンジャケットを脱いで畳み、膝の上に置いた。上体がスリムになって、多少は隣と間隔が開いた感じになる。

ラーメンは横浜家系で、濃厚な豚骨スープに太麺《ふとめん》が特徴だ。海苔を二倍にすると、丼《どんぶり》の縁に六枚が立てかけられて出てくる。この海苔は、ランチタイムサービスのライスを食べる時に、強力な援軍になる。

既にすっかり馴染みになった味。濃厚だが、麺の量が少なめなので、無理せずとも食べられる。私の胃袋のサイズでは、ライスをつけてちょうどいい感じだった。特に第二食は一日のうちで一番しっかり食べるので、ある程度の量は必要だ。

この店のラーメンの特徴は、食べているうちにどんどん加速度がついてくることだ。最後は勢いよく食べきり、健康を考えてスープを残すのにも後ろ髪を引かれる。本当は、残ったライスをスープに入れて、おじや風にして食べたいところだが……私は常に自重していた。後ろ盾のないフリーな立場の人間は、健康にも十分気をつけなければならない。

「ごちそうさまでした」カウンターの上にラーメンの丼と茶碗《ちゃわん》を置いて立ち上がる。尻ポケットから財布を抜いて千円札を取り出した。八百円……ラーメンは、いつからこんなに高くなったのだろう。子どもの頃は、どんな店でも五百円ぐらいで食べていた記憶がある。

「ああ、ちょっと」店を出ようとすると、池内がいきなり声をかけてきた。

「何ですか？」

「外で話そう」

外へ出ると、店の前には長い行列ができていた。池内はすかさず煙草に火を点ける。ビル風で煙が流され、私の方へ漂ってきた。店の前には灰皿が置いてあるので、そこで一服ということだろうが……行列ができている昼の忙しい時間に、店主が煙草休憩していいのだろうか。

「やっぱり、何だか落ち着かないな。ざわざわしてる」

「そうですよね」

「お客さんの話題も、今日はテロ一択だよ」

「この街に住んでるお客さんなんか、ほとんどいないでしょうけど」

「だけど、ここで働いている人は大勢いる。そういう人にとっても嫌な感じだろう」

「それは分かりますけどね……」

「犯人はもう分かったのか？」

「まだだと思いますよ」私は思わず苦笑した。警察官でもない私に捜査の進捗《しんちょく》状況が分かるわけもないのだが、周りはそうは見ない。短期間でも警察官だった人間に対しては、一生警察官らしく振る舞うべきだと期待する。

「何だい、しっかりして欲しいね」

「分かりますけど、この手の事件の捜査には時間がかかりますよ」

「経験者は語る、か」

「そんなところです」私は肩をすくめた。「例のビルですけど、上にどんな会社が入っているか、ご存じですか？」

「いや、それは分からないな。町会には入っているけど、俺は基本的にこの街の人間じゃないから」

私は無言でうなずいた。都心の街とはいえ、神保町界隈《かいわい》には普通に住んでいる人も多い。しかし、ここで仕事をしている人の多くは、離れた街から通ってくるのだ。池内もそんな一人である。

「勝山さんとは親しいですか？　ここのお客さんとか……」

「どうかな。顔と名前が一致しない。ここに来てくれたことがあるかどうかも分からないね」

「そうですか」

「真さん、もしかしたらこの件を調べているのか？」池内が目を見開く。

「調べるというほどじゃないですよ。単なる好奇心です」

「なるほど……まあ、怪我しない程度でやってくれよ。もちろん、警察を出し抜いて何か分かったら、俺にも教えてくれると嬉しいけど」

「野次馬感覚は困りますよ」

「いやいや、俺だって一応この街の人間なんだから。当事者と言えるんじゃないかな」池内が灰皿に煙草を投げ捨てた。茶色く濁った水の中で、吸い殻がゆらゆらと揺れた後、すぐに沈んでいく。

「私はまだ、神保町の住人とは言えないと思いますけどね」

「そうか？　もう十年もいるんだろう？」

「親の代から——いや、その前からずっとこの街に住んでいる人もいるんですから。そういう人たちに比べたら、新参者ですよ」

「じゃあ俺は、半分だけ神保町の住人ということになるな」池内が皮肉っぽく笑った。

「——最近、この辺で地上げの話はないですか？」

「まさか、昨日の一件が地上げとか？」池内が目を見開く。

「いや、分からないですけどね」私は曖昧《あいまい》に答えた。「今の段階では、まだあらゆる可能性があるでしょう」

「なるほどね……地上げの話は聞いたことがないけど」

「そうですよね」私は顎を撫でた。「でも、裏で何か起きている可能性もあります。ちょっと、周りの動きに気をつけていてくれるとありがたいんですけど」

「いいよ」池内が気軽な調子で言った。「やっぱり、自分の街は自分で守らないと、な」

自警団意識である。こういうことがマイナスの方向に働くこともあるが、地域のコミュニティ感覚が希薄な東京では大事だろう。この辺では町会の活動が盛んで、都内の他の街に比べれば「自分たちの街」の感覚は強いはずだが……取り敢えず、池内の自警団感覚に期待しよう。

勝山ビルの前の封鎖は、ようやく解除されていた。ブルーシートがなくなると、改めて被害の大きさを実感する。特に、窓が壊れた二階と三階部分……ブラインドがちぎれて垂れ下がり、中が丸見えになっている。風に煽《あお》られ、三階の部屋から書類が一枚、外へ飛び出してきた。あの会社の人間は、まだ中を片づけていないのだろうか。

四階――勝山の自宅は無事とはいえ、相当の衝撃があっただろう。怪我人がいなかったのは、まさに不幸中の幸いだ。

一階部分は酷《ひど》い有様……衝突と爆発のショックで、シャッターが内側に向かって折れ曲がってしまったせいで、今も完全に封鎖されたままである。あのシャッターを直すには、結構な時間と金がかかるのではないか？　ガラスの破片がまだ散らばっている場所もあり、通行人がその辺りを避けながら慎重に歩いている。片づける人がいないのだろうか、と私は首を傾《かし》げた。

正面から入って行くのは気が引ける。ふと思い出し、ビルの裏手に回った。昨夜、勝山の家族が逃げ出した裏口である。階段を四階まで上がっていかなければならないが、これも体を鍛えるにはちょうどいい。日頃の運動不足を解消しようと、私は鉄製の階段を二段飛ばしで一気に四階まで上がった。立ち止まって呼吸を整えながら、ドアをノックする。

ドアはすぐに開き、怯《おび》えた表情の勝山が顔を出した。確か、六十歳。小柄で引き締まった体形である。売るだけでなく、自分もスキーを楽しんでいるのではないだろうか。常連というほどではないが、何度かうちの店にも来てくれている……しかし私は、一応自己紹介した。

「裏の『フリーバード』の安宅です」

「ああ、安宅さん」勝山がほっとした表情を浮かべた。

「変な話ですが、お見舞いに来ました」こういう時は、本当は見舞い金を包むべきだろうか……社交に関しては、自分はまだ常識を知らないな、と思う。

「ああ、どうもご丁寧に……どうぞ」

「大丈夫なんですか？」私は眉をひそめながら訊ねた。「まだ片づいてないでしょう」

「それはおいおい……一日で片づくようなものじゃないですよ」

「店の中、ひどいんですか？」

「結構やられてます。二階の倉庫に置いてある商品にもかなり被害が出たし……店子《たなこ》さんの部屋もやられてるから、そっちの面倒もみないといけないんですよ」

「お忙しいですよね。出直しましょうか？」

「いやいや、ちょっと一休みしたいところだったので。午前中ずっと警察に呼ばれていて、大変だったんですよ」

「警察の相手は疲れますよね」

「まったく」

勝山がドアを押さえたまま、すっと後ろに引いた。中に入るとすぐにキッチン。一戸建ての家なら、ここが勝手口ということだろう。

「失礼します……」

ローファーを履いてきて正解だった。靴を脱ぐのにいちいち時間がかかっていたら、相手にも失礼だ。

「どうぞ」

案内されるまま、キッチンの隣の部屋——リビングルームに入る。一見したところ、中にはまったく被害はないようだった。窓も無事で、家具が倒れているわけでもなく、綺麗《きれい》に片づいている。

「家族は全員出払っていてね……お茶も出せませんが」

「ああ、どうぞお構いなく」

勝山がソファに腰を下ろす。私は彼の向かいの三人がけのソファに座り、素早く勝山の様子を観察した。とにかく疲れている……目の下には隈《くま》ができ、目は充血していた。髪はばさばさで、徹夜の名残が全身から発散されていた。これだったら、店でコーヒーを淹れて差し入れればよかった。

「完全徹夜ですか？」

「そう……徹夜なんて久しぶりですよ」

「お疲れ様です。いきなりでしたよね？」

「そうそう」

「私も家で爆発音を聞いて、慌てて飛び出しました」

「最初、何だか分からなくてね。交通事故——一階に車が突っこんだんだろうとは思ったけど、その後の爆発音にびっくりして……あんな音、聞いたことがないですよ」

「私も驚きました」もちろん、十年前はもっと驚いたのだが。あれに比べれば——と考えたら失礼か。

「危うく、顔が黒焦げになるところでしたよ。何事かと思って、窓から首を出して下を見て……一階に車が突っこんでいるのが見えたので、下の様子を見ようと思った次の瞬間に爆発が起きたんです。顔を引っこめるのがちょっと遅れたら、顔面が丸焼けでしたよ」

喋《しゃべ》っているうちに興奮してきたのか、口調が速くなる。私は無言でうなずき、先を促した。

「まあ、びっくりして……腰が抜けたかと思いました。とにかく逃げないとまずいと思って」

「何だと思いました？」

「ガソリンタンクに引火でもしたのかな、と。後で爆弾だったと聞いて、また腰が抜けるかと思いましたよ」

「そうですよね」私はまたうなずいた。「爆発音を聞く機会がある人なんか、ほとんどいませんから……すぐに逃げたんですか？」

て出たんです」

「そう。女房と二人だけだったんだけど、とにかく急いで着替えて、財布と携帯だけ持っ
「非常階段から出たんですよね？　いい判断だったと思います。正面から出たら、爆発に巻きこまれていたかもしれません」

「実際、無理だったんですよ」勝山がうなずく。「下では車が燃えていて……ちょうどエレベーターの横だから、そこからは出られそうになかったんです」

「私がここへ来たのも、その直後だったと思います。とんでもない爆発でしたね」

「まったく、ねえ……」勝山の顔には血の気がなかった。「こんな場所でこんなことが起きるなんて、想像もしていませんでしたよ」

「最近、何かトラブルはありませんでしたか？」私は本題に切りこんだ。

「トラブルって？」勝山が不機嫌そうに顔をしかめる。

「ご近所のトラブルとか、仕事上のトラブルとか」

「まさか」勝山がつぶやくように言った。「こんな商売をしていて、トラブルなんかあるわけがないでしょう」

「地上げの話とか、ありませんでしたか？」

「ないねえ」勝山が顎を撫でる。「この辺でそういう話があったのは、三十年も前の話ですよ」

「じゃあ、昨日の一件には、まったく心当たりがない……」

「ないですね」勝山が即座に断言した。

「心配ですね」

「まったくですよ」勝山が溜息をついた。「本当にテロなんですかね？　日本でそんなことが起きるなんて、想像もできないんですけど」

「残念ですけど、世界の中で日本だけは安全っていうのは、もう神話に過ぎないんでしょうね……警察の方は、どうでしたか？」

「どうと言われても、いろいろな人からいろいろなことを聴かれて、頭が混乱していますよ。あれで本当に、犯人なんか見つかるんですかね？……いや、言い過ぎました」

「気にしないで下さい」私は苦笑した。「私はもう、警察官じゃないですから」

「警察っていうのは、あんなものなんですか？」

「昨日のような現場は、何かと混乱するものです。これだけ大規模な爆破テロは、警察もあまり経験していませんから」

「そうですか……しばらく、夜はびくびくものでしょうね」

「右に同じくです」

嫌な記憶がある分、私の方が辛い。元警察官だからといって、一般の人より精神的にタフなわけではないのだ。もしも本当にタフだったら、今も警察官を続けていると思う。

「町会から、夜回りを強化する話がきてましたよ」

「そうなんですか？」冬の夜回りは以前からやっている。いわゆる「火の用心」だ。しかし、先ほどまで町会長の藤木のところにいたのに、その話が出なかったのはどういうことだろう。私が昼食を摂《と》っている間に決まったのかもしれない。

「しかし、夜回りに出るのも怖いですけどねえ」勝山が首を横に振った。

「何かあったら、急いで逃げれば大丈夫ですよ」テロで一番怖いのは、突然の銃の乱射だろう――銃弾より速く走ることはできないのだから。ただし日本では、銃より爆弾の方が手に入りやすい。というより、爆弾は自分で作ることも可能だ。

「夜回りをやるなら、参加しますよ。自分の街は自分で守らないと」

「そうねえ……気乗りしないけどねえ」勝山が顎を撫でた。

「家に籠ったままだと、かえって気が滅入るかもしれませんよ」

「まあ、夜になってから考えますよ」

勝山は参加しないかもしれない。しかし自分は、この夜回りには出なければならないだろう。自分の街は自分で守る――それは基本中の基本なのだ。未だに新参者の感覚が強いが、こういうことをきっかけに、より街に馴染めるかもしれない。

不安を感じながらも、私はこのビルに入居する他の会社の状況を聞き出すことは忘れなかった。ペーパーカンパニーの噂もあったが、実態はしっかりしている……藤木は、「何かトラブルがあったとは聞いていない」と断言したが、それは自分で確認しないと納得できない。

しかし私の運はここで尽きた。三階の会社は全て休みになっている。あんな事件があった直後だから当たり前か……午後を無為に過ごした後は、夜回りに備えるしかなかった。

8

テロ後の夜回りといっても、特別なことをするわけではない。いつものように「火の用心」と声を張り上げながら街を歩くだけだ。これでも、テロリストに対しては抑止力になるはず――と思って始めたのだが、私はすぐに疑念を抱いた。

もしも本当に、イスラム過激派の犯行だったら、この手は通用しないのではないか。おそらく連中は、日本語を理解しないだろう。それに私たちは、抑止力になりやすい制服を着ているわけでもない。それぞれ防寒着の上に「火の用心」と書かれたたすきをかけているだけでは、外国人が見ても何のことか分かるまい。

各町会が分担して、自分の街を警戒することになった。拍子木《ひょうしぎ》の音があちこちから聞こえてくる。普段はここまで熱心にはやらないわけで、今夜は非常事態なのだと実感した。

この町会の範囲は、横に細長い。西は駿河台下の交差点から、東は淡路町《あわじちょう》駅まで。細い道の隅々まで歩き回ると、結構な距離になる。十時前に解散したものの、私の不安は増すばかりだった。昨夜テロが起きたのも十時過ぎ。これからさらに警戒を強化していかなければならない時間帯に解散……しかし実際には、町会の人間には何もできない。警察としても、むしろ夜回りはやめて欲しいと思っているのではないだろうか。今後、一般人がテロに巻きこまれたら、批判を受けるのは警察なのだ。

「今夜は何もなさそうじゃないか」藤木がほっとした表情を作った。

「今のところは、ですよ」私は思わず釘を刺した。「何か起きるとしたら、この後じゃないですかね」

「真さんは悲観的だねえ」

「しょうがないです。こういう性格なので」

「ちょっと一杯引っかけていくかい？」藤木が口元に盃《さかずき》を持っていく真似《まね》をした。

「悪くないですね」今夜は特に冷えた——十二月の風が、体を芯まで凍えさせている。こういう時は、日本酒に限るんだが……しかし私は、遠慮することにした。どうしてもそんな気になれない。それに普段よりも数時間早く起床したせいか、もうくたくただ。ずいぶん柔《やわ》になったものだ、と情けなく思う。

「じゃあ、その辺で——」

「いや、やっぱり今日はやめておきます」藤木は呑むと長くなるのだ、と思い出した。

「そうかい？」

「昨日の今日ですから……あまり寝てないんですよ」

「若いのにだらしないねえ」

「まったくです」私は苦笑した。藤木はいつも、ずけずけと言葉をぶつけてくる。「じゃあ、今日はこれで」

「明日はどうする？　夜回りはするつもりなんだけど」

「店は開けようと思います。でも、ちょっと早めに閉めて参加しますよ」

「そうしてくれ」藤木がうなずく。「あんたがいてくれると、何かと心強い」

「単なる人数合わせですよ」

自嘲気味に言ってから一礼して、私はその場を離れた。

靖国通りを渡って、店まで五分。店の周囲は裏道なので、街灯の光も入りこまず、闇が深い。何が起きるわけではない――予感もないが、どうしても急ぎ足になってしまう。

疲れてはいるが、少し体を動かしたいところだった。自宅には筋トレの道具を揃えてあるし、少し走ってもいい。神経が高ぶっていて、今夜もなかなか眠れそうにないから、思いきり体を疲れさせるのもいいだろう。あるいは、あの国の自爆テロ事件の資料に目を通す――自分で捜査することはできなかったが、当時、集められる限りの資料は集めていたのだ。

だが、そういう予定は一瞬で崩れ落ちた。

店の前に人が立っている。見覚えのある顔。私は一瞬立ち止まり、様子を見守った。その人――女性は、腕組みをして不安気に体を左右に揺らしている。

「すみません」私は少しだけ声を張り上げた。「今日は休みなんです」

女性がはっと顔を上げ、こちらを見た。昨夜と打って変わって、不安気な表情を浮かべている。ほぼ二十四時間前にコーヒーを飲みに立ち寄った女性……この二十四時間の間に、何かが大きく変わってしまったようだった。

「昨夜も来てくれましたよね？」私は歩きながら話しかけた。

「ええ……」言葉が暗く消える。

「何かありましたか？」

「昨夜のテロで、妹が怪我をしたんです。何か知りませんか？」

第２章　壊れた女

１

　女は新藤美紀《しんどうみき》と名乗った。職業、フリーライター――名刺にもそう書いてある。普段はIT系の記事を書いているという。外見を見た限り、そういう感じではない――というのが、話を聞いた瞬間に私が抱いた印象だった。IT系のライターというと、身なりには構わず、もっさりとした服を着ているような印象がある。荷物は、やたらと大きく重そうなバックパック――美紀は、私が勝手に抱いていたイメージをあっさり覆した。服装は、シンプルながらいかにも上質な感じだった。すらりとした体形に、よく手入れされた長い髪。薄化粧は、整った顔だちをむしろ強調している。

　話を聞くうちに、美紀が妹を心配している理由が分かってきた。

　実は昨夜、美紀はこの街で妹と待ち合わせをしていたのだという。美紀はその時間まで私の店で時間潰《つぶ》しをしていて、直後にテロを間近で見た。ちょうど待ち合わせの場所へ向かう途中……同じように待ち合わせ場所へ向かっていた美紀の妹は、爆発に巻きこまれて軽傷を負ったという。

「妹さんのお名前は？」

「真希《まき》です」

美紀・真希姉妹か。昔から混同されていただろうな、と私は想像した。

「怪我《けが》の具合は？」

「怪我自体は軽傷です……腕をちょっと怪我したぐらいで、入院もしていません」

警察が発表した負傷者は五人。いずれも軽傷で入院の必要もない——真希はこの五人に含まれているのだろうか。もしかしたら、現場から私が助け出した若い女性が、真希だったかもしれない。私は目をつぶり、彼女の外見を美紀に説明した。

「違います」美紀が即座に否定した。「私は妹と直接会っています」

「どういう状況だったんですか？」

美紀はまだ混乱しているようで、話が行ったり来たりしてしまう。後から内容を整理することにして、私は自由に話させた。話し続けるために、他人の相槌《あいづち》や質問を必要とするタイプの人間もいるが、美紀はそうではないような気がしていた。

予想通りだった。最初こそ時間軸が混乱していたものの、美紀の説明は次第に明瞭《めいりょう》になり、最終的にはすんなりと私の頭に入ってきた。私は頭の中でメモを作った。

・十時ちょうど、美紀が店を出る。

・真希との待ち合わせ時間は十時十分。場所は、すずらん通りにある『ミダス』というバー（このバーには私も一度だけ行ったことがある。私の年代よりも若い人向けの感じだった）。

・駿河台下交差点の方へ歩き始めてすぐ、爆発音が聞こえた。状況が分からず、しばらくその場で立ちすくんでいたが、やがてその辺りを真希が通りかかるはずだと気づいた（真希は小川町駅から駿河台下方面へ歩いて『ミダス』へ向かうはずだった。よほど遠回りのルートを使わない限り、現場近くを通過するのは間違いない）。

・爆発音がした方へ向かい、現場に遭遇。とっさに身の危険を感じて交差点の方へ引き返した。この時点で、真希の携帯に電話を入れてみたものの、応答はなし。

・不安になり、警察へ駆けこもうとしたが、その時に爆破現場の方から真希が歩いて来るのが見えた。コートはぼろぼろでふらついてはいたが、誰かの助けは受けていなかった。

・負傷箇所は腕で、吹き飛ばされてきたガラス片が当たったらしい。

・当然呑《の》みにいくのはやめにして、すぐにタクシーを使って真希の自宅へ向かった。しかし途中で強い痛みを訴えたので、救急病院でおろしてもらい、治療を受けた。二の腕を五針縫ったが、その他には異常なし。日付が変わる頃に、タクシーで真希の家まで戻り、美紀はそのまま泊まった。

時間を追ったメモは一応整理できた、と確信する。話したことで、美紀も多少は落ち着いた様子だった。しかし……妹が怪我したのは災難だったと思うが、それを私に言ってどうするつもりなのだろう。

「妹さんの怪我は、心配いらないんですよね？」

「大丈夫です」

「切り傷ぐらいならともかく、頭でも打っていたら、後から症状が出ることもありますよ」

「それも昨夜、病院で調べてもらっていますから、大丈夫ですけど……でも……」美紀が言い淀《よど》む。

「何か問題でも？」

「精神的なショックが大きいんです。最初は事情が分かっていなかったんですけど、今朝ニュースを見たらテロだって……妹は、結構危ない状況だったと思うんです。ガラス片が当たったのがたまたま腕だったからあの程度で済んだけど、もしも頭や首に当たっていたら……」

「確かに、大怪我になっていたかもしれません」あるいは致命傷を負ったかもしれない。

「ちなみに、お二人とも実家ではないんですか？」

「違います。実家は三重県で、両親と兄は向こうに住んでいますけど……私たちは東京へ出て来て、一人暮らしです」

「一緒には住んでいないんですね？」

「出て来たタイミングが違うので。それに、あまり仲はよくないんです……よくなかったんです」

「もっと若い時は、ということですね」美紀が話しにくそうだったので、私は助け舟を出した。年齢を重ねると、不仲が自然に氷解することもよくある。

「今は普通です。さすがに昨夜は心配だったので、妹の家に泊まりました」

「この件、警察には届け出ましたか？」警察では被害の全容を把握したがるはずだ。

「いえ」美紀の表情が暗くなる。「朝になったら警察へ行くつもりでいたんです。昨夜は、妹もそれで了解していました。でも、ニュースを見てから、様子が変わってしまったんです……パニックなんですよ」

「ちょっと早いPTSD（心的外傷後ストレス障害）という感じでしょうか」

「ショックがまだ生々しいですから、PTSDとは言えないと思いますけど……とにかく今は、外へ出られないんです」

「電話すれば、警察の方から飛んで行きますよ」

「駄目です」美紀が思い切り首を横に振り、長い髪がふわりと揺れた。「とても人に会える状態じゃありません。警察なんて、とんでもないですよ」

「災難でしたね」テロは、被害者に肉体的にも精神的にも傷を与える。真希はまさに、その犠牲者なのだろう。話を聞いた限り、体の傷は大したことはなさそうだが、心の傷はいつ回復するか分からない。「でも警察はともかく、専門の医者には相談すべきですよ」

「田舎から両親が出て来ましたから……それで落ちつかないようだったら、明日にでも病院に連れて行きます」

「そうした方がいいですよ。ご両親がいれば、多少は落ち着くでしょう」

「そうですね……」

ここまでの話を、私たちは店内で立ったまま進めていた。店に入った途端、美紀がまくしたて始めたので、椅子《いす》を勧める暇もなかったのだ。

「取《あ》り敢えず、コーヒーでもどうですか？　あなたもだいぶ疲れているでしょう」

「いいんですか？　今日は休みですよね？」

「ちょうど、私も一杯飲みたいと思っていたんです。今日はちょっとバテてましてね……何だったら、ビールにでもしますか？」

「でも、ここは喫茶店ですよね」

「自分で呑む用に、ビールはキープしているんです」それこそ数か月に一度ぐらい、仕事終わりに無性にビールが呑みたくなるのだ。それは夏冬関係ない。

「じゃあ、一杯だけいただけますか」

「喜んで」

普段、仕事中に酒を呑むようなことはない。私は自然に、田澤を思い出していた。あれは、二度目に会った時だろうか……馴染《なじ》みになっていたカフェにふらりと現れた田澤は、最初に会った時よりもひどく酔っていた。そして、酒のせいだけではなく「頭痛がひどい」と私に訴えた。

あの国の医療状況を考えて、私は常備薬をいつも持ち歩いていたので、当然頭痛薬も手元にあった。アルコールが入っている時に頭痛薬は危険なのだが、あまりに辛《つら》そうなので、「酔いが醒《さ》めたら呑むように」と念押しした上で四錠を与えた。ところが田澤は、私が目を離した隙《すき》にコーヒーで四錠を一気に流しこんでしまったのだ。ほどなく気絶して、椅子から滑り落ちた。

昏睡《こんすい》状態に陥った田澤を、私は仕方なく宿舎にしていたホテルの自分の部屋に運びこんだ。結局朝まで田澤は私のベッドで眠り続け、目を覚ました瞬間に、いつも持ち歩いているスキットルからウィスキーを一口呑んだのだった。それを見た瞬間、私はこの男は絶対に長生きできないと確信した。

もっとも、その時勧められて呑んだウィスキーはひどく美味《うま》かったのだが。

カウンターの中に回り、冷蔵庫を開けた。ビールの大瓶が二本、冷えている。水を出すためのグラスを二つ、カウンターに並べて、ゆっくりとビールを注いだ。綺麗《きれい》に泡ができる……上出来だ。彼女の方にグラスを押しやり、自分も手にする。目の高さに上げて、グラスを直接合わせない乾杯をしてから、私は半分ほどをぐっと呑んだ。

美紀は一気に干した。それほど大きなグラスではないが、なかなかの呑みっぷりだ。私のグラスに半分ビールが残っているのに気づき、「ごめんなさい」と言って慌てて右の掌《てのひら》で口を押さえる。

「一杯だけと言わず、もう一杯どうですか？　残りを一人で呑むのは、ちょっときついな」あの国から戻って以来、私はすっかり酒が弱くなっていた。

「じゃあ……すみません」

　美紀がカウンターにグラスを置き、私に向けてそっと押し出した。私はもう一度、慎重にビールを注いだ。コーヒー専門で、ビールの注ぎ方に関してはプロではないのだが、今回も上手《うま》くいった。温度がちょうどよかったのかもしれない。

　今度は、美紀はゆっくりと呑んだ。少しだけリラックスしてきたようで、刺々《とげとげ》しい気配が薄れている。

「それで……どうして私に会いに来たんですか？」

「この辺で聞き込みを始めてみたんです。それで、あなたには昨夜会っているから……知り合いみたいなものじゃないですか。つい、ここに足が向いてしまったんです」

　あくまで「みたいなもの」だが。一度会っただけの人と、親友の振りはできない。

「この事件、本当にテロなんですか？」美紀が訊《たず》ねる。

「さあ、どうかな」私は肩をすくめた。「私には分かりません」

「私、この件について知りたいんです」

「それは……ニュースをチェックしていれば分かるでしょう」

「新聞やテレビのニュースが、どこまで本当のことを伝えると思いますか？　真相は埋もれてしまうんですよ」

　それはそうだろう。連中の取材能力には限度がある。警察官と違って、強制的に調べる権利もないのだし。しかし私は、彼女の言葉に同意しなかった。何となく、話が危うい方向へ流れていきそうな気がする。

「私、東京へ出て来てから十五年になります」

「大学から東京ですね？」

「ええ」

　だとすると三十三歳……その年齢よりは少し若く見える。

「ずっと一人で、必死に働いてきて……本当はＩＴ系のライターなんか、やりたくもないんです」

「その仕事は、仕方なくやるようなものなんですか？」突然の打ち明け話に、私は微妙な戸惑いを覚えた。

「ＩＴ系のライターは、常に人手不足なんです。それに『私はライターです』と名乗れば、それでもうライターになれますしね」酔いが回ってきたわけではあるまいが、美紀の口調はそれまでよりも皮肉っぽかった。

「そんなものですか？」

「そもそも文章がろくに書けないのに、ちょっとＩＴ関係に詳しいだけでライターになろうとしている人がどれだけ多いか……それなら、最初からシステムエンジニア《SE》にでもなればいいんです」

「ちょっと貶《けな》し過ぎじゃないですか？」私はやんわりと注意した。

「ごめんなさい」美紀がさっと頭を下げる。額にかかった髪を、右手で素早くかき上げる。

「本当はどんな仕事をしたかったんですか？」

「ライターというより新聞記者に……それで、海外取材がしたかったんです」

「狭い日本では物足りませんか？」

「日本の中でも精一杯ですけどね」美紀が肩をすくめる。「とにかく今の私は、物書き業界では最下層にいる人間なんです」

「それは卑下し過ぎだと思いますが」

「事実ですよ」美紀が淡々と言った。「でも、最下層のライターには最下層のライターの意地があります。私は、この事件の真相を絶対に探り出しますよ。だいたいこういう事件って、真相が分からないままうやむやになったりするでしょう」

「分かったら、どこかに書くつもりですか？」

「チャンスがあれば」

「それはやめておいた方がいい」私はすぐに忠告した。「ニュースで流れているように、本当にイスラム過激派によるテロだったら、書くことによってどんな影響が生じるか分かりません。万が一の時には、警察もあなたを守りきれるかどうか——」

「自分の身は自分で守ります」美紀が毅然《きぜん》とした口調で言った。

「ジャーナリストは、安全を保障されているわけじゃないんですよ。世界中で、年間に何人ぐらいのジャーナリストが殺されているか、知っていますか？」

「その多くは、戦場で死んでいます」美紀は動じなかった。「ここは日本ですよ？　海外から入って来たテロリストが日本人を殺すのは、リスクが大き過ぎるでしょう」

「不特定多数を狙《ねら》ったテロを起こすような連中なら、個人を殺すぐらいは何とも思わないでしょう。彼らの死生観は、我々とはまったく違うんです。自分を犠牲にすることを恐れなければ、大抵のことは可能なんですよ」

「それは向こうの理屈ですよね。私たちには私たちの理屈があります……」ふいに、美紀が言葉を切った。正面に立つ私の顔を真《ま》っ直《す》ぐ見詰め、「書きませんよ」とぽつりと言った。

息を止めていたことに気づき、私はゆっくりと呼吸を再開した。

「分かってもらえたなら――」

「最初から分かっていました。ちょっとむきになっただけです」美紀が唇を尖《とが》らせる。「書けばどんな影響が出るか、何が起きるか、そういうことを想像するぐらいの力はあります。私はただ、真相を知りたいだけなんです。妹がこのまま、心の痛みを抱えこんでしまったら……それを考えると怖いんですよ」

私は黙ってうなずいた。そう、時には真相を知ることが、最も効果的な治療方法になることもある。誰《だれ》にやられたのか、何故《なぜ》やられたのか――それが分からないと、暗闇《くらやみ》の中を手探りで進むような頼りなさを感じるだけではないか。

「妹のためにも、私は真相を探り出すつもりです」改めて美紀が宣言する。

「でも、どうやって？　警察に伝手《つて》でもあるんですか？」

私の指摘に、美紀が黙りこむ。しかし視線は、真っ直ぐ私の顔に注がれたままだった。彼女が何を考えているか想像できて、私は少しだけ居心地が悪くなった。

「安宅さんは、ずっとこの街の人なんですか？」

「いや……たかだか十年です。十年住んだだけでは、この街の住人とは言えませんね」

「でも、この街の事情はよく知っているでしょう。協力して下さい」

「どうして私なんですか？」やはりそうきたか……そんな予感はしていた。

「この街には、他に知り合いがいないんです。昨夜、たまたま縁ができたんですから……お願いします」

「無理です」自分でも調べ始めている——しかし彼女に協力するとなると話は別だ。ライターとして美紀がどの程度の取材能力を持っているかは知らないが、当てになるとは思えない。ばたばたと騒いだだけで、何も分からずに終わる可能性が高いだろう。一方私には、彼女のような大義名分はない。単に好奇心から調べているだけなのだ。しかし私の方が、真相に辿《たど》り着ける可能性は高いと思う。調査のノウハウは持っているし、警察を上手く利用できるかもしれない。

「とにかくお願いします。手を貸して下さい」美紀が頭を下げる。

「イエスとは言えませんね」

「安宅さん、以前警察官だったんでしょう？」

「どうして知っているんですか？」

否定すべきだったと思ったが、もう遅い。認めてしまったことを悔いたが、美紀は当然気づかない様子で、平然と答える。

「近所の人に聞きました。警察にも伝手がありますよね？　安宅さんの情報があれば、私は真相に近づけると思います。お願いですから、手を貸して下さい」美紀が興奮して言った。

思いこみが激しい——扱い方を間違えると地雷になりそうなタイプだ。

その推理は当たった。美紀が突然、涙を流し始めたのだ。嗚咽《おえつ》を漏らすわけではないが、右目から涙が一筋、頰《ほお》に垂れる。続いて左目からも……私は、カウンターにいつも置いてあるティッシュペーパーの箱から一枚引き抜き、彼女に渡した。しかし美紀はそれを受け取ろうとせず、自分のハンドバッグからハンカチを取り出した。そっと目に押し当て、しばらく両手で支える。ややあってハンカチを離し、顔を上げた。無表情。

私は唇を引き結んだ。これ以上拒絶できない、と覚悟する。このまま放《ほう》り出したら危険だ。

「何か優しい曲はありますか？」

「それは、かなり難しい注文ですね」私は振り返り、壁に並ぶレコードを見た。基本的には、七〇年代のハードロックのアルバムばかり。その中で、心を癒《いや》してくれそうな曲は……ふと思いつき、エルヴィス・コステロのデビューアルバム『マイ・エイム・イズ・トゥルー』を選んだ。いわゆる「パブ・ロック」を代表する一枚で、私のコレクションの中では異質だが、たった一曲のためにこのアルバムを持っている価値があると思う。プレーヤーにセットし、曲の頭を出す。柔らかいギターのイントロに続き、エルヴィス・コステロの絞り出すような歌声が流れ出す。『アリスン』。

美紀は目を瞑《つぶ》り、ゆったりとしたメロディに身を委《ゆだ》ねていた。曲が終わるとゆっくりと唇を開き、「いい曲ですね」とぽつりと言った。

「パンク全盛期のイギリスでも、こういうロマンティックな曲があったんですよ」

「パンク、嫌いなんですか？」目を見開き、美紀が疑わしげに訊《たず》ねた。

「否定するわけじゃないけど、私の好みには合わない」

「この曲はパンクじゃないですね」

そう……歌詞の内容もパンクとは程遠い。手ひどい失恋の歌で、心がささくれている時に聴くべき曲ではない。しかし、メロディに身を委ねている限りは、心が洗われるようだった。

結局私は、彼女の頼みを受け入れるだろう。頼まれると断れないのは昔からの性格で、これは警察官を辞めても変わらない。

2

翌日、私は普段より一時間早く起き出した。何となく、体が鈍《なま》っている……少し体を痛めつけ、たっぷり汗をかくつもりだった。

自宅でも簡単なトレーニングができるように、最低限の器具は揃《そろ》えている。ベンチとダンベルが何種類か——これで大抵の運動はこなせるのだ。

起き抜けにペットボトルのスポーツドリンクを半分ほど飲み、体を潤す。「よし」と短く気合いを入れて、まず大胸筋から始めた。ベンチに仰向《あおむ》けになり、三十キロのダンベルを両手に持つ。苦しいのは最初に上げる時だけ……顔に血が昇るのを感じながら、ゆっくりと両腕を上げ下げした。どんなに苦しくても、スピードは上げない。腕ではなく胸の筋肉を動かすことを意識しながら、同じ動作を二十回、繰り返した。終わって最初に右、続いて左とダンベルを床に置いて、ベンチに寝転がったまま呼吸を整える。もう汗が吹き出し、息が上がってしまった。壁の時計を見て、秒針が一回りする間だけ休憩。二回目は一回目よりきつかったが、それでも何とか同じ重さ、回数をこなす。

次いで、同じ重さのダンベルを使い、広背筋のトレーニングにかかる。ベンチに右膝《みぎひざ》と右手を預けた格好の四つん這《ば》いになり、左手に三十キロのダンベルを持ってゆっくり引き上げる。やはり腕ではなく、背中から肩を意識した。重い凝りのような感覚が、すぐに募っていく。二十回。姿勢を変えて、今度は右腕。これも左右で二セットずつこなす。終わった時には、ベンチが汗で濡《ぬ》れていた。

立て続けに上半身に負荷を与えた後は、腹筋だ。ベンチに寝転がり、両膝を立てた状態で、胸の上で腕組みをする。無理に上体を直立させるのではなく、途中まで体を起こして戻す、浅い腹筋。スピードが上がり過ぎないように十分注意する。これを三十回ずつ三セット。引き続き、両手でベンチの端を摑《つか》んだ姿勢で、両足を上げ下ろしする腹筋に移った。これで、腹筋の下側に刺激を与える狙《ねら》いである。これも三十回ずつ三セットこなすと、今度は脇腹の外腹斜筋を鍛えるために、捻《ひね》りを加えた腹筋運動に移った。

さすがに最後の方は、腹筋が引き攣《つ》るようだった。ベンチを濡らす汗をタオルで拭《ふ》き取ってから、最後のセットに入った。十キロのダンベルで、アームカールを二十回ずつ三セット。両の二の腕が痙攣《けいれん》しそうになったところでやめ、今度は同じ重さのダンベルを両手で持ち、頭の後ろで肘《ひじ》の曲げ伸ばしをする。内側の上腕二頭筋だけでなく、裏側の上腕三頭筋も同じ負荷で鍛えてやらなくてはいけない。最後は、十五キロのダンベルを両手で持ち、耳の横から腕が完全に伸びきるまで頭上に上げ下げする。肩の三角筋と僧帽筋のトレーニングだ。

全《すべ》て終わって三十分。全身汗まみれで、体は熱くなっていた。シャワーを浴びてクールダウンしてから、いつもの朝食を摂《と》る。昨日は卵サンドで済ませてしまったが、あれは例外で、基本的に毎日の第一食は変わらない。パンとバナナ、野菜ジュースに卵料理を何か一つ。今日はスクランブルエッグにした。これで午後半ばの第二食まで、十分エネルギーが持つ。

いつものように、十時半に店に下りた。十一時には店を開けるが、混み始めるのは、昼食を終えた近所のサラリーマンが一服するためにやって来る十二時半過ぎだ。今時はチェーンのカフェが主流とはいえ、こういう古い喫茶店を未《いま》だに愛してくれる人も、この街には少なくない。

一通り準備を終え、外に出て札を「営業中」にする。まだ客が来る気配はない……私はカウンターの内側の椅子に腰かけ、二階から持ってきた古い資料を読み出した。瞬時に、記憶が十年前に飛ぶ。

まるで十年前の出来事ではなく、昨日、目の前で起きたことのようだった。


足がふらつく……怪我したわけではないが、爆発のショックは大きい。ただショックを受けただけだ、と自分に言い聞かせる。体が動けば何とでもなる。気をしっかり持て。

爆発のあった方から、人がどんどん逃げて来る。一様に恐怖に顔を引き攣らせ、泥を撥《は》ね飛ばしながら全力疾走している。三歳ぐらいの子どもを抱いた母親が、若いアスリート並みのスピードで走っていた――まさに火事場の馬鹿力だ。

反対方向へ逃げる人たちと次々にぶつかってしまい、なかなか前へ進めない。怒号が飛び交い、どこにこんなに人がいたのかと思えるほどの混雑ぶりだった。そのうち、負傷者の姿が見えてくる。怪我したものの、何とか自力で現場を脱出できた人たち……頭から血を流し、顔を赤く染めた中年の男。足を引きずりながらも必死で走る若い女性。この分だと、現場はどうなっているのだろう。考えただけでぞっとする。

ほどなく私は、見知った顔に出くわした。いや、最初は分からなかったのだ。顔が血で染まり、鬼のような形相——しかしすぐに、私と同じように選挙監視員としてアメリカから派遣されてきていたリック・ウォードだと分かった。

「リック!」

大声で呼びかけると、リックが立ち止まる。目は虚《うつ》ろで、唇が震えていた。しかしすぐに我に返ったようで、「何してる! 逃げろ!」と叫んだ。

その声に、思わず踵《きびす》を返してしまう。リックは身長百九十センチを超える大男で、普段から独特の圧迫感を発しているのだ。並んで歩きながらちらりと横を見ると、こめかみから一筋血が流れ落ち、頬に新しい赤い筋を作った。

「何が起きた?」私は大声で訊ねた。

「自爆テロだ。トラックが建物に突っこんで爆発した」

「クソ、冗談じゃない……ここまで来て……」

「とにかく、ここを離れよう。危険だ」

「いや……俺は現場へ行く」

「馬鹿言うな。絶対に駄目だ」立ち止まったリックが真剣な表情で警告する。「まだ燃えているし、次の攻撃があるかもしれないぞ」

「知り合いが向こうへ歩いて行ったんだ。爆発に巻きこまれたかもしれない」

「監視団の人間か？」

「いや、日本人のジャーナリストだ」しかも結構酔っていた。足元が怪しい感じで、無事に逃げ出せたとは思えない。

「そういう人間は見てないな……しかし、あそこにいるのかいないのかは分からない。大混乱だ」

「とにかく、自分の目で見てみる」私は方向転換して走り出した。リックが「シン！」と叫んだが無視する。とにかく今は、田澤の無事を確認しないと。

　角を曲がった瞬間、炎の熱で顔を舐《な》められた。火が直撃せずとも、勢いが強い場合、近づいただけで火傷《やけど》することもあるのだ。私は右腕を顔の高さに上げて熱を遮りながら、じりじりと後退した。どうやら逃げられる人間は自力で逃げ出したようで、現場に人気はない。しかし逃げられなかった人間は……。

　少し離れた場所から、爆発現場を確認した。二階建ての建物が、ほぼ骨組みだけになっている。炎の中で、トラックもシャシーだけになりかけていた。道路にはガラス片などが散乱し、炎を受けてキラキラと輝いている。人の姿はない……あそこは、この国では数少ないナイトクラブだ。この時間なら満員ということはないだろうが、それなりに人はいたはずである。この国では防火対策はまだ未熟であり、中にいた人が逃げ遅れた可能性は高い。

田澤がホテルに戻るためには、ナイトクラブの前の道路を通るしかなく、彼が爆発に巻きこまれた可能性は低くはなかった。タイミング的にも、ちょうどあそこの前を通りかかった頃に爆発が起きたのではないだろうか。

なす術《すべ》がない。

消防車が来る気配はなく、警察も到着しない。長く内戦で苦しんできたこの国では、市民生活を守るための消防・警察などの組織が未整備のままなのだ。

自然に消えるのを待つしかあるまい。遺体の確認はその後だ。

縁起でもない。とにかく、何とか田澤の安否を確認しないと。携帯電話を取り出したが、不通――この国では携帯電話の電波は不安定で、通じるか通じないかは場所と運次第だ。直接確認するしかないか……私は遠回りして、田澤が宿舎にしていたホテルに行くことにした。もちろん、彼はジャーナリストだから、自身が被害を受けなかったら、何とか取材しようと考えるはずだ。まだ現場に踏み止《とど》まっている可能性もある。

いずれにせよ、直接顔を見ないことには安心できない。

ホテルへ遠回りして行くには、先ほどまでいたカフェまで引き返して――頭の中で、この街のごちゃごちゃした道路網を思い出しながら、私は歩き出した。

その瞬間、強風――今まで経験したことのない強風が私を襲う。その直後に爆発音が聞こえた。順番が逆だろうと一瞬呑気《のんき》なことを考えたが、次の瞬間には私は意識を失っていた。

自分が宙を飛んでいたのだと知ったのは、数時間後に宿舎で意識を取り戻した時だった。

生きるか死ぬかは紙一重だ。

もしも私が、ずっとあのカフェに籠《こも》っていたら、爆発の直撃を受けていただろう。あの時のことを思い出すと、今でも震えがくる。

あの夜、テロリストたちは、無差別かつ広範な爆破テロをしかけていたのだ。最初にナイトクラブが襲われたのは、車が突っこんだ自爆テロだったのだが、二発目は、私が田澤とコーヒーを飲んでいたカフェに、直接爆弾が放りこまれる荒っぽい手口だった。現場の混乱は極限にまで達していて、誰が被害者で誰がテロリストかも分からない状態……結局私を助けてくれたのはリックだった。自らも負傷しながら、第二の爆発が起きた直後に現場に引き返してくれたのだ。そのまま私を担いで宿舎まで歩いて帰ったというのだから、とんでもなくタフな男である。彼には未だに頭が上がらない。だから今でも毎年、誕生日とクリスマスにはカードを送る。

あの事件をきっかけに、私と同じように公務から退いたリックは、今はカンザス州で牧場を経営している。彼から届くクリスマスカードは、毎年決まって牛の群だ。クリスマスとはまったく関係ないように見えるのだが、一頭だけ、必ず赤いサンタクロースの帽子を被《かぶ》っている。彼にすれば極上のジョークのつもりなのだろう。私は一瞬、くすりとするだけだ。

どうも私とアメリカンジョークは相性が良くない。

ふと、彼と話すのも手だな、と思った。米陸軍グリーンベレーから選挙監視員としてあの国に派遣されていたリックは、その後非公式に自爆テロの調査を行った。もちろん捜査権限はなく、実態は分からないままだったが……今回の事件について話せば、何かヒントをくれるかもしれない。

米中部時間帯のカンザス州と日本との時差は、どれぐらいか……調べてみると、こちらの午前十一時が午後八時ぐらいのようだった。牧場の朝は早いだろうが、さすがにこの時刻にベッドに潜りこんではいないだろう。

客が来ないのをいいことに、私はリックに電話を入れた。自宅の電話番号、携帯電話の番号ともに、私のスマートフォンの電話帳には入っている。海外の携帯電話にかけるとどれぐらい金がかかるか……細かいことが心配になり、私はまず彼の自宅の電話にかけてみた。

「ハロー」リックが直接電話に出た。

「シンだ。シン・アタカだ」

「こいつはたまげた」リックがやや甲高い声を張り上げた。直接会っていたら、両手を大きく広げて驚きを表明しているところだろう。「どういう風の吹き回しだ？　何でわざわざ電話してきた？　もしかしたら、アメリカに来ているのか？」

「いや、日本にいる。今、開店準備中だ」私が喫茶店を経営していることは、リックも知っている。

「久しぶりだな。実に久しぶりだ」

「話すのは五年ぶりぐらいだな」私も認めた。「どうして日本へ来ないんだ？　そういう約束だっただろう。俺は、日本で最高に美味《うま》い牛肉を食わせるって約束したぞ」

あの国の長く退屈な夜に、散々出た話題である。リックはカンザスの牛の素晴らしさを延々と語り、「いつかお前に食わせてやる」と口癖のように言っていた。そんな風に自慢されると言い返したくなるのが人間というもので、私は日本の牛肉の美味さを散々ＰＲした。その議論は、「それなら、お前が自慢する牛肉を食いに日本へ行ってやる」というリックの捨て台詞《ぜりふ》のような言葉で終わるのが常だった。任務が終わり、それぞれが母国へ帰る時にも同じ話が出て、実際に私は彼を日本でもてなすつもりでいたのだが……「飯でも食おう」という約束を絶対に実現させないのは日本人だけとよく言われるが、開けっぴろげなアメリカ人でも同じなのだろうか。いや、わざわざ日本へ来るのはハードルが高い。国際経験も豊富――主に戦場でだが――なリックだが、今はカンザスの田舎に引っこんでしまっているわけだし、牛の世話は私が想像するよりはるかに大変なのだろう。そんなに自由に時間が取れるとは思えない。

今回は、牛肉自慢をし合うのが目的ではない。私はすぐに、用件を切り出した。

「テロが起きた」

「何だと？」

「俺の家のすぐ近くだ」

「日本で——東京でテロ？」リックの声が尖る。実際彼は、怒りさえ感じているようだった。陸軍時代にはアフガニスタンなどへ派遣され、イスラム過激派とも直接戦った男である。私の感覚では、彼のイスラム嫌いにはかなり偏見が入っているのだが、何度も死の恐怖を味わったら、そうなるのも仕方ないのだろう。自分に銃口を向けた人間を許すのは難しい。

私は詳しく事情を説明した。リックは適切に質問を挟みこみながら、私の説明を最後まで聞いた。

「——分かった。日本でこれまでに、同じような手口のテロはあったのか？」

「俺が知る限りではない」

「あの時の手口とよく似ているな。車爆弾は定番だし」

「ただし、正確には自爆テロではなかったんだ」

「ああ、そうか。車で突っこんだ人間は逃げ出しているわけか」

「死ぬことを恐れる犯人というのは、イスラム過激派らしくない」

「確かに……たぶん、連中じゃないだろう」リックが曖昧《あいまい》に結論を出した。「もちろん俺は、過去の経験から言っているだけだ。現在の状況は分からないから、そこは勘違いしないでくれよ」

「分かってる。今のテロ情勢についてよく分からないのは俺も同じだ」

「お互いに予備役みたいなものだからな」

「俺は軍人じゃないから、予備役という言い方はおかしい」

「要するに、口煩《くちうるさ》いだけのＯＢか」

「つまり、最悪の存在だな」

電話の向こうでリックが声を上げて笑った。しかしすぐに、真面目《まじめ》な口調になる。

「この件を調べてるんだな？」

「まだ始めたばかりだが」

「怪我しないように気をつけろ。日本のテロの事情はよく知らないが、テロリストというのは基本的に表に出て来ない。正体が分からない人間を相手にするのは危険だぞ。ましてや今、お前は身を守るための銃さえ持っていないだろう」

「警察官時代も、銃を使う――持つ機会なんかほとんどなかった」

「日本は安全な国だからな」

「アメリカが危険過ぎるんだよ」

「――とにかく、怪我だけはしないように気をつけろよ。テロに巻きこまれて怪我するなんて、お互いに一回で十分だろう」

「その通りだな――それより、日本へはいつ来るんだ？　俺の方は準備万端だぞ」

「然《しか》るべきタイミングで」

やはり、リックも確約はできないようだった。一緒に死線を越えた人間同士は、永遠の絆《きずな》を得るとも言うが、これだけ遠く離れていては絆も思い切り引き伸ばされて、細くなってしまうに違いない。

私とリックを繋《つな》ぐ絆は、今や触れれば切れてしまう蜘蛛《くも》の糸ほどの細さしかないのではないだろうか。


昼過ぎに明日花がやって来た。相変わらずだるそうに、のろのろ店に入ると、カウンターの裏にあるストックルームでコートだけを脱ぎ、エプロンをして出て来た。

「一昨日《おととい》は大丈夫だったんだな?」兄から話は聞いていたが、一応本人にも確認する。

「知ったの、昨日の朝だよ」

「とにかく、無事でよかった」

「真さんは?」

「ご覧の通りだ」私は両腕を広げて見せた。「あれぐらいで怪我する訳がない」

「何だったの? よく分からないんだけど……」

「ニュースはチェックしてないのか」もちろん、ニュースを見てもろくに分からないのだが。

「そんなの、見ないから」

「じゃあ、いつもスマホで何を見てるんだよ」

「いろいろ」

まともに答える気もないようだった。会話は途切れ、明日花はちょうど入って来た二人組の客に水を出しに行った。今日は何故か、勤労意欲はあるらしい。こんな仕事は、意欲がなくてもこなせるものだが。

店は次第に混んできた。いつも通り、十二時半から一時半ぐらいがピーク。次々とコーヒーを淹《い》れ続け、明日花がそれを運び、レジを担当する。いつもと変わらぬ仕事を続けているうちに、私は次第に心がフラットになってくるのを感じていた。結局人は、日常に埋没しているのが一番楽なのだ。トラブルやアクシデントを楽しめるような人は、相当の変わり者である。

二時になると急に客足が途切れる。これからが私の第二食の時間だ。しかし、参ったな……私の店にはテロの影響はまったくないようで、昼の時間に店を空けて動くのは無理そうだ。何か調べたくとも時間がない。気は急《せ》くが、徹底して調査をしたいと思ったら、店を休むしかないだろう。

しかし、何か手があるはずだ。まずはそれを――時間を捻出《ねんしゅつ》する方法を考えよう。

「飯にしようか」

今日はチキンのトマト煮にした。基本的には、大振りに切った鶏胸肉をトマトとニンニク、玉ねぎなどの野菜と煮こむだけだから、まったく手がかからない。ずっと火にかけておくだけで、たまにかき混ぜれば焦《こ》げつくこともない。仕上げにウスターソースを少量加えるのが私のレシピだった。

私は大抵、カウンターについて食事をする。明日花は離れたテーブル。どうも、人と一緒に食事をするのが苦手なようだ。いや、私を苦手にしているだけかもしれないが……家ではどうしているのだろうと心配になる。兄夫婦とは、まともな会話が成立しているのだろうか。

チキンとサラダ、皿に盛ったライス。チキンを食べ、ライスを頬張り――という手順を繰り返していたが、そのうち面倒臭くなって、トマト煮をライスに混ぜて食べ始める。先に食べ終えて、ちらりと明日花を見ると、同じようにして食べていた。自分の真似《まね》をしたのか、もともとそういう食べ方が好きなのかは分からないが、これが血筋だとしたら不思議なものだ。

ふと思いつき、明日花が食事を終えるのを待って声をかけた。

「ちょっとこれを見てくれ」

カウンターの内側に誘いこみ、天板の裏側についているボタンを示す。

「何、これ？　こんなのあったんだ」

「緊急通報用のボタンだ。これを押すと、警察に直接連絡が行く」

「マジで？」明日花が目を見開いた。

「ああ、マジもマジ、大マジだ。テロがあった直後だから、何かと物騒だからな。何かあったら、迷わずこれを押せ」

「でも、店に警察が来るんでしょう？　大変じゃない」

「大変だけど、何かあってからじゃ遅いから」

「そういうことがないといいけどね」

明日花が肩をすくめ、ポットを火にかけた。カウンターの脇にある棚から、自分用にキープしてある紅茶のティーバッグを取り出し、マグカップに入れる。お湯を注ぐと、椅子に腰かけて長い髪をいじり始めた。片手にはスマートフォン……いつもの明日花だった。

少し時間が経ってから、ティーバッグを捨ててマグカップに口をつける。ミルクも砂糖もなし。明日花は紅茶そのものの純粋な香りと味を楽しんでいるようだった。というよりも、単純にコーヒーが飲めない。最初にこの店に来た時にカフェオレを淹れてやったのだが、一口飲んだだけで挫折《ざせつ》した。

私は自分用のコーヒーを淹れた。豆の仕入れ先にまでこだわるわけではないが、丁寧に淹れればだいたいコーヒーは美味くなる。

静かに時が流れた。客足は完全に途切れている。明日花に店を任せて、外で聞き込みでもしようかと思ったが、それはさすがに危険だろう。明日花にはまだコーヒーの淹れ方も教えていない。そもそも、そんな作業には興味もないようだが。

午後遅くから夕方にかけて、店の忙しさは第二のピークを迎える。外回りの合間に一休みする営業マンや、仕事の打ち合わせをする人たちなど……近所の人たちが暇潰しに顔を見せることもよくある。この店は、一種の街の社交場になっているのだ。たまには学生も顔を出すが、この店では珍しい存在である。最近の学生は、そもそもこういう古臭い喫茶店には足を向けないのだろう。

七時を過ぎるとまた客足は落ちる。夜回りもあるし、今日は早く閉めてしまおうかと思った瞬間、藤木が店に入って来た。

「コーヒー、いいかい？」

「うちには、それしかありませんよ」私は苦笑した。

「じゃあ、コーヒーを」藤木がカウンターについた。「いやあ、しかしなかなか落ち着かないね」

「まだざわついているんですか？　一日店にいると、外の様子が分からなくて」

「街中を警察がうろうろしてるよ。警察には協力しないわけじゃないけど、仕事中に聞き込みされると、営業妨害になる」

「うちには来ませんよ」昨日早朝の襲撃以外は静かなものだった。

「警察にとって、真さんは身内みたいなものでしょう」

「昔の話です」

コーヒーの準備を始める。店内に流れているのはイーグルスの『ならず者』。セカンドアルバムからの一曲——静かなバラードなので、藤木も気にしていない。ハードな曲が流れていると、決まって顔をしかめるのだ。

「どうぞ」

藤木も基本的にブラックで飲むので、ミルクなどは出さない。しかし今日の藤木は、いきなり砂糖を加え、ミルクも要求した。

「ブラックじゃないんですか？」

「ちょっと胃をやられてるみたいでね」

「そりゃあそうですよね……町会をまとめていくのも大変でしょう」

「町会の仕事もそろそろ、あんたのような若い人に任せたいところだよ」

「荷が重いですよ」私は苦笑した。そもそも、まだこの街の一員だという意識も低い。

「こういう騒ぎは、いつまで続くのかね」ミルクも加えたコーヒーを一口飲んで、藤木が心配そうに言った。

「分かりませんね。とにかく、事件の全容が明らかになるまで、ということでしょう。警察の捜査も、そう簡単にはいかないと思います」

「評判が悪くなるのも困る。神保町のイメージダウンだよ」

「でも、たまたまだと思いますよ。言ってみれば、場所貸し犯罪です」

この「場所貸し」という言葉は警察ではよく使われる。その土地にまったく関係ない犯人、被害者が絡んだ事件……たまたま遺体を遺棄した場所というだけでも、現場としてクローズアップされてしまう。地元の人にとってはいい迷惑だし、警察の捜査も難渋するのが普通だ。

「だいたい、東京では犯行現場になっても、イメージがダウンするようなことはないでしょう」

「そんなものかねえ」

「何しろ広いですから。少なくとも、東京に住んでいない人は、神保町がどこにあるかも知らないはずですよ」

「それはそれで、PR不足みたいで嫌なんだよ」藤木が唇を尖らせる。

「いろいろ難しいですねえ」

「まあ、あんたの淹れてくれるコーヒーが美味いことだけが救いだな」

「どうも」私は素直に頭を下げた。

藤木はコーヒーを飲み干すと、すぐに店を出て行った。滞在時間、十分ほど。おそらく、店を閉めた後でちょっと息抜きしようと思っただけなのだろう。

今日は八時半に閉めよう、と決めた。夜回りは九時スタートだから、その時間に閉店すれば間に合う。明日花にそれを告げ、今日はもう帰っていいと言ったが、彼女は腰を上げようとしなかった。

「何だよ、この店に愛着でも感じたのか?」

「まさか」明日花が即座に否定した。「今夜、十時に約束してるから」

「そんな遅くに?」男だろうか、と心配になった。十七歳で、不登校の問題を抱えているのに、この上男問題まで出てきたら大変なことになる。兄の眉間《みけん》の皺《しわ》が、さらに深くなるだろう。

「相手は男じゃないからね」私の内心を読んだように明日花が言った。「今日は友だちとオールでカラオケなんだ」

「高校生にオールはお勧めできないな」

「明日、土曜日だよ？　休み」

「あのな、土曜の休みを主張できるのは、月曜から金曜まで真面目に学校へ行っている人間だけだぜ」

　明日花が鼻を鳴らし、髪をかき上げた。形のいい横顔が露《あら》わになったが、不機嫌な表情に変わりはない。もっと愛想よくすれば、人生に光も射してくるはずなのに……人生の多くの苦難は愛嬌《あいきょう》で乗り切れるということを、まだ知らないのだろう。

　電話が鳴る。先ほど会ったばかりの藤木だった。

「おい、真さん、大変だ」

　藤木の「大変」はいつも大袈裟《おおげさ》だ——そう思ったが、彼に合わせて、深刻な声で「どうしました？」と聴いてみる。

「例のテロ……やっぱりイスラム過激派の犯行だったようだな」

「何ですって？」私は思わず立ち上がった。この情報は初耳だ。

「何だい、知らなかったのか？」藤木が不思議そうに言った。「さっき、ＮＨＫのニュースでやってたよ。中東のテレビ局が、イスラム過激派の犯行声明を伝えたそうだ」

「チェックします。イスラム過激派の名前は分かりますか？」

「『聖戦の兵士』とか言ってたな」

間に、スマートフォンでニュースを検索する。

……CSのニュース専門チャンネルに固定し、テロのニュースが流れるのを待った。その

しまうとは。情報を求めてチャンネルを次々と変えたが、ちょうどニュースの狭間《はざま》の時間

が震えた。いつかは日本でもこんなことが——想像していたのだが、本当に現実になって

電話を切って、テレビをつける。「聖戦の兵士」が何故ここで……リモコンを押す指先

「いや、何でもありません」

「何がまさか、なんだ？」

「まさか……」

あった。

東京・千代田区で8日夜に起きた爆破事件で、日本時間10日午前11時頃、カタール

のアラビア語放送が、イスラム過激派組織『聖戦の兵士』の犯行声明を公表した。こ

れまで日本国内では、イスラム過激派によるテロ事件は発生しておらず、関係者の間

に衝撃が広がっている。

声明では、『日本はアメリカや欧州の反イスラムの動きに荷担しており、許される

ものではない』と日本を非難し、『日本はもはや安全ではない』と、さらなるテロも

示唆している。

『聖戦の兵士』は、アジア各国で十年ほど前からテロを繰り返しており、アメリカな

どはテロ組織として指定している。爆発事件を捜査している警視庁神田署の特捜本部では、この声明について調べるとともに、国内のイスラム過激派の実態把握に全力を挙げている。

他にも記事は出ているはずだ。あちこちのニュースサイトを覗《のぞ》いてみたが、内容はほぼ同じ。テレビでもこのニュースを伝え始めたが、似たり寄ったりだった。これでいいのか？　マスコミはもっと、大騒ぎすべきではないのか？　とうとう日本でも、イスラム過激派のテロが起きたのだ。外事三課の連中は、しっかり情報を収集しているのだろうか。もはや「古巣」とも言えない部署だが、どうしても苛々《いらいら》してしまう。

ドアが開いた。ちらりとそちらに視線をやると、美紀だった。これで三夜連続……それはいいが、今夜の彼女は少し様子が違う。昨夜の疲れや苦悩は顔から消え、少し輝いているようだった。

カウンターに近づくと、コートも脱がずに私に話しかけようとした。私は機先《きせん》を制し、彼女に声をかけた。もう、素人があれこれ嗅《か》ぎ回っている場合ではない。

「犯行声明が出ました」

美紀の顔から血の気が引く。初耳の様子だった。ライターと言っている割に、情報への接触が遅い。

「イスラム過激派の『聖戦の兵士』というグループです。あなたは、この件から手を引いた方がいい。危険だ」

「おかしな目撃証言があったんです」美紀は私の忠告を無視した。

「何ですって？」独自に割り出したのか？　だとしたら、美紀の調査能力は馬鹿にできない。もちろん、警察でも彼女が見つけた目撃者は探し出しているかもしれないが。「どういう証言ですか？」

「問題のトラックを見た、という話なんです」

美紀がトートバッグから地図を取り出した。千代田区内の地図で、神保町付近を拡大コピーしたものだと分かる。既に折り目が傷み、破れそうになっていた。それだけ何度も、開いては閉じてを繰り返したのか。

カウンターの上で地図を広げたので、私は内側から出て彼女の横に並んで立った。香水の香りがふわりと鼻をくすぐる。

「事件現場のスキーショップがここですよね？」

美紀がサインペンで靖国通り沿いに赤印をつけた。建物の名前までは書いていないので確証はないが、そう……この辺りだ。

「ここへ突っこんだということは、軽トラックは駿河台下交差点の方から走ってきた、と考えていいですよね？」

「道路の反対側から突っこむことはあり得ませんね。あそこの中央分離帯は突破できません」私は指摘した。

「ですよね……」美紀が顎《あご》を撫《な》で、地図の上でサインペンを動かした。「駿河台下交差点のすぐ東側の細い路地に、車が一台停《と》まっていたらしいんです」

「あの辺は、違法駐車も多いですよ」

「明らかに様子がおかしかったそうです。それと、突っこんだ軽トラックも駐車していた……ナンバーの一部が一致しています」

「何ですって？」

私は身を乗り出し、地図を凝視した。そこで美紀が、二つ目の赤印をつける。どの辺りだったか……二軒のスポーツ用品店に挟まれた、一方通行の細い路地だと思い出す。この通りを走っていけば、また靖国通りに出られる。

「こういう感じだったそうです」

美紀が、今度はメモ帳を取り出した。細かく方眼が入ったページに、丁寧に線を引いていく。線が二本で道路……そこに長方形を二つ、縦に並べる。縦列駐車した車、という意味だろうか。

「こっちがトラックです」美紀が前の長方形をサインペンで突いた。「後ろに一台、普通のセダンが停まっていました」

「前のトラックが、ビルに突っこんだ軽トラック？」

「ナンバーの後ろ二桁《けた》が同じなんです」

「目撃者は誰なんですか？」

「学生……です」美紀の言葉が急に曖昧《あいまい》になった。

「あなたが直接話を聞いたんですよね？　はっきりしないんですか？」

「逃げられたんです」美紀が渋い表情を浮かべた。

「逃げられた？」私は目を見開いた。証人が「逃げる」などということがあるのだろうか。

「学生さんだと思うんですけど、話を聞いた後で名前を確認しようとしたら、いきなり『勘弁して下さい』って言い出して、結局逃げられました」

彼女も、ジャーナリストとして一流とは言えないようだ。相手の名前を確認することなど、取材の基礎の基礎だと思うのだが……警察ならまず、相手の身元を確認するところから始める。もちろん警察官には、相手にプレッシャーをかけられる「バッジ」という武器があるのだが。

「貴重な証言なのは間違いないですよ。それで……二台が停まっているのを見ただけですか？　人は？」本当に「聖戦の兵士」の犯行だったら、犯人は日本人ではない——見れば一目瞭然《いちもくりょうぜん》だったと思う。

「そこまでは見ていないそうです。その学生……目撃者は、軽トラックにぶつかりそうになったので、覚えていたんですよ」

「ぶつかる——撥ねられそうになったということですか？」

「いえ、酔っ払ってふらふら歩いていて、自分からぶつかりそうになったそうです。その時にナンバーを見て……あの辺の道、狭いでしょう？」

「私の記憶が正しければ——そうですね」

「普通、あんなところに車を停めようとはしないはずです。道端に停めたら、他の車が通れませんから」

「確かに」

「そういう狭い道路に二台も車が停まっていたから、気になったそうです」

酔っ払った大学生の証言がどこまで当てになるか——どうもあやふやだが、美紀の次の言葉が私の疑念を吹き飛ばした。

「もう一台のセダンのナンバーも、一部は分かります」美紀がメモ帳を取り上げ、ページをめくった。「品川ナンバーで、後ろの二桁が『45』だったそうです」

「ヒントにはなりますね。車種が分かればもっといいんですが」

「そこまでは分かりません」美紀が首を横に振った。「車には詳しくない子でした」

「もう一度その子を見たら、分かりますか？」

「もちろんです」

とはいえ、捜し出すのは不可能に近いだろう。ずっと大学の校門のところで張っていればいつかは出くわすかもしれないが、大河の流れの中で一枚の木の葉を見つけ出すようなものだ。それに、この辺りにある大学は一つではない。

「何か役にたつと思います？」

「警察に直接言えばいいじゃないですか」

「警察とは、できるだけ関《かか》わり合いになりたくないんです」美紀が肩をすくめた。「私は真相を知りたいだけで、犯人を捕まえたいわけじゃないですから。だいたい、こういう情報を持って行ったら、警察はしつこく食いついてくるでしょう？　それで動きにくくなったら、私にとっては大変なマイナスです」

「……つまり、私に警察に通報しろ、ということですね」

「お願いできませんか？」美紀が伏し目がちに言った。

こういう仕草をする女性は少なくない……自分の魅力を知っていて、伏し目がちな視線がそれに拍車をかけると分かっている。私は当然、そんなことは分かっていたのだが、それでも心を揺らされた。美紀のこの眼差《まなざ》しは、破壊力が強過ぎる。

「ちょっと話してみますよ。でも、あなたはもう首を突っこまない方がいい。危険です」

抵抗する術もなく、私はうなずいてしまった。

「何か分かったら――」

「もちろんあなたには伝えますけど、警察が全ての情報を私に流してくれるわけじゃないですよ。むしろ、新聞を読んで初めて情報を知ることになるかもしれません」

「私は信じています」

私を？　それとも警察を？　確かめたかったが、敢えて何も言わなかった。

「ちょっと待って下さい」

私はスマートフォンを摑んで外へ出た。そう言えば今日、店から出るのは初めてだ。いくらこういう商売とはいえ、こんな生活を続けていたら運動不足で体が腐ってしまう。朝一番のトレーニングだけでは不十分だ。

ひんやりとした空気に触れながら、二宮に電話をかけた。私に情報提供を求めてきたのは先輩の石川だが、後輩の方が話しやすい。それにどうせ、二宮から石川に情報は通じるのだ。

二宮は電話に出なかった。かけ直そうかと思ったが、メッセージを残して一度電話を切る。あまり焦らず、向こうからかけ直してくるのを待とう。

店に戻ると、美紀はようやく腰を下ろしていた。カウンターの向こうでは、明日花の頭がかすかに揺れているのが見える。たぶん、スマートフォンで自分のお気に入りの曲を聴いているのだろう。私が店で流すような曲には、一切興味がないのだ。

「取り敢えず連絡しました。折り返し、向こうから電話があると思いますから、ちゃんと話しておきますよ」

「お手数おかけします」

「コーヒーはどうですか?」

「……いただきます」美紀の表情がようやく柔らかくなった。「私、今日の話をメモにしておきます。その方が正確ですよね?」

「そうですね。こういう情報には、正確さが求められますから」

私はコーヒーの準備に取りかかり、美紀は背中を丸めてメモ帳にペンを走らせ始めた。

無言の時間……明日花はすっかり気配を消している。

　私がコーヒーを出すのと、美紀がメモを書き終えるのがほぼ同時だった。美紀がメモのページを破り取り、私に向かって差し出す。ざっと目を通してから、シャツのポケットに落としこんだ。

　美紀は両手でカップを包むように持ち上げ、コーヒーを一口すすった。満足そうな笑みを浮かべ、私に向かってうなずきかける。

「今日は何か、BGMは必要ですか？　雰囲気だけでも言ってもらえれば、探しますよ」

「DJみたいですね」美紀の表情が緩む。

「今風のDJではないですけどね……少し明るくいきましょうか」

「お願いします」

　私はレコードの壁に向き合った。明日花がちらりと私を見て、馬鹿にしたような笑みを浮かべる。タップ一つで曲を選ぶより、こういう風に気分に応じてゆっくりレコードを探す楽しみもあるんだよ……この話は、絶対に理解されないだろう。若い世代——自分が年寄りだとは思っていないが——の生き方には「隙間」がないような気がする。

　どうしたものかと腕組みしていると、美紀が声をかけてきた。

「あの、エアロスミスとかありますか？」

「もちろん」八〇年代の再ブレーク以降はともかく、七〇年代のアルバムは全部揃っている。七〇年代ロックを語る時に、避けては通れないバンドの一つなのだ。

『ロックス』を選び、ターンテーブルに載せた。疾走感溢《あふ》れる一曲目の『バック・イン・ザ・サドル』が流れ出す。それほどテンポが速いわけではないのに速さを感じさせるのは、独特の跳ねるようなリズムのせいだろう。泥臭さと都会性の微妙な融合が、このバンドの持ち味だと思う。

「女性でエアロスミスが好きな人は珍しくないですか？」ステレオシステムから流れる轟《ごう》音《おん》に負けないように、私は少し声を張り上げた。

「そうかもしれません。兄が好きだったんですよ」

「お兄さんは何歳ですか？」

「今年三十六です」

ということは、一九八五年のバンド再始動時にも、まだほんの子どもだったはずだ。エアロスミスのファンは、七〇年代にリアルタイムで聴いていた年長の世代と、八〇年代後半から九〇年代にかけて再ブレークした時期に聴き始めた若い世代に分かれる。私は明らかに後者の世代なのだが、再ブレーク後の曲は少し甘い……メロディック過ぎる。素っ気ないぐらいソリッドでハードだった七〇年代の方が好みに合っていた。

「海賊盤まで集めるぐらいのロックファンなので……そんなに好きでなくても影響は受けますよね」

「あまり褒められた話じゃないですけど、私も何枚かは持っていますよ」

海賊盤を集める心理は、上手く説明できない。特定のミュージシャンの熱心なファンならば、音源全てを手に入れたいという素朴な理由を説明できるのだが……特定のミュージシャンのファンではなく、七〇年代のロック全般が好きな私には、そういう動機がない。敢えて言えば、珍しい物にはつい食指が動くという好奇心のようなものだろうか。

「実は、うちにも何枚かあるんです」

「聴くんですか？」

「いえ……兄に押しつけられて、そのままになっているだけです。だいたいうちには、レコードプレーヤーもありませんから」

「何だったら私が引き取りますよ」最近は海賊盤に手を出していないが、入手できるチャンスがあったら逃したくない。

「そうですね……でも、勝手に人に渡したら、兄に怒られそうですけど」

「お兄さん、今は何をしてるんですか？」

「地元で公務員です」

「相変わらずロックは聴いている？」

「ええ。今でもたまに東京に出て来て、海賊盤を探しています。そういうのを扱う専門の店もあるんですね」

　完全に専門、というわけではない。海賊盤しか扱っていなかったら、完全に違法だ。一般のレコードやＣＤに混ぜて海賊盤を売る——一時は、日本は世界で一番海賊盤が充実した国、と言われていたこともあったそうだ。

「今は、そういうお店はずいぶん減りましたね。海賊盤もネットで探せる時代になりましたから」

「安宅さんも、昔は海賊盤のお店に通っていたんですか？」

「大きな声では言えませんけどね」私は唇の前で人差し指を立てて見せた。

「やっぱり、警察官としてはまずいことですか」

私は無言で、彼女の目を真っ直ぐ見た。さらに突っこんでくるかと思ったが、何も言わない。どうも気になる……私が警察官だったことが、彼女にとってそんなに重要なのだろうか。

「褒められたことではないですね。でも、状況はどんどん変わっています。ネットでの音楽配信が始まった頃から、音楽業界は完全に様変わりしましたね……ちなみに、あなたの自宅にある海賊盤はどんなものなんですか？」

「何だったかな……」美紀が顎に指を当てる。「ずっと段ボール箱に入っていて、見てませんから。エアロスミスは覚えていますけど、他は忘れました」

「今度、教えて下さい。いいものだったら、金を払って買い取ってもいいですよ……もちろん、お兄さんの許可を得てから」

「確認しておきます。また来ますから」

うなずき、美紀が立ち上がる。バッグから財布を取り出し、コーヒーの代金六百円を取り出すと、カウンターにそっと置いた。

彼女を見送り、カップを洗っていると、明日花がいきなり声をかけてきた。

「真さん、今の人、誰なの？　この前も来てたよね？」

「お客さんだよ」

「昔からの知り合いじゃないの？　ずいぶん親しそうにしてたけど」

「そんな風に見えたか？」

「ちょっと変な感じ」明日花が唇を捻《ね》じ曲げる。

「変な感じ？　別に、普通だろう」

「そうかなあ。何だかしつこくない？」

それは……明日花の見立ては当たっている。しつこいと言うより、自分の信念に素直、と言うべきか。信じることのために、一直線に突き進んで行く感じ。

「真さん、ああいう女の人に手を出すと、面倒なことになるわよ」

「生意気言うな。君にはまだ、分からないことが多い——分からないことの方が多いんだから」

「勘は、経験と関係ないでしょ」明日花が耳の上を指で突《つつ》いた。両腕を伸ばして大きく背伸びすると、「今日、もう帰るからね」と言った。

「オールでカラオケじゃないのか？」

「キャンセルになったから。真さんが話している間にＬＩＮＥがきたの」

「その方がいいよ。体のためにも徹夜はお勧めしない。それに君が夜遊びしていると、兄貴の血圧が上がるんだよ。俺も預かっている以上、もうちょっと厳しく指導しないといけないし」

「指導？　冗談でしょう？」明日花がちろりと舌を出した。「もう来ないわよ？」

「俺は別に、君が来なくても構わないけどね。この店は、一人で十分回していける」

「じゃあ、今日で馘《くび》、でいい？」挑みかかるような視線で私を見ながら、明日花が言った。

「それはない。馘になったら、君は明日からやることがあるのか？　ここに何時間かいれば、多少は金にもなるだろう。それにぶらぶらしているだけじゃ、どんどん社会から落ちこぼれていくぞ」

「仕事しないと、そんなに駄目になるの？」

「俺の経験から言うと、そうだな」

「私、落ちこぼれてる意識なんかないんだけど」

「自分で気づいていないのが問題なんだ……とにかく俺は、君に落ちこぼれて欲しくない。いい大学へ行けとか、金になる仕事を見つけろとか、そういうことを言ってるんじゃないんだ。普通に生活していくために必要な、最低限の知識と経験を身につけてもらえばいい」

「真さんが、鼻の下を伸ばして女の人と話してるのを見るのが、私の経験になるわけ？」

「おいおい――」

明日花は、私の脇をすり抜けるように、ストックルームに入ってしまった。ダウンジャケットを持って出て来ると、私をちらりと見てからすぐに店を出て行く。思い切り睨《にら》みつけるぐらいの気概があればいいのに……この辺は、兄に似ているのかもしれない。兄は私と違い、基本的に大人しくて心配性だ。悪く言えば、覇気がない。そういう部分は、親子でそっくりと言っていい。

今のところ明日花は、私にとっては指に刺さった小さな棘《とげ》のようなものだ。

だが、小さな棘でも、人の命を奪うことがある。

3

夜回りを始めるまで、三十分ほど間が空いた。戻ってすぐに第三食を食べられるように用意しておこうか……と思った瞬間、スマートフォンが鳴る。二宮だった。

「すみません、お電話いただいていたみたいで」

「目撃情報があるんだ」私はシャツの胸ポケットからメモを取り出し、説明した。

「テロの直前、ということですかね」二宮はすぐに食いついてきた。

「正確な時間は分からないが、その可能性は高い。軽トラックの荷台にカバーがかかっていたそうだが、それほど大きい物が載っていた感じじゃない……爆発物かもしれない」

「それと、もう一台の車――セダンの方も気になりますね。そっちは逃走用だったんじゃないですか?」

「可能性はあるな」

二台の車で現場に来て、一台をテロに、もう一台を逃走用に使う——ごく一般的な手口だ。

「乗っていた人の情報は……」

「残念ながらそれはない」

「当然、複数でしょうね」

「だろうな」

目撃者の学生が、「人」まで見ていなかったのは痛い……そもそも、この学生の身元を特定できなかったのが問題だ。捜し出すのはほぼ不可能であるが故に、美紀の小さなミスがここで響いてくる。しかし、小さな手がかりであっても、警察としては大きな材料になるだろう。

「車のナンバーの一部が分かっているから、そこから何とかならないだろうか」

「もちろん、調べますよ」

「ちなみに、犯行に使われた軽トラックは、盗難車だったのか？」

「ええ。持ち主にも確認しました。犯人は、わざわざ千葉で盗んできたみたいですね」

「なるほど……被害者は関係ないだろうな」

「ないですね」二宮が言い切った。「鎌《かま》ケ谷《や》で農業をやっている人です」

「それは……テロとは関係なさそうだな」

「ええ。もう一台の車のことが分かれば、かなり犯人に迫れると思いますよ」

それは楽観的過ぎる、と思ったが、私は口に出さなかった。最近は極左によるテロも少なくなって、テロ一般に関する捜査のノウハウが失われつつある。そもそも公安の中でも、テロの捜査と言えば極左を担当する公安一課が中心で、外事が実際にテロの捜査をする機会はまずない。海外のテロの情報は詳細に入ってくるものの、情報を得るのと実際に捜査するのではまったく違う。

「この情報、どこからですか」

「それは言えない」

「言えないような相手なんですか?」二宮が突っこんできた。

「言えない」私は短く繰り返した。「今は、情報の質だけを考えてくれないか?」

「そういう話にはちょっと乗れませんね」

「じゃあ、捜査しないつもりか?」

「安宅さんが情報源を教えてくれれば、こっちもきちんと対応しますよ」

「そういう官僚主義的なことを言っていると、いつまで経《た》っても事件は解決しないぞ」

電話の向こうで二宮が黙りこむ。私も何も言わず、彼が再び話し出すのを待った。結局二宮の方が痺《しび》れを切らしたのか、会話を再開する。

「……分かりましたよ。車を調べるぐらいは簡単ですから、やってみます」

「他の目撃者も探した方がいい。それほど遅くない時間だったから、他にも見ていた人がいたかもしれない」

「それぐらい、安宅さんに教えられなくてもやるつもりでしたけどね」むっとして二宮が言い返した。

「それと、この件は石川さんにも話しておいてくれないか」

「何でそこで石川さんが出てくるんですか？　俺がもらった情報なんだから、俺が調べますよ」

「何も聞いてないのか？」私は目を剝《む》いた。

「何がですか？」

「石川さんは、俺をスパイにスカウトしようとしたんだ。この辺りの情報を探らせるつもりなんだろう」

「引き受けたんですか？」

「返事しなかった」思い出すとむっとする。「石川さんは、俺がまだ警察の人間だと思ってるんだ。まるで部下に命令するような口調だったよ。下手《したて》に出てくれれば、考えないでもなかったけど、あれじゃあね……今時、あんなやり方は通用しないだろう」

「ですね」二宮が苦笑する。「何だったら、今後も俺にだけそっと教えてくれても――」

「お前、スパイの仕立て方も知らないのか？」

捨て台詞を残して私は電話を切った。まったくだらしないというか……上から目線では、市民にそっぽを向かれる。私も、警察を辞めて初めて気づいたことだった。

自分のことは自分で守る。そういう自警団意識が危険なことは分かっているが、警察に百パーセント任せておけないことは、警察官だった経験から分かっていた。
というわけで、夜回りだ。私たちが街を回っている時には、滅多なことはさせない。

夜回りには何度も参加したことがあった。閉店した後は特にやることがないし、こういう面倒な行事に積極的に参加することで、新しい街に早く馴染めると思っていたから。しかし結果的にその目論見《もくろみ》は外れ、私の中では今でも、この街の「新参者」だという意識は薄れないままだ。

「火の用心」の声を張り上げながら、ゆっくりと街を歩く。拍子木の音は、遠くから重なり合うように聞こえてきた。各町会が、時間を合わせて歩いているのだ。本当はずらした方がいいのだろうが……もっともこの前の事件は、まだ通行人も多い時間帯に発生している。逆に言えば、いつ警戒していいか分からないわけだ。

パトカーを何度も見かけた。この辺りの所轄は神田署なのだが、普段はここまで頻繁にパトロールはしない。そのうち、神田署のパトカーだけでなく、交通機動隊のパトカーも混じっていることに気づいた。一種の示威行為……今のところ、二度目の犯行が行われるとは思えないが、こうやって街を見回っている人間が多数いることを犯人に知らしめる意味はある。

今夜は、初めて見る顔がいた。藤木に確認すると、事件現場の三階に入っている会社の一つ、「テイオー・カンパニー」の社長・三嶋《みしま》だという。五十歳ぐらいの小柄な男。コートの上から「防犯」のたすきをかけ、何だか申し訳なさそうな表情を浮かべて夜回りに参加している。声はほとんど出ていなかった。

一時間ほどの夜回りを終え、藤木の店の前に戻って来たタイミングで、私は三嶋に声をかけた。社長と話すのは初めてである。聞くと、昨日は取引先への挨拶回りに追われて、会社へは朝と夕方に顔を出しただけだという。そんな忙しい時に夜回りなどしなくても、と私は言ったのだが、三嶋は「何かしてないと落ち着かないんですよ」と不安そうに零《こぼ》した。

「まったく、ひどい目に遭いました」三嶋が脂ぎった顔を両手で擦る。

「被害甚大ですか?」

「まだ確定もできないんです」三嶋の目は暗かった。「うちは、中国向けの輸出品を扱っているんですが……」

「ええ」

「商品は田町の倉庫にあるんですが、データが吹っ飛んだんです。爆発と同時に停電になって、サーバーの電源が落ちて」

「ああ、それは災難でした」無停電電源装置を導入していれば、データが飛ぶようなことはなかったはずだ。今の無停電電源装置は、停電になると自動的にパソコンをシャットダウンする機能まで備えているはずである。

藤木が、全員の顔を見渡して声をかけた。

「警察の方でも、集中的にパトロールしてくれているようですが、ここは何としても、自分たちで街を守りましょう。事件が解決しない限り、一週間はこの体制での夜回りを続けます。きついですが、風邪などひかないように気をつけて下さい」

もごもごという返事。どうにも気合いが入らないようだが、それは参加者が藤木の言葉に納得していないからではないだろう。夜回りが面倒だからでもない。勝山の顔を見ると、不安の表情が浮かんでいた。

彼だけではない。全員、不安なのだ。この街で何か、訳の分からないことが起きている……人は、正体不明の存在を相手にした時に、一番怯《おび》える。

「おい！　待て！」

いきなり誰かが声を張り上げる。私は慌てて周囲を見て、声の主を探した。藤木が駆け出している——七十歳とは思えないスピードで、誰かを追いかけているようだった。

私は慌てて彼の背中を追った。何があった……町会の他のメンバーも、一斉に走り始めている。藤木はビルの角を左へ曲がり、私もすぐ後に続いた。曲がった直後、立ち止まっていた藤木の背中にぶつかりそうになる。藤木の前で、二人の男が歩道に転がって揉《も》み合っていた。

「待った！」私は大声を上げ、藤木を追い越した。上になっていた男のジャケットを摑んで強引に引っ張り上げる。たすき——町会の人間ではないか。顔を見ると、近くの洋食屋の若主人だと分かった。

「どうしたんですか！」声のボリュームを下げられない。

「こいつが……」若主人が震える声で言って、歩道に転がった男を指差した。

「おー、痛え」男がふてくされた声で言って、ゆっくりと顔を上げる。その場であぐらをかくと、若主人の顔を睨みつけた。掌でこめかみを撫で、二度、三度と首を横に振る。

「何があったんですか？」私は若主人に訊ねた。

「先回りして、ここで待ち伏せして……」若主人の息はまだ弾んでいた。

「いや、その前の話です。この人が何かしたんですか？」

「怪しいでしょうが」若主人が唇を尖らせる。

「冗談じゃない」男が勢いよく立ち上がり、若主人に突っかかっていった。若主人もそれを迎え撃つべく、相手の胸ぐらを摑もうとした。私は慌てて二人の間に割って入り、これ以上トラブルが拡大しないように体を張った。

「ちょっと落ち着きましょう」

両手を大きく広げ、二人を引き離す。だいたい状況は想像できる――この男はおそらく、何もしていない。それを夜回りの人たちが勝手に勘違いしたのだろう。もしも本当に怪しい人間なら、こんな風にやり返したりせずに、すぐに逃げる。

「いかにも怪しいじゃないですか」若主人が繰り返す。

怪しいと言えば怪しい……男はおそらく、二十代の後半。がっしりした体格にごつい顔で、目つきも鋭い。頭を丸坊主にしているので、迫力がさらに増していた。

「あなた、身分を証明できるものを持っていますか」私は男に向き直った。

「何なんですか？　あんた、警察ですか？」男がいきり立つ。

「元、です」十年前に辞めたのを「元」と称していいものかどうか。「ここで、二日前に爆発事件があったのを知らないんですか？　町会で夜回りをしているんですよ」

「ああ……」男が、薄いダウンジャケットを両手で叩《はた》いた。汚れがついている感じではなかったが、「汚されたアピール」だろう。

「あなたがどこの誰かはっきりすれば、皆納得しますよ」

「言わなかったら？」

「また追いかけられるかもしれません」

「そんな権利、どこにあるんだよ……」男がぶつぶつ言いながら、ジーンズの尻ポケットから財布を抜いた。カードを二枚取り出し、私に渡す。一枚は運転免許証。その写真と相手の顔を照合し、本人の物に間違いないと確認した。そのまま若主人に渡すと、彼はスマートフォンで運転免許証を撮影した。

「おい――」

男が抗議しかけたが、私は「まあまあ」と彼を――免許証で名前は「出口晶三《でぐちしようぞう》」だと分かっていた――宥《なだ》めた。

「記録を取っておかないと、意味がないでしょう」もう一枚の身分証明書に視線を落とす。

出版社の社員証だった。「雑誌か何かの記者さんですか？」

「そうです」

「取材中？」

「まさにあの爆破事件を」

「だったら、もっと堂々としていればいいじゃないですか。何で逃げたんですか？」

「追いかけられたら逃げるのが普通でしょう」

出口が、歩道に落ちていたバッグを拾い上げ、中からカメラ——本格的な一眼レフだった——を取り出した。転んだショックで壊れたのでは、と心配したのだろう。歩道に向けてシャッターを切り、無事に撮影できたのを確認してバッグにしまう。他の物は大丈夫だろうか、と私は心配になった。パソコンなどのデリケートな電子機器も入っているはずだ。

「じゃあ、取材中ということで」

私は社員証と運転免許証を返した。むっとした表情で、出口が受け取る。

「これは取材妨害ですよ」

「取材妨害された件を記事にして下さい」

「はあ？」

「町会が、自主的に警戒している話を書いて下さい。それが、犯人に対する抑止力になるんですよ」

「で、本誌記者も疑われた、と」出口が鼻を鳴らす。

「そうですね。それもそのまま書けばいいんじゃないですか？　それだけ、ここに住む人間は不安で用心深くなっているんです」

「そういうのは、記事にはならないですね」出口が二枚の身分証明書を財布にしまった。「この事件、新聞や雑誌の扱いがよくないですよね。何か特別な事情でもあるんですか？」

「軽傷者が五人ですから」

「だから大したことはないと？　街中でテロが起きたのに、そういう認識なんですか？」

「被害の程度によるんです」

会話はいつまでも平行線を辿《たど》りそうだった。理屈っぽい記者を相手にしていたら、ただ時間が無駄になるだけである。

「どうぞ、取材を続行して下さい」私は右腕をさっと上げた。「お邪魔して失礼しました」

出口はまだ何か言いたげだったが、結局一言も発さずに踵を返した。藤木が近づいて来て、「勘違いだったね」と困ったような表情で告げる。

「何で勘違いしたんですか？」

「だって、あのルックスですよ」洋食屋の若主人が唇を尖らせる。「それにずっと、こっちをちらちら見ていたし。何か関係あるのかと……」

「しょうがないですよ。皆さん、神経がぴりぴりしているんだから」私は彼を慰めた。

「まったく……」若主人が頭を掻《か》いた。「気をつけますけど、何だかその辺を歩いている人が全員犯人に見えてくるんだよなあ」

「俺もそうだね」藤木が打ち明けた。「周りが全部敵、じゃないけど、誰を信じていいか分からない感じだよ」

犯人の狙いが何なのかは未だに分からない。しかし、テロリストは基本的な目標は達成したようだ。

すなわち、私たちは誰もが疑心暗鬼になっている。

4

翌日、私は石川からの電話で叩《たた》き起こされた。午前八時……普段よりも一時間ほど早い。あの事件以来、生活のペースが乱れっ放しだ。

「お前、ちゃんと俺の言うことを聞いていたみたいだな」

「何の話ですか」私はとぼけた。

「俺の命令通りに情報を集めてきたじゃないか」

「石川さんとは関係ありませんよ」

私はベッドから抜け出し、床に足を下ろした。フローリングの冷たさが、裸足《はだし》に突き刺さる。床に置いてあったエアコンのリモコンを取り上げ、スウィッチを入れた。かなり古くなっているので、部屋が温まるまでには時間がかかる。

「心がけは評価する」

「だから、違いますって」苦笑しながら伸びをした。石川は、全ての出来事を自分に都合のいいように解釈してしまう悪癖がある。

「残念ながら、あの情報は外れだった」

私は言葉を呑んだ。これはある程度予期できていたこと……ナンバープレートの下二桁からだけでは、車の所有者を割り出すのは難しい。

「ナンバーが合致した車がなかったんですか？」

「いや」

「どういうことですか？」

「そもそもそんな車は存在していなかった。犯行に使われた軽トラックもだ」

私は思わず黙りこんだ。どういうことだ……すぐに、別の目撃者がいたのだ、と思い至った。

後者だった。あるいは防犯カメラ。

「近くのビルの防犯カメラに、あの路地の様子が映っていた。目撃証言と違って、犯行時刻の前後に、あの路地に車が停まっていた記録はない。もう一つ、軽トラックはまったく別の場所に停まっていたのが確認された」

「それも防犯カメラで確認できたんですか？」

「ああ」

「監視社会万歳、ですね」

石川は私の皮肉を無視した。これも警察官を辞めて変わった感覚……防犯カメラは、防犯的に役に立つ存在というより、こちらを監視する鬱陶《うっとう》しい存在に感じられる。

「この件の情報源は誰なんだ」

「それは言えません」

「情報源を守ることに何の意味がある？」

「何でもかんでも警察に話せばいいっていうもんじゃないでしょう」

「どうしてガセ情報を摑まされたか、知りたくないか？　それが分からないと、また同じように騙《だま》されるぞ」

私は騙されたのか？

その可能性は否定できない。


事件発生から一週間以上が経った。捜査に進展はなく、街のざわつきはまだ完全には収まっていない。毎晩の夜回りも、ぴりぴりした雰囲気の中で行われている。

私の周囲は、次第に落ち着きを取り戻し始めていた。店は普通に営業し、客足が落ちることもなく……何だか奇妙だった。市民ができる最大のテロ対策は「日常を失わないこと」だと言われている。動揺せず、淡々と普段と同じ生活を続けることで、「テロの効果はなかった」と犯人を悔しがらせる——私は何の努力もしておらず、日常の方が勝手に私に歩み寄って来たようだった。

しかし私の心には、日常はなかった。美紀という棘が引っかかって、どうにも落ち着かない。彼女はどうして嘘《うそ》をついた？　いや、嘘かどうかは分からないが……単なる取材ミス、勘違いだった可能性もある。

直接電話して確認すればいいのだが、その勇気が出ない。昔の私ならこんなことはなかったのだが、警察官を辞めて一般人になってほぼ十年、昔の図々しさも失われてしまったのだろうか。

この日も、明日花は店に来なかった。来ない、ということは前もって予告していた。

「明日からちょっと勉強しないと」

「真面目にやる気になったか？」

「別に……試験だから」

そう言えばそういう季節である。年の瀬の十二月は、学生も何かと忙しいのだ。

「だけど、ずっと学校へ行ってないで、試験は大丈夫なのか？」

「たかが高校の試験でしょう？」

妙に自信たっぷりの態度だった。明日花に関しては、不登校が問題になっているだけ……もしかしたら、高校レベルの試験ぐらい難なく乗り切ってしまうような頭脳の持ち主なのか？　確かに明日花は、幼い頃から利発で反応もよかった。地頭がいいのと成績がいいのは、また別の話ではあるが。

試験だ、と言われたら止められない。学校へ行くのはもちろんいいこと——学生にとっては当然だからだ。というわけで、私は二日間、店に一人きりになった。二年生になって学校をサボり出した明日花が、この店でバイトするようになったのは三か月ほど前——夏休みの後である。一人でやっている期間が長かったので、最初は店に他人がいることに違和感があったのだが、今ではいるのが当たり前になっている。苛々させられることも多いが、一応は身内——機嫌が悪い時には、単なるオブジェだと思うことにしていた。ろくに仕事をしていないといっても、二日続けていないとなると、何となく侘《わび》しい。それにいない時に限って妙に忙しかった。ろくに手伝いもしないで……と文句ばかり言っていたのだが、実際には少しは役にたっていたようである。

八時過ぎ、やっと客足が途切れる。一週間経っても夜回りを中止する話は出ておらず、今日も予定通りに決行……あと三十分で店を閉めようと決めた。

ドアが開き、十二月の冷たい風が吹きこんでくる。顔を上げると、美紀が立っていた。いかにも寒そう……膝まであるウールのコートにマフラー、手袋で完全防備だ。この仕事をしていると、四季の移り変わりに鈍くなる、と実感する。一日中店に籠っているので、外の空気に触れる機会も少ないのだ。

美紀が私に向かってうなずく。うなずき返し、カウンターに向けて右手を差し伸べた。彼女に対しては、言わなければならないことがあるのだが、顔を見てしまうと、どうもその気にならなかった。

「コーヒーをお願いします」コートを脱ぎながら美紀が言った。下は濃紺のニットのワンピース一枚。ということは、さして寒くないのかもしれない。

私は無言でコーヒーの準備を始めた。

「何か分かりましたか?」

「あの情報は間違いだったようですね」私は視線を合わせないようにして答えた。

「間違い?」美紀が目を見開いた。

「そういう車はなかったみたいです」

「まさか」美紀が色をなした。「私の情報が間違いだったって言うんですか?」

「あなたが聞いた証言が、そもそも間違っていたんでしょう。悪いネタ元を摑んだんじゃないですか」

「まさか……」

ちらりと顔を上げると、美紀は唇を嚙《か》み締めていた。いかにも悔しそうに……だが私はそこに、かすかな「演技」の気配を感じ取った。ジャーナリストを目指す人間、そんなに簡単に騙されるものだろうか。

別の事実も、私の疑念に拍車をかけていた。最近は、「紙」だけで活動しているジャーナリストはほとんどいない。紙媒体用に書いた原稿が、ネットにも転用されるのが普通だ。特にＩＴ関係を専門にしているとすればなおさら――しかし私は、彼女の原稿を一本も見つけられなかった。

疑念は膨れ上がっていたが、私はそこから先に踏みこめなかった。彼女の動きが、明確なトラブルには繋がっていなかったからだ。

気持ちを鎮めるために、コーヒーを淹れることに集中する。いつもよりお湯を少量ずつ、ゆっくりと注いだ。いつもはだいたい、四回に分けて注いで終わりなのだが、今日はもう少し小刻みにして時間をかける。その間、カップとフィルターを凝視し続けた。いかにもコーヒーの専門家が仕事に集中していて、話しかけにくい気配を装う。

しかしコーヒーは、いつかは淹れ終わる。出してしまうと、彼女と正面から向き合わねばならない——私はまた逃げた。レコードの棚を向いて、この場に相応《ふさわ》しいBGMを探し始める。どうにもピンとこないので、取り敢えずよく聴く一枚を引き抜いた。ウィッシュボーン・アッシュの海賊盤ライブ。比較的音質がよく、オフィシャルのライブ盤と言っても通用するぐらいだった。

一曲目は『キング・ウィル・カム』。七〇年代前半のライブでは定番曲だ。何となく不安をかきたてるイントロから、いきなりダイナミックなリフへ——そして歌が入るとウィッシュボーン・アッシュ特有の叙情的な雰囲気が前面に出てくる。唯一無二のバンドだな、と改めて思う。このライブは、バンドが絶頂期を迎えた七〇年代のもので、ヒット曲のオンパレードだ。観客のノリもいい。

「ああ……ウィッシュボーン・アッシュですね」美紀がぽつりと言った。

「知ってるんですか?」意外だった。日本では、クイーンやエアロスミスなどよりはるかにマイナーなのだが。

「ええ」

「あなたの年齢で、このバンドを知っているのは渋過ぎる」

「兄の悪影響ですね……あ、これ、海賊盤ですか？」美紀が人差し指で天井を指す。

「分かりますか？」

「ちょっと音が悪いですよね……っていうか、私、これ、買ったことがあると思います」

「趣味で？」

「まさか」美紀が苦笑する。「兄に頼まれたんです。もうずいぶん前ですけど……たぶん、東京へ出て来たばかりの頃です。探してきてくれって言われて――お店の雰囲気が怖かったのを覚えています」

「ああいうところは独特ですからね」私はうなずいた。

「西新宿の店だったんですけど、海賊盤を扱う店って、皆あんな感じなんですか？」

「あんな感じ」というだけで、何となく彼女が感じた雰囲気が分かる。どこか暗く、ねっとり湿った空気感。海賊盤は当然合法なものではないから、それを売り買いすることによって生じる後ろめたさが店内に満ちているのかもしれない。

「西新宿には、あの手の店が多かったんですよ。今はだいぶ減りましたけど……ちなみに、これでしたか？」私はLPのジャケットを彼女に見せた。アンディ・パウエルが、鋭角なデザインのギター、ギブソンのフライングVを抱いているのもいつも通り。ライブ中のグループショットなのだが、どのステージで撮られたものかは分からない。

「たぶん……でも、こういう海賊盤のジャケットって、全部似てませんか？」

「低予算というか、予算がないような状況で作っていますからね」

　ＬＰ時代はよかった……というほど私は年を取っていない。ＣＤがＬＰに取って代わったのは、八〇年代の半ばから後半だろうか。私はその頃、まだ洋楽を聴き始めてもいなかった。年長の音楽仲間から聞いた限りでは、ＬＰ時代はジャケットのアートワークも含めて「作品」だったが、ＣＤ時代になるとその意味は薄れ、配信が中心になった今は、ほとんど見向きもされない。

　しかし、まずいな……今夜彼女が来るまで、私はずっと疑念を募らせていたのだ。ところが実際に顔を合わせて話し出すと、水のごとく会話が流れてしまう。こういうのは、相性としか言いようがない。

　もちろんジャーナリストは、高いコミュニケーション能力を求められる。相手とちゃんと話すことが、ネタを引き出す第一歩なのだから。ただ……そういうことではないと思っている。こんなに短い時間で、あっさりとこちらの心に飛びこんでくる人に会ったのは初めてかもしれない――いや、田澤がいた。あの酔っ払いは、最初に会った時から私の警戒心を解除した。

「私、嘘の情報を摑んでしまったんですね」美紀が残念そうに言った。

「そういうことのようです。警察は入念にチェックしたようですが……あそこには、防犯カメラがあるんです。車は映っていませんでした。さらに、犯行に使われた軽トラックは、別の場所に駐車されていたことが分かりました」

「学生に騙されるなんて、情けない話です」美紀が唇を噛む。

「酔っ払いの戯言《たわごと》だと思えばいいんじゃないですか」私はどうして彼女を慰めているのだろう……直接顔を合わせると、毎回調子が狂ってしまう。「その後、妹さんの調子はどうですか？」

「そうですね……」美紀がコーヒーをスプーンでかき回した。「怪我はもう、ほとんど治っています。でも、ずっと家に閉じこもったままで……出るのは病院に行く時だけですね」

「仕事は？」

「休んでいます。病気と言っているんですけど、事件のことは報告していません。そろそろまずいですよね」

「でしょうね。一週間の病欠は結構長い——会社もはっきりとした説明を求めるでしょう」

「そうなんですよ。どうしようかと思っているんですけど……妹は私と違って普通の会社員なので。真面目に働いているんです」

「真面目に働いているのは、あなたも同じじゃないですか」

「フリーは、どんなに真面目なつもりでも、周りからは気楽なものだと思われるんです」

美紀が肩をすくめる。

私は思わず笑ってしまった。実際、組織に属さないのは気楽なのだ。金の問題、健康の問題については、勤め人だった頃より神経質になっているが、誰にも命令されない、誰かに命令することもない毎日は、「緊張感」という言葉の意味を記憶から消してしまう。

「まだ調べているんですか？」

「もちろんです」

美紀の表情が引き締まる。こういう真面目な顔つきになると、本来「男顔」だ。女性特有の甘さがなく、きりっとしている。

「でも、なかなか上手くいきません。事件取材は難しいですね」

「普段の取材とは違いますか？」

「それは、全然違いますよ」美紀が苦笑した。「いつも事件取材をしている人は、大変なんでしょうね」

「慣れれば、それが日常になるはずですが」

「それで……」美紀がカップ越しに私を見た。「安宅さんは、何か情報を摑んだんですか？」

「いや」私は首を横に振った。「店もあるし、夜は夜で毎日夜回りなんですよ」

「ああ、警戒しているんですね？」

「というわけで、独自に調べている暇がないんです」

「安宅さんなら、電話一本で情報が取れるのかと思っていました」

「過大評価です。だいたいあなたは、私のことを全然知らないでしょう」

「評判は聞いています」

「誰から？」

美紀が黙りこむ。コーヒーを一口飲み、ゆっくりとカップをソーサーに置いた。

「あなた、本当は何者なんですか」

「何者って……ただのライターですよ」

「妹さん思いの、ですね」

「心配なんです……本当に」美紀が唇を噛む。

「それは分かりますけど、この件を我々のような素人が調べるのは無理ですよ」最初に湧《わ》き上がっていた好奇心は、今では薄れていた。やはり無理――専門に捜査をしている人でなければ、どうしようもない。

実際には、専門に捜査をしている警察も苦労しているのだ。極左によるテロでもなく、犯行声明は出たものの、イスラム過激派の仕業だという証拠もない……新聞報道も控えめで、たまに二宮と話しても、捜査が進展していないのは明らかだった。二宮は、次第に苛ついてきている。上からも、だいぶ圧力をかけられているのだろう。一方、石川から私への圧力はなくなっていた。どうやら私を情報源として使うのは諦《あきら》めたらしい。

「実は、このまま調べ続けることは難しくなりました」美紀が打ち明けた。

「どういうことですか？」

「海外で取材の予定が入っているんです。それは外せないので」

「どちらへ？」訊ねながら、私はほっとしていた。「聖戦の兵士」によるテロ……一般人が首を突っこむには危険過ぎる。

「ドイツです」

「妹さんは、一人で大丈夫なんですか？」

「心配ですけど、両親もいますので」

「ご両親、まだ東京に？」

「ええ」

「ずっと東京にいて大丈夫なんですか？　向こうでの生活もあるでしょう」

「それは、私がどうこう言えることではないので」

私はかすかな違和感を覚えた。あれだけ妹のことを心配している——家族思いなのに、こんな時に日本を離れるとは……言葉と行動がちぐはぐだ。

「ドイツへは、どれぐらい行っているんですか？」

「二週間です」

「じゃあ、帰って来るのは年明けですね」

「ええ……海外で年越しは初めてです」

「妹さん、実家へ帰った方がいいんじゃないですか？　仕事は休職するとか、いろいろ手はあるでしょう」

「それは、両親と妹が考えるでしょう。私はとにかく、仕事があるので……コーヒー、ご馳走様でした」

「日本へ帰って来たら、また寄って下さい」

「そうですね。安宅さんのコーヒーは美味しかったです」

「いつでもどうぞ」

美紀がまたお釣りなしで六百円をカウンターに置くと、立ち上がってコートを抱えた。腕にかけたまま店を出て行く。

風が吹き抜け、収まり――その時私は、二度と美紀に会えないのではないかと不意に思った。その侘しさが、一瞬で胸に満ちてくる。しかし同時に、私は彼女をひどく怪しく思っていた。動きがどうにも不自然で、話の端々に矛盾も見える。あれだけ事件の真相にこだわって、私の忠告など完全に無視していたのに、このあっさりした態度は何だろう。

夜回りに出る前、私は美紀の名刺を取り出し、携帯に電話をかけた。「使われていない」。さらに、メールを送ってみる。夜回りが終わって家に帰って来た時にも、返信はなかった。

そうして美紀は、私の前からあっさり消えた。

5

翌朝、私は七時前に起き出した。いや、実際にはほとんど寝ていなかった。枕元に置いたスマートフォンがいつ鳴り出すか……一度も鳴動しなかったものの、そこにあるだけで気になり、眠気は遠いままだった。

釈然としない——こういう時は、体を苛《いじ》めるに限る。

しかし今朝は、筋トレがしたい気分ではなかったので、仕方なく走ることにした。走るのはあまり好きではないのだが——私は軽快に走れる体重よりもかなり重い——筋トレではなく走って体を痛めつけてもいいだろう。

ジャージの上下にナイキのランニングシューズ。首には、マフラー代わりにタオルを巻いた。外は相当の寒さだろう——予想していたよりも寒かった。そういえば昨日の天気予報では、今日の最低気温は一桁前半だったはずだ。いつもより入念にストレッチをして体を解《ほぐ》す。走り出そうとした瞬間に、もう一度スマートフォンを取り出して着信を確認した。なし、メールの返信もない。念のためにもう一度電話をかけたが、やはり使われていない、というメッセージが返ってくるだけだった。メールも再度送信……送った瞬間に新しい着信があった。まさか、こんなに早く返信してくるはずがないと思ったら、「メールが届かない」というサーバーからのメッセージだった。昨夜は無事にメールは届いていたはずで、美紀は昨日のうちにメールのアカウントを削除したのだろう。

姿を消すために。

あの女は幻だったのか？　まさか……首を横に振り、邪念を追い出してから私は走り出した。

まず靖国通りに出て、事件現場の前を通り過ぎる。破れた窓ガラスはすっかり修復されていたが、焦《こ》げた外壁はまだそのままだった。足場が組んであるから、これから本格的な修理に入るのだろう。立ち止まって確認しようかとも思ったが、まだ走り出したばかりである。前を向き、ひたすら同じ歩幅で足を運ぶことだけを意識する。

元々、走るのはあまり得意でも好きでもない。警察学校では散々走らされたが、あれは苦行以外の何物でもなかった。たまに走るようになったのは、警察を辞めてからである。やはり「自分の身は自分で守る」意識が高まったからだろう。自営業の基礎の基礎は、健康でいることなのだ。

靖国通りの歩道は広く、走りやすい。信号に邪魔されず、小川町、淡路町と大きな交差点を通り過ぎる。中央線の高架が見えてきたところで、須田町交差点を左折する。右折すると皇居方面へ近づくのだが、自宅を出てから皇居を一周するコースは、今の私には長過ぎた。

秋葉原の電気街が見えてきて、万世橋の交差点で左折。国道一七号線は、基本的にフラットで走りやすい。総武本線が走る特徴的なアーチ型の高架を抜けると、道路は次第にゆるい上り坂になる。大した傾斜ではないのだが、ずっと平坦な道路を走ってきたので、急にきつく感じた。しかしスピードを落とさないように自分に強いて、何とか腕を大きく振り、足を運ぶ。左手には神田川。異臭こそしないが、相変わらず濁った汚い川だ。聖橋《ひじりばし》の下を抜け、右手に医科歯科大病院を見ながらお茶の水交差点で左折。ＪＲの駅前を通り過ぎると、道路は一気に下りになる。走っていると、まるで斜面を転げ落ちるような急さで、恐怖さえ覚えるほどだった。このまま真っ直ぐ行くとまた靖国通りにぶつかり、私の店の前まで戻って約二・五キロの周回コースになる。ここを二周するのが、いつものジョギングだった。

ふと気が変わり、靖国通りに出る前に左折して裏道を通ることにした。まだ朝の七時過ぎだというのに、既に歩道は人で溢れていて歩きにくい。右手の急坂を上がれば山の上ホテルという交差点。日大病院を右手に見ながら細い路地に入る。急な下り坂から、突然平坦な道路に入って、体が――特に下半身が戸惑っているようだった。

この辺りは大学とオフィスの街で、「神保町」という言葉が喚起する猥雑《わいざつ》なイメージとはほど遠い。新しい高層ビルも多く、「神保町」ではなく「お茶の水」の新しい顔と言っていいだろう。とはいえ、ビルの谷間に突然小さな神社が姿を現すところなど、いかにもこの街らしい光景だ。

高層ビルが消え、飲食店が増えてくる。ちょうど私の家の裏手辺り――そこで私は、一人の男とぶつかりそうになった。いや、実際ぶつかった。直前で体を翻したのでダメージは大きくなかったものの、肩同士がぶつかり、私はその場で一回転してしまった。何を慌てているんだ、とむっとしたが、相手の様子は明らかにおかしい。私を完全に無視して駆け出していた。

「大丈夫ですか？」大丈夫じゃないのはこっちだ――実際、肩に鈍い痛みがある――と思いながら、私は声をかけた。

男が急ブレーキをかけて立ち止まり、振り向く。顔面は真っ青。きちんとスーツ、コートを着ているのだが、あまりにも慌てているので、まるで火事場から逃げ出して来たようにしか見えなかった。

「親父《おやじ》が……」

「救急車ですか?」事情を察して、私はスマートフォンを取り出した。通報する前に画面を確認したが、やはり着信はない。

「はい、あの、救急車……いや、警察……」

「どうしたんですか!」

私は声を張り上げた。男がびくりと身を震わせ、口を開いたが、言葉は出てこない。私は振り向き、男が出てきた建物を見上げた。敷地は狭いが、四階建てのコンクリート打ちっぱなしの建物……一階部分は半地下式の駐車場になっていて、ステンレスパイプが横に並んだシャッター越しにベンツとボルボが駐《と》まっているのが見えた。住居部分へは、短い階段を上って行く感じ——男はそこから飛び出してきたのだった。ドアは開きっぱなし。

「お父さんがどうしたんですか?」

「親父が……いや、あの……」

まったく要領を得ない。これでは救急車が来ても説明できないだろう。

「ちょっと中へ入りますよ。いいですね?」念押しして、私は階段を上がった。ドアには触れないように気をつけながら、体を斜めにして玄関に入る。途端に事件に気づいた。

玄関から続く廊下に、男が倒れている。着物姿——浴衣か着物か分からないが、とにかく和服の男が、うつぶせで、こちらに足を向けて倒れていた。その周りは血で汚れ、男はぴくりとも動かない。

振り返ると、男が立っていた。「親父」と言っていたからには、彼が息子だろう。

「この人は、あなたのお父さんですか？」

「はい」

「あなたが見つけたんですね？」

「はい、あの……」自信なげだった。「ちょっと前に」

「一緒に住んでいないんですか？」

「私は駒込《こまごめ》の方で——車で来たんです」

事情がよく分からない。こんな朝早くに実家を訪ねて来たのだろうか。しかし、男はひどく慌てていて、とてもまともに事情を聴ける状態ではない。まずは、倒れている男を何とかしないと。

「触りましたか？」

「まさか」男が顔の前で勢いよく手を振った。

「ちょっと失礼します」

靴を脱ぐべきかどうか迷う……現場を踏む事が多い捜査一課の刑事なら、汚さないようにオーバーシューズを履くところだろう。しかし今の私がそんなものを持っているはずもなく、仕方なく靴を脱いで、近くにあったスリッパを履いた。

倒れている男の横で跪《ひざまず》く。死んでいるのは明らかだった。首筋に指を二本当ててみると、やはり脈がない。腕をとって動かそうとしたが、完全に硬直していた。死後数時間以上は経っている。首や背中を何度も刺されているが、近くに凶器は見つからない。

これ以上は現場を見てもどうしようもない。私は現役時代に所轄の刑事課にも本部の刑事部にも在籍したことがないので、殺人事件の現場には慣れていないのだ。考えてみれば、制服警官時代——もう二十年近く前だ——に、二度ほど現場を踏んだだけである。殺人事件の捜査に関しては、警察学校で教わった程度の知識しかない。

急いで外へ出る。男はドアを押さえたまま、恐々《こわごわ》と中を覗きこんでいた。

「出ましょう」

私が誘うと、男がびくりと身を震わせて外へ出た。私もすぐ後に続き、ドアの横に小さな表札があるのを見つけた。「水田《みずた》」。近所——同じ町会の人だが、この名前に聞き覚えはない。町会の活動に参加しているのは、自分で商売をやっている人がほとんどである。しかしこのビルは、あくまで普通の住居のようだった。それほど古くないところを見ると、戦前からあった建物を何年か前に建て直した、という感じだろうか。コンクリート打ちっぱなしにガラスを多用した、なかなかモダンな建物である。

「水田さん、ですね？」私は確認した。

「そうです」水田はようやく落ち着きを取り戻したようだった。

「中で倒れているのは、お父さんで間違いありませんね？」

「はい」

「お父さんの名前を教えて下さい」スマートフォンを取り出しながら、私は訊ねた。

「光一郎《こういちろう》……光るに一郎と書きます」

「分かりました。すぐに救急車を呼びますから」

念のために一一九番通報し、状況を説明する。住居表示を見て、住所も正確に告げた。我ながら冷静な対応だと思ったが、考えてみれば異常事態――短期間に二度目の一一九番通報だ。次いで一一〇番通報。「刺されたようだ」と言ったので、消防から警察にも連絡が回るはずだが、私の方から詳しく説明しておくべきだと思った。消防経由の情報は曖昧になるだろう。初動捜査に役だつ情報を警察に提供したかった。

死体の状況などを詳しく話しているうちに、救急車が到着した。水田が先導して、救急隊員を家の中に案内する。そこで私は指令センターの係員との会話を終え、家の中を覗きこんだ。水田は、通報したのは自分ではない、と慌てた様子で説明していた。

「通報されたのはどなたですか？」若い、精悍《せいかん》な顔つきの救急隊員が声を張り上げる。私は素早く右手を挙げた。

救急隊員が、私に向かって首を横に振る。既に死んでいる――と教えてくれたようだが、彼がどうしてそんなことをしたのかは分からなかった。通報者にそんなことを教える義務はないのに。

ストレッチャーは、すぐに救急車に運びこまれた。こういう場合――既に死亡が間違いない場合は、どうするのだろう。病院へ運びこむのは無駄で、このまま検視に回されるのか。

「通報されたのはあなた――安宅さんですね」救急隊員が私に確認した。

「そうです」

「被害者の方とはどういうご関係ですか？」

「まったく関係ありません。ジョギング中に、この現場に出くわしたもので」

「ああ――それはありがとうございます」

「これからどうするんですか？」

「ひとまず病院へ搬送します」救急隊員が私に告げた。

「生きているんですか？」私は目を見開きながら、小声で訊ねた。

「心肺停止状態です」救急隊員も小声で答える。

水田は相変わらずあたふたしていて、まともに話ができる状況ではなさそうだった。私は意識的に、彼の肩をきつく摑んだ。水田がはっと目を見開き、私の顔を見る。

「一応、病院へ搬送するそうです。何かお手伝いできることはありますか？」

「いや、あの……私は救急車に乗れるんでしょうか」

「ご家族ですから、大丈夫だと思います」

「じゃあ、あの……車を……申し訳ないんですが」

水田が、コートのポケットから車のキーを取り出した。青と白のロゴが入ったＢＭＷのキー。駐車場には入っていないが……見回すと、近くの路上に白いＢＭＷが駐まっていた。このまま路上駐車していたらまずいだろう。

「じゃあ、私が救急車の後を追っていきますよ」

「いいんですか？」

「非常時ですから」

本当はここで警察を待つべきなのだろうが、水田の様子が心配だった。パニック状態からショック状態への移行期で、誰かが側《そば》についていないとまずい。

「他のご家族に連絡は取れますか？」

「ああ、あの、家内に……」

「電話して下さい。病院で落ち合った方がいいと思います。他に、お父さんのご兄弟とか親戚の方は？」

「連絡先ですか？　それは、ええと……」水田の口からは、すぐには親戚筋の名前が出てこないようだった。

「とにかく、救急車に乗って下さい。跡を追いますから」

水田が慌てて救急車へ向かったタイミングで、パトカーが到着した。私は制服警官を摑まえ、事情を説明した。警官は、私に現場に残ってもらいたがっていたが、私は車が邪魔になるから動かしたい、と言った。

「我々がいますから、そのまま駐めておいて大丈夫ですよ。後で処理します」

それももっともだ……この道路は駐停車禁止なのだが、警察官がいいというなら問題はない。私は救急車に駆け寄り、水田に車のキーを返して事情を説明した。

「車は、こっちに戻って来てから動かしてもらえば大丈夫です」

「分かりました」

これで、警察に対しては私が応対しなければならなくなったわけだ。上手く説明できるか、現場を荒らしていないかと心配になってくる。

制服警官は、すぐに現場保存を始めた。立入禁止のテープを張り巡らし、現場を隠すためのブルーシートを用意し……と手際がいい。制服警官時代にやった現場保存を思い出した。だが、ここから先――殺人事件を捜査する刑事の仕事は、私には未知の世界である。

その後、堰《せき》を切ったように警察車両が殺到する。パトカーに覆面パトカー……まだ所轄は当直の時間帯で、本部の捜査一課も稼働し始めていない。ここに来たのは所轄の当直の連中、それに二十四時間動いている機動捜査隊の連中だろう。やがて、パトカー――所轄のものだった――から一人の男が降り立つと、現場の雰囲気が急に硬くなる。小柄――百六十五センチぐらいだろうか――だががっしりした体つきで、目つきが鋭い。コートのポケットに両手を突っこんだまま周囲を睥睨《へいげい》している。どうやら現場の責任者らしいが、所轄の課長辺りだろうか。

男は制服警官と一言二言言葉を交わすと、大股《おおまた》で私に近づいて来た。

「通報した方ですか？」

「そうです」

「神田署刑事課長の村越《むらこし》です。名前を確認させて下さい」

名乗ると、村越につき従ってきた若い刑事が手帳に情報を控えた。安宅、という名前を聞いて、村越はぴんときたようだった。

「あなた、もしかしたら昔外事にいた安宅さん？」

「そうです」

「やっぱりね」

「どこかでお会いしましたか？」村越は四十代半ばぐらいだろう。会っていてもおかしくはないが、警視庁の職員は四万人もいる。定年までいても会わない人の方が多いし、そもそも私は十年も勤めていない。

「いや。ただ、警察を辞めて喫茶店を開いた変わり者がうちの管内にいる——という話は聞いていましたよ」

「それが変わり者ですかね？」少しかちんときた。

「私の常識では」村越がうなずく。「どうしてあなたが通報を？　近所に住んでいるから？」

「ジョギング中に、第一発見者に出くわしたんです。パニック状態になっていたので、私が通報しました」

「第一発見者は？」

「息子さんです――息子さんと名乗っています」

「どういう状況で発見したか、聴きましたか？」

「いや、そういうことが聴ける状況ではなかったですから」

村越が鼻を鳴らし、「元警察官なら、それぐらいは確認して欲しかったですね」と露骨に文句を言った。むっとしたが、私は怒りを呑みこんだ。向こうが私をからかうのは筋違いで、相手にする必要はない。もしも本当に、今は素人である私から情報を得ようとしているなら、この男はとんだ間抜けだ。警察の捜査能力は、この十年で一気に劣化したとでもいうのだろうか……石川たちが、いつまで経ってもテロ事件の手がかりを掴めない状況を見ると、この見方もおかしくないかもしれない、と思えてくる。

「第一発見者は病院に行ったんですね？」

「ええ」

「しかし、厄介なことになるかもしれないな……」村越が髭《ひげ》の浮いた顎を撫でる。おそらく当直で、髭を剃《そ》る間もなく現場へ出動したのだろう。しかし、この段階で「厄介」というのはどういうことだ？

「何が厄介なんですか？」つい訊ねる。

「私の記憶が正しければ、被害者はフィクサー……元フィクサーなんですよ」

第3章　黒幕と呼ばれた男

1

「フィクサー」と聞くと、「昭和」という言葉が脳裡《のうり》に浮かぶ。政財界の裏で暗躍し、時には犯罪すれすれの行為も厭《いと》わない——目的は経済的な利益を得ることだとしても、そこに「権力欲」が結びついた特異な存在がフィクサーというものではないだろうか。

私の眉間《みけん》には深く皺《しわ》が寄っていたに違いない。村越が、自分の額に人差し指を当てる。慌てて顔の力を抜くと、それまでいかに緊張していたかを意識した。

「立ち話も何だから」と、村越は私をパトカーに乗せてくれた。どうせなら家に帰りたい——ここから二百メートルも離れていないのだ——と思ったが、本部の捜査一課が臨場するまで現場の捜査指揮を執らねばならない村越の立場では、それは許せないのだろう。まずは関係者の確保が大事だ。

パトカーに入ると、体がすっかり冷えていたことを意識した。興奮していたので気づかなかったのだが、それほど厚くないウェアで走って、汗をかいた後である。風邪をひくかもしれない。

「水田光一郎という名前に、心当たりはないですか？」村越が切り出す。

「ないですね」

「公安のお得意様かと思ってましたよ」

「フィクサーというと、公安三課辺りのお客さんですかね」右翼と関係ありそうだ、というイメージがある。私は外事だったから、そもそも縁がない。

「どうなのか……その辺はよく分からない」村越が首を横に振ってから足を組む。狭い後部座席なのだが、彼がそうしても狭苦しい感じはしなかった。体が小さいだけではなく、何となく関節の柔らかさを感じさせる動きなのだ。

「元フィクサー、と仰《おつしや》いましたよね」つまり、現役を引退したということだろうか。フィクサーが引退するのかどうか……どうもこの話は胡散臭《うさんくさ》い。

「そういう噂《うわさ》がある、というだけです」

「この辺では有名な人なんですか？」

「それについては、あなたの方が詳しいのでは？　この街の住人なんだし」

「十年住んだぐらいじゃ、まだ新参者ですよ。そんな人がうちの近くにいることも、まったく知らなかった。だいたいあの建物だって、フィクサーっぽくないんじゃないですか」

「だったらどんな家がフィクサーっぽいと？」

「高い塀に囲まれた、純和風建築の豪邸。でかい数寄屋《すきや》門つき」

一瞬、村越が黙りこむ。次の瞬間、軽い笑い声を弾《はじ》けさせた。

「実は私もそう思ってました」

「実際、本人は和服を着てましたけど、家はイメージと違いますよね」

何だかちぐはぐな感じがする。もしかしたら、元々和風の家だったのを、モダンな建物に建て替えたのかもしれない。神保町界隈《かいわい》には、戦前の香りを残すような木造建築も、まだわずかながら残っている。ただ、代替わりや相続税対策で、そういう建物は絶滅の危機に瀕《ひん》している——と、以前藤木が解説してくれた。彼自身、老朽化と相続税対策で、古い建物をビルに建て替えたのだった。

「あなた、水田という男とは本当に面識がなかったんですか？」

「ええ」

「あなたは通報者ですから……今後も何か分かったら、教えてもらえますね？」

「もちろん、警察には協力しますよ」石川と違い、村越は下手に出てきた。こういう状態なら、こちらも素直に「イエス」と言える。石川は、あの横柄な性格で、これまでずいぶん損をしてきたはずだ。

ふと思いつき「この辺、防犯カメラは結構あるんですか？」と訊《たず》ねる。

「少なくはないですよ」

「さっき、死亡を確認するために遺体に触りました。死後硬直を起こしていましたから、襲われたのは昨夜と考えるのが妥当だと思います」

「さすが、元警察官だ」

村越が持ち上げにかかったが、私は無視した。

「昨夜の防犯カメラには、何か映っている可能性がありますよね。もしかしたら犯人は、私が知っている人間かもしれない。見せてもらえますよね？」

「ちゃんと見つかれば」村越がうなずく。

「しかし、神田署も大変ですね。この前のテロ事件といい……」

「あれは本部主導でやってますから。この件も、特捜本部になれば、捜査一課が全部仕切ることになるでしょう」

「この街も、いったいどうしたんですかね」私は首を捻《ひね》った。「本来は、静かで事件の少ない街ですよ」

「その理由が分かっていれば、こんな事件は起こさせませんよ……とにかく今回は、ご協力に感謝します」

これが警察官の正しい態度だ、と思う。やはり所轄の刑事課は、普段から街の人とつき合っているから物腰が柔らかいのだ。

だからといって、捜査が常に上手《うま》くいくとは限らないのだが。

しばらく現場で事情を聴かれた後、私は帰宅を許された。今日はこのまま店を休みにしようか、とも思った。一日の出鼻を挫《くじ》かれた感じで、普通に客の相手をする気になれない。

それに、水田という男のことが気にかかっていた。店に帰ると、スマートフォンで「水田光一郎」という名前を検索してみる。特に情報なし……少なくとも、この男の経歴につながる手がかりは見つからなかった。もちろん、ネットで全《すべ》てが分かるわけではないが、何となく釈然としない。

こういう時は藤木だ。

「水田さん？」電話の向こうで、藤木が首を傾《かし》げる様が容易に想像できた。「そんな人、いたかね」

「町会では把握してないんですか？」

「町会では把握しているかもしれないが、私は把握していない。この街にだって、結構人は住んでいるんだから」

「そうでした……」

「その人が何か？」

話すべきかどうか、躊躇《ためら》った。殺人事件のことを、私が話してしまっていいのかどうか。しかし、話さないと話が前へ進まない。それに、この街のリーダーである藤木には、知る権利もあるだろう。

「今度は殺人事件だって？」藤木の声が裏返った。「これじゃあ、神保町のイメージダウンも甚《はなは》だしい」

「まったくです。警察も当然調べると思いますけど、我々も情報は摑《つか》んでおくべきじゃないですかね。自分たちの街の問題ですから」

「そうしよう。ちょっと名簿をひっくり返してみるから……電話、かけ直すよ」

「フィクサーだった、という話があります」

「フィクサー？」

「よく分かりませんけど、政財界の裏側で暗躍するような……」

「そういう人種は、とうに絶滅したと思っていたけど。何歳ぐらいの人なんだ？」

「七十歳ぐらい、ですかね」

「七十歳でフィクサーねえ……」藤木が疑わしげに言った。

「あくまで元、ですよ。現役ではないというニュアンスです」

「それにしても、現役でフィクサーとして活動していたのはいつ頃だ？　二十年前だとしても、もうとっくに平成になっていたでしょうが。平成とフィクサーという言葉は、何となく合わないなあ」

藤木も自分と同じような感覚か……まるで神保町の一部分だけが、昭和にタイムスリップしたような感じだ。それを言えば、先日のテロも同様である。あれが極左の犯行なら、学生運動華やかなりし時代の反動として地下活動が活発化した、一九七〇年代や八〇年代の臭《にお》いがする。

しかし、あの時代の日本は、実際にはそれほど危険ではなかったのだ。構図はあくまで、権力対過激派。一般市民が狙《ねら》われることなど、まずなかった。

今は……安全な場所など、世界中どこにもない。十年前に感じた恐怖が、あの時よりも大きく膨らんで襲ってくる。

意識を取り戻した時、私は一瞬、自分がどこにいるのか分からなかった。東京の、自分のマンションではないか……そうではないと気づかせたのは、このところ始終私を悩ませていた臭いだった。埃《ほこり》っぽいというか土臭いというか、屋内にいても、泥に汚れているような感じがする。国連が宿舎として借り上げたこのホテルも決して立派なものではなく、その臭いから逃れられるわけではなかった。

「気づいたか」ベッドの横に腰かけていたリックが、ほっとした表情を浮かべた。

「俺は……無事なのか？」

「俺よりも軽傷だよ――見た目は」リックは頭に包帯を巻いている。顎の端に血がこびりついていた。

リックの声が遠い。鼓膜にもダメージを受けているようだった。体を起こす……全身がぎくしゃくしていたが、特に痛みはなかった。爆風で吹き飛ばされたことを考えれば、奇跡である。

「起きない方がいいぞ」

「怪我《けが》してるのか、俺は？」私は言葉を変えて同じ質問を繰り返した。自分の声が、どこか遠くで響く感じがする。

「ドクター・オボドは、心配いらないと言っている」

「本当かね」

監視団には、様々な国の様々な職業の人たちが参加している。この国の貧弱な医療情勢を考慮して、当然医師もいた。ドクター・オボドは、確かナイジェリア人……話したことはなかったが、腕前は信用できるのだろうか。

「気つけに一杯どうだ」

リックが、テーブルからジャック・ダニエルのボトルと小さなグラスを二つ、取り上げた。この男は徹底した愛国主義者というか米国産品の信奉者で、三か月の赴任のために、アメリカを代表するこのテネシーウィスキーを一ケース持ちこんでいた。私も何度かご相伴に与《あずか》っていたが、今はとてもそんな気分になれない。

「怪我してるんだろう？　酒なんか呑《の》んでいいのか」

「どんな薬よりもこれが効くんだ」

リックがグラスに指二本分ずつジャック・ダニエルを注ぐ。差し出されたので仕方なく受け取り、目を瞑《つぶ》って一気に呑み干した。いつも通りに食道と胃がかっと熱くなったが、それ以外には何も起きない。酒を健康のバロメーターにするのはどうかと思うが、取り敢《あ》えず私は無事なようだ。リックもグラスを干すと、二杯目を注ぐ。私に向けてボトルを掲げて見せたが、お代わりは断った。やはり酒は控えておかないと。

「被害はどの程度だったんだ？」

「死者四十五人。現段階で」

聞いた途端に暗い気分に襲われる。この国の貧弱な医療体制を考えると、死者はさらに増えるだろう。三か月前に、私が選挙監視員として赴任してから、小規模なテロは何度も起きていたが、今回はレベルが違う。

「『聖戦の兵士』なのか？」

「ああ、犯行声明が出た。それに車を使った自爆テロは、連中が一番得意にする手口だ。問題は、これで選挙がどうなるかだな」リックの声は暗い。「状況によっては、派遣延長になるかもしれないぞ」

「『聖戦の兵士』のテロと選挙は関係ないだろう」

イスラム過激派「聖戦の兵士」の存在は、この国の治安情勢を複雑にし始めている。軍事政権が倒れた後も、現政府と旧軍事政権の小競り合いは散発的に起きているが、これはいずれは収拾されるだろう。しかしここ何年か、この国で活動を活発化させている「聖戦の兵士」が不確定要素だ。アメリカ寄りの新政権に対する反発を強めている「聖戦の兵士」は、新体制での選挙実施に対し、何度も反対声明を発表していた。普通選挙は、「神の国にアメリカの楔《くさび》を打ちこむものだ」というのがその理屈である。今のところ、選挙は予定通りに実施されるはずだが、テロが激化すると事態は流動化するだろう。

「関係ないことにして欲しいよ」リックが溜息《ためいき》をついた。「さっさとアメリカに帰って、こういうこととは縁を切りたい。俺は牛を相手にしている方が性に合ってるんだ」

リックは本来、心優しい、偏見のない男なのだ。しかし陸軍に所属してアフガニスタンやイラクで戦った結果、イスラム過激派に関しては悪印象を抱いている。

「あんたは、イスラム過激派をどう思うんだ？」リックが唐突に訊ねた。

「そういう人たちもいる、という感覚しかない」

警視庁の外事三課で海外テロの情報収集に当たっている私の印象では、イスラム過激派は、日本の学生運動から生じた極左過激派に似ている。学生運動は元々、若者らしい正義感と社会改革を求める気持ちがモチベーションになって起きたものだが、その一部が先鋭化・孤立化して過激派になった。イスラム過激派も同じようなものではないだろうか。イスラム教を信奉する大多数の人は普通——自らの宗教の規範に則《のっと》って静かに暮らす人々である。突出した過激派をその代表、ないし典型とみなすのは、明らかな間違いだ。

「結局は金の問題だと思うぜ」リックが言った。「金さえあれば、大抵の問題は解決できる。貧しさが、人をテロに駆り立てるのさ」

それは極論だと思ったが、私は反論しなかった。今はとても、それだけの気力がない。考えもまとまらない。

そうだ……田澤は？　あいつの無事が確認できていない。

「ちょっと手を貸してくれないか？」

私がベッドから立ち上がると、リックが慌てて手を伸ばした。彼の大きな手で肘《ひじ》を摑まれ、支えられている間に、何とか体の揺れを抑えようとする。どうやら治まった——眩暈《めまい》は深刻ではないようだ。

「どうするつもりだ?」

「出かける」

「それは無理だ。今は戒厳令が敷かれている」

「すぐ近くなんだ。ホテルまで行きたい」

「ホテル?」

「知り合いが無事かどうか、確認したいんだ」ゆっくり歩き出す。動きはギクシャクしていたが、何とかなりそうだった。テーブルに携帯が置かれているのに気づき、取り上げて田澤の番号を呼び出す。やはり出なかった。

「知り合いって?」ニックが訊ねる。

「タザワという男だ」

「あいつか……いい加減にしろよ。あいつは信用できない」ニックも田澤とは何度か会ったことがある。「ジャーナリストと名乗ってるだけで、本当は何者か分からないだろう」

友人のことを悪く言われ、私はむっとした。

「偽者《にせもの》みたいに言わないでくれないか?」

「俺は、人を見る目はあるんだよ。あいつが本当にジャーナリストかどうかは分からないだろう」

「……とにかく、爆発の直前に別れて、それから連絡が取れないんだ」

「巻きこまれたのか？」

「その可能性もある。ホテルに戻っているかどうか、確認しないと」電話では駄目だ。この国の通信事情は悪く、有線の電話でもしばしば繋《つな》がらなくなる。念のためホテルに電話を入れてみたが、呼び出しているものの誰も出ない。

「ちょっと待て」

リックが私の肘を摑んだまま、ベッドに押し返した。私より十センチ以上背が高い彼の力と圧迫感には勝てるはずもなく、すとん、とベッドに腰を下ろす格好になる。

「まず、日本人の怪我人がいないかどうか、確認すればいいだろう。国家警察に聞いてみるよ」

「国家警察だって信用はできないぞ」

新政権になって再編された国家警察には、軍人上がりの人間が多い。システマティックに動く日本の警察に慣れている私にすれば、この国の警察機構は穴だらけだった。未《いま》だに賄賂《わいろ》も横行していると聞く。

しかしリックは、あくまで冷静だった。「警察が信用できるかどうかはともかく、まず情報が集まるのはあそこだから」そう言って問い合わせを始めた。結果――今のところ、日本人の犠牲者はいないらしい。「今のところ」という言い方が気になった。死んでいないだけで、瀕死の重傷を負っている可能性もある。

「やっぱりホテルに行こう」私は再度立ち上がった。「確認できそうなところには、手を回しておかないと」

「しょうがないな」リックも同意した。

私よりもはるかに怪我が重いリックにつき添われ、戒厳令下の街を行く。軍の装甲車両が走り回り、道路の角々にはマシンガンを持った兵士たちが立っている――街中に一般人の姿はなかった。しかし、国連が発行したＩＤカードの威力は絶大で、宿舎から歩いて十分ほどのところにある田澤のホテルに、無事辿《たど》りつくことができた。その間に三回止められて、実際には二十分ほどかかったのだが。

このホテルには何度も、田澤を訪ねて来たことがあった。あんな爆発がなければ、今夜もここで、二人でウィッシュボーン・アッシュを聴いていたはずである。

リックはここでも、グリーンベレー出身者の強面《こわもて》と、それと相反する愛想の良さを発揮して、ホテル側と交渉した。ホテル側の最初の回答は「帰って来ていない」。しかし、昔ながらのシリンダー錠のこのホテルでは、フロントの人間が、全《すべ》ての客の出入りを記録できるわけでもない。田澤の部屋を確認させてほしい――短い交渉と多少の袖《そで》の下で、リックは簡単に部屋のキーを手に入れた。

三階にある田澤の部屋に入ると、むっとした熱気が襲いかかってきた。窓を開ける間も惜しく、部屋の中を調べる――私の記憶にある通りの、乱雑な部屋だった。巨大なスーツケースが二つ。一つは床の上で開いていた。不用心な……しかし中には着替えしかなく、仮に漁《あさ》られても被害は少ないという考えなのだろう。

クローゼットには服が何着かかっている。長期滞在を証明するように、どの服もよれよれだった——この国のクリーニングサービスは期待できない。デスクにはノートパソコン。電源は入っていなかった。その横に、フランス製のブランデーのボトルが置いてある。一応ベッドメイクはされていたが、上には汚れたワイシャツが二枚放《ほう》り出されていて、お世辞にも片づいているとは言えない。

「ひどい臭いだな」リックが大袈裟《おおげさ》に顔をしかめて見せた。

「戻っていないと思う」リックの感想を無視して私は言った。

「どうして分かる？」

「彼は、部屋へ戻るとまず、パソコンを立ち上げる癖がある。習慣なんだろうな」

「なるほど」

「今日、ここで会う予定だったんだ」

「男二人、この部屋で？　息が詰まりそうだな」リックが肩をすくめる。

「帰っていないということは、爆発に巻きこまれた可能性が高いと思う」リックの皮肉を無視して私は言った。

「どこかにしけこんで——避難している可能性は？」

「今夜は、どの店も閉まっているだろう」

「となると、怪我人のリストをチェックし続けるしかないな。そこに載っていなければ、無事だと判断するしかない」

「ああ……」嫌な予感がした。

それはじわじわと現実を侵食した。

2

開店時間になってしまったが、店を開ける気にならない。今日は休もう……と決めた瞬間にドアが開く。

「まだかい？」

「今日は休みだよ」

知った声――知った顔。弁護士の疋田《ひきた》だった。いつも通りよれよれの格好で、弁護士という職業からイメージされる上品さとは程遠い。スーツは型崩れしているし、ワイシャツはしわくちゃ。緩く締めた薄い青色のネクタイには、茶色い染みがいくつもついていた。

「コーヒー一杯ぐらい飲ませてくれよ」情けない声で疋田が懇願する。「そこにいるんだから」

「……入れよ」

カウンターにつくと、いつものように酒臭い息が漂った。昼近くでもまだアルコールが抜けていない――いったいどれだけ呑んでいるのだろうと、他人事《ひとごと》ながら心配になる。この男に会う度に、私は田澤を思い出す。あの男も、いつ会っても酒の臭いを振りまいていた。

私は、普通の客に出すよりも一回り大きなマグカップを用意し、コーヒーを濃いめに淹《い》れてやった。一口啜《すす》って、疋田が大きく溜息をつく。

「何で休んでるんだ？　今日は定休日じゃないだろう」

「朝からいろいろあってね」

「最近、事件づいてるんじゃないか？　例のテロ、イスラム過激派の犯行だって断定されたそうじゃないか」

ニュースをチェックしている余裕があるのか、と私は意外に思った。

「断定されたわけじゃない。犯行声明が出されただけだ。断定するのは不可能じゃないかな」

「日本の警察には、そこまでの捜査能力はないわけか」

「ああ」

「まったく、情けない」疋田が唇を尖《とが》らせる。

「あんたに言われたくないね」

「OBとしては、警察の悪口は言われたくないわけか」

「OBかどうかとは関係ない。これは忠告だ……人の悪口を言ってると、いつか自分に跳ね返ってくるのさ」

「へいへい」呆《あき》れたように言って、疋田が音を立てながらコーヒーを啜る。

「あんたこそ、いつもこんな時間に酒臭い息を吐いてて大丈夫なのか？　仕事に差し障りないのか？」

「それも悪口じゃねえか？　自分に跳ね返ってくるぜ」疋田がにやにやしながら言った。

「今のは単なる質問だ」

「相変わらず理屈っぽいね」

この男が「フリーバード」の常連になってどれぐらい経《た》つだろう……四年、あるいは五年。初めて来た時にも、今日のように完全に酔っ払っていて、コーヒーを二杯飲んでいった。酔い醒《ざ》ましのつもりだったかもしれないが、正気に戻った様子は一切なかった。この男を見る度に、日本の司法システムは大丈夫なのかと心配になる。

何度も会ううちに、互いに身の上をぽつぽつと語り合うようになった。疋田はこの街――JR御茶ノ水駅に近い雑居ビルで、弁護士事務所を開業している。元々父親がやっていた事務所に入って、最初は真面目《まじめ》に仕事をしていたようだが、十年前に父親が急逝してから運に見放された、と本人は愚痴を零《こぼ》していた。父親は人権派の弁護士としてよく知られた人で、金はなかったが人望は厚かった。彼も当然、そのように見られる――「俺はあんなご立派な人間じゃないんだよ」というのが彼の説明で、父親との微妙な関係が透けて見えた。プレッシャーのためか、父親が亡くなってから急に酒量が増え、仕事に穴を空けることも珍しくなくなったという。それでよく弁護士の仕事が続けられるものだと思ったが、この業界に関しては私が知らないことの方が多い。彼の「弁護士としての腕前」については一切分からなかったし、彼も仕事については口にしなかった。そもそも、どうして酒に溺《おぼ》れるようになったのかも、聞いたことがなかった。父親を亡くしたショックで酒量が増えるとも思えないが……。

「水田という男を知っているか？　水田光一郎」

「もちろん」

いきなり肯定の答えが返ってきて、私は背筋を伸ばした。しかし疋田はだらだらとコーヒーを飲んでいるだけで、この話に乗ってくる気配はない。

「フィクサーと聞いてるけど」

「正確には元フィクサーかな？　政財界にかなり深い繋がりがあったみたいだ。ちなみに、元全学連」

「そうなのか？」学生運動とフィクサーとは、正反対のような気がする。

「そうだよ。六〇年代には、ゲバ棒を持って暴れ回っていたようだ。それが、その後転向したんだよ」

「本来の仕事は何だったんだ？」

「それはよく分からない。父親が小さな貿易会社をやっていて、その手伝いをしていたと聞いたことがあるけど……一番派手に活躍していたのは、八〇年代から九〇年代にかけてじゃないかな。時の政権の、裏のアドバイザーと言われていたこともあったらしい」

「そこまで大物なのか？」

「そうだよ。ただ、二十一世紀になってからは、表舞台から消えたけどね。いや、元々表舞台には出ない人間だったから、その言い方は変か」

「活動を縮小した、という感じだろうか」

「たぶんね」疋田が顎を掻《か》いた。無精髭《ぶしょうひげ》とは言えないレベルで、顎は黒くなっている。

「何であんたがそんなことを知ってるんだ？」

「噂が大好きなんでね」疋田がにやりと笑った。「ネタ元は右翼の男なんだが……恐喝でパクられたのを弁護した時に、水田の話を聞いたことがある。特定の業界では、『伝説の男』みたいだな。で、そいつがどうした？」

「殺された」

「はあ？」疋田が右目だけを見開く。「何だよ、神保町はいつの間にそんな物騒な街になったんだ？」

「物騒かどうかはともかく、そういうことだ。フィクサーとしての活動と何か関係あるのかな」

「まさか」疋田が笑い飛ばした。「実際に活動していたのは、二十年も前だぞ。その後は何をしていたか分からないけど、トラブルに巻きこまれるようなことはないだろう」

「昔のトラブルが、未《いま》だに尾を引いているとか」

「人間の恨みは、五年が限界だと思うね」疋田が鼻を鳴らした。「それ以上尾を引くことは、まずない――それよりあんた、何を悩んでるんだ？」

「どうして悩んでると思う？」私は両手で顔を擦った。

「顔が暗いぞ。女問題か？」疋田がにやりと笑った。

「実はそうなんだ」指摘されると、美紀の問題がずっと棘《とげ》になって心に刺さっていたのだと気づく。

「へえ、あんたでも女の問題で悩むのか」

「恋愛問題じゃないけどな……トラブルのタネになる女は、いるだろう」

「どういうことだ？」

私は事情を説明した。疋田の目から、徐々に酔いが抜けてきたような感じがする。

「怪しいな」

「ああ」

「よし、俺がちょっと調べてやろう。手がかりはいくつかあるんだよな？」

「携帯電話の番号とメールアドレスぐらいだぜ？　携帯は通じないし、メールアドレスは
たぶんもう削除されている」

「それでも手がかりにはなる。弁護士の腕を舐《な》めるなよ」

疋田が左腕をすっと突き出した。細い手首……金属製ベルトのサイズが合っておらず、
腕時計が斜めに傾いている。

「必要なら金は払う」

「このコーヒーを奢《おご》ってくれればいいよ」疋田がカップを持ち上げた。

「まさか」

この依頼の料金が六百円？　疋田はいかにも貧乏弁護士の風情だが、六百円はあり得ないだろう……しかし彼は真面目だった。コーヒーを飲み干すと、すぐに立ち上がる。

「大した話じゃないよ。時給千二百円の仕事だとしたら――三十分で済む。計算は合ってるんじゃないか？」

　計算も何も、前提が滅茶苦茶だ。しかし私は黙ってうなずき、彼に調査を委《ゆだ》ねることにした。「お手並み拝見」で、黙って答えを待とう。彼が弁護士としてどれぐらいの腕の持ち主なのか、これで分かるかもしれないし。

　酔っ払いが去ると、店はまた静かになった。私は昼のニュースに食いついた。今度は、水田が殺された事件が報じられている。私が一番注目していた職業に関しては「無職」になっていた。マスコミの人間は、水田がフィクサーだったことにいつ気づくか……あるいは、マスコミにも存在を知られていなかった可能性がある。八〇年代、九〇年代に権勢を誇った政治家なら、水田とつき合いがあったかもしれないが、そういう人たちも多くは引退しているだろう。

　水田は過去から現れた亡霊のようなものだ。こんなことに翻弄《ほんろう》されたくはない――しかし私は既に、事件に関《かか》わってしまっている。通報者として、今後警察にしつこくつきまとわれることはないだろうが、私の心は既に、この男に捉《とら》えられているのだ。

　あれこれ考え、調べるべきことが多過ぎる。近所で聞き込みでもしてみようか――私がやれば、近所の顔見知りと立ち話をしていることになるはずだ――と思ったが、この近所にはまだ刑事たちがうようよしているだろう。私のところへ誰も聞き込みに来ないのが不思議なほどだった。通報者として話はしたが、それ以外にも「近所の住人」として様子を聞きに来る刑事がいてもおかしくない――それが普通のはずなのに。まあ、そのうち来るかもしれないし、来ないかもしれない。留守にしていても問題はないはずだ。警察は私の連絡先を知っているから、必要があれば電話がかかってくるだろう。

店を出て、街の顔見知りと話す。水田の事件の噂は既に広まっていて、話をすると誰《だれ》もが心配そうな表情を浮かべたが、水田の存在を知っている人は一人もいなかった。あれだけ大きい家に住んでいたにもかかわらず、地元の人とはまったく交流がなく、まるで引きこもりのようだった。顔を見たことがある、という人もいたが、それは車を運転するために外へ出て来た時だけだった。

最後に私は、藤木の事務所を訪ねた。彼なら、水田に関する情報を集めてくれたはず――空振りに終わった。

「どうも、近所づき合いはほとんどなかったようだね」藤木は渋い表情だった。「十年――いや、それよりもう少し前にあの家を建てて引っ越して来たみたいだけど、その前のことは分からない」

私がこの街に来る前だろうか……記憶を手繰り寄せたが思い出せない。

「しかし、わざわざこの街に家を建てて引っ越して来る理由も、よく分からないですね。コストや生活の利便性を考えても、この街は『住みたい街』の上位ランキングに入って来るような街じゃないですよ」

「そうなんだよな……あそこにあれだけのでかい家を建てたということは、金はあるんだろうけど、正直、何もここでなくてもという感じはあるな。田園調布《でんえんちょうふ》でも成城《せいじょう》でも、お上品な街にでかい家を建てられたはずだ」

「この街に縁があったわけじゃないでしょうね」

「だろうね……真さんが言っていたフィクサーという話も、誰も知らないんだ」

「そうですか……」やはり陰で蠢《うごめ》くような人間は、普通の人とのつき合いを避けるのだろうか。

「どうも、やりにくくていけないね」藤木がそっと白髪を撫でつけた。

「ええ」

「結局、夜回りも効果がなかったということか」

「それとこれとは関係ないと思いますが」

「いやいや、この街はどうかしちまってるんだよ。イスラム過激派は出てくるわ、殺人事件は起きるわ、これからどうなるのかねえ」

彼にかけるべき言葉がなかった。自警団的に街を警戒するにも限度がある。「聖戦の兵士」の狙いは、ただ日本を混乱させようということだけのはずで、第二の攻撃があるとは思えなかったが……。

藤木のビルを辞し、店に戻る。店の前では、予想もしていなかった相手――水田の息子が不安気な表情で立っていた。

「どうしたんですか？」

「ああ、あの、朝のお礼を……」申し訳なさそうに水田が言った。

「そんなこと、後でいいんですよ。まだいろいろと大変でしょう？」

「ちょっと時間が空いたので……こういうのは、気がついた時にしておかないと、駄目なんです」

ずいぶん生真面目《きまじめ》な人だ。公務員だろうか、と私は一瞬想像した。都庁に勤める兄も、人へのお礼に関しては異常に気を遣う性質《たち》で、よく手書きで礼状を出している。

「立ち話も何ですから……時間があるなら、中へ入りませんか？　コーヒーをご馳走《ちそう》しますよ」

「すみません……」水田が、疲れ切った顔を両手で擦《さす》った。肉体的にも精神的にもダメージを負っているに違いない。

水田がカウンターに座ったのを見届けて、私はコーヒーの準備を始めた。せめて美味《うま》いコーヒーで、気持ちを落ち着かせてもらいたい。水田は無言で、私の動きを見守っていた。

コーヒーができあがると、ブラックのまま一口飲み、長々と溜息を漏らす。

「大変でしたね」

「ええ……まさか、こんなことに……」

「残念です」

「昨夜から様子がおかしいと思っていたんですよ」

「何かあったんですか？」私は身を乗り出した。

「いつも、夜に一回電話するんです。あの年齢で一人暮らしなので、いろいろ心配でしょう？」

「親孝行ですね」

私が褒めると、水田は一瞬顔を綻《ほころ》ばせたものの、すぐに真顔に戻った。笑顔をキープできないほど疲れているようだった。

「それが、昨夜は電話に出なくて……何か、嫌な予感がしたんです。前にも一度、夜に電話に出なかったことがあって、その時は心筋梗塞《しんきんこうそく》で苦しんでいたんです。幸い、軽くて済んだんですけどね」

「それで、朝一番に確認に来たんですか？」

「ええ。倒れていたら、電話にも出られませんしね」

しかし最悪の結果になった……父親が倒れているのを直接見た水田のショックは、容易に想像できる。

「あんな立派な家に、一人で暮らしていたんですか？」

「おふくろは七年前に亡くなりまして……私は同居してもいいと言ったんですが、一人の方が気楽だからと言い張っていたんです。二年前に軽い心筋梗塞を起こす前は矍鑠《かくしゃく》としていて、とても七十近い人間には見えなかったんですけどね」

「お仕事はされていたんですか？」

「いえ……さすがにもう、現役は引退していました」

「現役時代はどんなお仕事を？」フィクサーという言葉が出てくるかもしれない、と私は身構えた。だが水田が発した言葉は「投資アドバイザー」だった。

「貿易の仕事をやっていた、とも聞きましたけど」

「それはずっと昔――それこそ、昭和五十年代ですよ」

「投資アドバイザーは、儲《もう》かるものなんですか？　こんなところにあんなに大きな家を建てるぐらい、資産があったんですよね」皮肉に聞こえないだろうかと心配しながら私は訊ねた。

「バブルの時代に、かなり大儲けしたようです。それを慎重に運用していたみたいですね」水田の発言は明け透けだった。

「あそこに家を建てたということは……以前はどこに住んでいたんですか？」

「ここへ来る前は、四谷《よつや》でした」

「どうしてこんなところへ越して来たんでしょうね」

水田が顔を上げ、疑わしげな視線を私に向ける。

「ここは、『住みたい街』ランキングに入るような街じゃないですよ」先ほど藤木に言った話を持ち出す。

「たまたま土地の出物があったから、という話でしたけど……詳しいことはよく知りません。正直、親子であまり話すこともなかったし。元々、家庭に興味と責任を持つような人でもなかったですからね。私が就職してからは、会うのは年に何回か——ずっとそんな感じが続いていました」

「親子なんて、そんなものでしょう。何かトラブルがなければ、空気のような存在じゃないですか」それにしても関係が希薄過ぎる。

「そうなんですけど……しかし、こんなことになるとは思いませんでしたよ」

「誰だって、こんなことは想像もできませんよ」私は水田を慰めた。「私も、想像もしていませんでした。最近、神保町界隈は何かと騒がしいんですが」

「ああ、先日のテロとか……」水田の顔が蒼褪《あおざ》める。「日本でもそんなことが起きるんですね」

「そういう時代なのかもしれません」

相槌《あいづち》を打ちながら、私は水田の顔を観察した。極端に顔色が悪い。精神的なショックのせいだろうが、実際に体調が悪いようにも見える。いや、もしかしたら……お節介かもしれないと思いながら、私は言った。

「そんな気になれないかもしれませんが、何か食べませんか？　昼抜きじゃないんですか」

「ええ、実は……それどころではなかったので」水田が胃を擦った。

「今日は店を開けていないので、大したものはありませんけど、トーストぐらいなら用意できますよ」

「お願いしていいですか？」水田が遠慮がちに言った。「実は朝も食べていないんです」

「大変な一日でしたね」

「まったく、これからどうなるのか……」水田が力なく首を横に振った。

私はすぐにトーストの準備を始めた。私の分のコーヒーも……水田にも、もう一杯出してやろう。

トーストは、特に工夫のないものだ。四枚切りの分厚い食パンに軽く十字の切りこみを入れて焼くだけ。バターとオリーブオイル、それにジャムを二種類添えて出す。ジャムは基本的に、兄嫁の手製だ。彼女は昔から菓子作りが趣味で、兄は結婚後に十五キロも太ってしまった。一方明日花は、母親の作る菓子には手を出さない——本当は甘い物好きだが、こんなところでもまだ反抗期のようだ。

分厚いトーストと二杯目のコーヒーで、水田は少しだけ元気を取り戻したようだった。

「パンが美味《うま》いですね」

「普通の食パンですよ。本当は、食べ物はまったく出したくないんですけど……コーヒーだけの店にしたいんです」

「最近は、こういう店は貴重ですよね」水田が周囲を見回す。

「時流に乗り遅れています。かつかつで何とかやっていますよ……しかし、お父さんと面識がないのが不思議です。近所の人は、よくこの店を使ってくれるんですが」

「父は、コーヒーが嫌いなんですよ。うちでは、コーヒーが出た例《ためし》がありません」

「なるほど……でも、投資アドバイザーの仕事はハードなんじゃないですか？　コーヒー抜きでは仕事ができそうにないですけどね」

「あの仕事のことは、私もよく分かりません。普通の会社員なら、何をしているかはイメージできますけどね。金を扱う仕事……というか、金儲けのアドバイスが本当に金になったのかどうか。子どもの頃は説明を聞いてもさっぱり分からなくて、何で儲けが出るのか理解できませんでした。正直に言うと、今でもそうです」

「私にもよく分かりません」私は首を傾げ、久しぶりのコーヒーに口をつけた。「最近は悠々自適《ゆうゆうじてき》だったんですか？」

「そうですね」

「お仕事は、もうしていない……」

「私が知る限りでは」

「でも、結構活発に動いていたんじゃないんですか？　車が二台、ありましたよね」

「あれは趣味です。昔から、馬鹿っ速いセダンが好きなんですよ」

「羊の皮を被《かぶ》った狼《おおかみ》、というやつですか」

「そんな感じです」

しかし……ベンツにボルボか。どちらも安い車ではない。「馬鹿っ速いセダン」というからには、ベンツはＡＭＧモデルかもしれない。普通のサイズのセダンに排気量の大きなエンジンを組み合わせ、足回りも相応に強化――七十歳が乗るような車ではない。

「どんなお父さんだったんですか?」

「淡々としてました。家にいないことが多くて、家族らしいことはほとんどしてなかったな……だいたいどこの家も、そんなものかもしれませんけど」

「お葬式の日程は決まりましたか?」

「いえ、それはまだ……警察の方から遺体が戻って来ないので」水田の顔がまた蒼くなる。解剖が終わるまでは、何もできないだろう。私が説明しても仕方がないことだし、解剖という言葉で彼にショックを与えたくなかった。

「何かありましたら、いつでも言って下さい。地元の人間として、協力できることもあると思います。この辺りは、町会の活動も盛んですし」

「お手数おかけして……朝は本当にすみませんでした」

低姿勢な男だ。彼は本当に、父親がフィクサーだと知らなかったのだろうか。私は、一歩踏みこむことにした。

「今回の件、何か思い当たる節はありませんか? お父さんが誰かの恨みを買っていたとか」

「いやあ、それは……正直分からないんです。最近、どんな人とつき合っていたかも知りませんし」

「そんなにセキュリティが甘い家ではないですよね」

「もちろんです。警備会社とも契約しています」

ただしそれは、誰かが無理矢理家に押し入ろうとしたのでもない限り、有効ではない。知り合いを家に上げた後でいきなり襲われても、警備会社には連絡は入らないのだ。緊急通報ボタンもあるはずだが、パニックに陥っている状況では、そんなものを押す余裕もないだろう。

水田はトーストを全部平らげ、二杯目のコーヒーも飲み干して帰って行った。しばらくは大丈夫だろう。これから葬儀などのばたばたが続くので、悲しんでいる暇もないはずだ。恐らくショックはその後――ぽっかり時間が空いた時にやってくる。そして長く続く。

それにしても、投資アドバイザーか……どういう仕事なのか、まったく分からない。金儲け指南、というのは間違いないだろうが、その結果、相手の恨みを買うこともありそうだ。しかし彼は、現役ではないという。昔の仕事のことで恨みを買ったとか……どうにもはっきりしない。こと殺人事件に関しては、私は頭がよく回らないようだ。昔も専門ではなかったから、仕方ないかもしれない。

水田が帰って少しして、疋田がまた顔を出した。アルコールは抜けているはずなのに、昼間よりもぐったりしている感じがする。もしかしたら、アルコールこそが彼のエネルギー源なのかもしれない。

「コーヒー、飲ませてくれよ」

店先で酒も呑ませる酒屋――角打《かくう》ちの店にふらりと入って来て、最初の一杯を懇願するような口調だった。

「話したいことがあるなら、電話でもいいのに」この男と会っていると、エネルギーが吸い取られていく感じがする。

「コーヒーが飲みたかったんだよ。あんたのコーヒーが」

「休みなんだけどな」そう言いながら、私はもうコーヒーの準備を始めていた。結局この作業が、一番落ち着く。マラソンランナーがジョギングをしているようなものだ——つまり、日常。

「まあ、いいじゃないか。だいたい、休みならドアに鍵《かぎ》をかけておけよ」

「俺は常にオープンなんでね」

会話が嚙《か》み合わなくなってくる。豆を挽《ひ》き、お湯を沸かし……としているうちに、彼はコーヒーが飲みたいためにここに来たのではないと分かってきた。

「彼女の情報は？」

「そんな人はいない」

「何だって？」

「電話番号を辿ったけど、新藤美紀という女性はいなかった……いや、その名前の人物はいるんだけど、あんたが会っていた人ではないだろう」

「携帯の契約者を辿れるのか？」警察ならば可能だろうが、弁護士にそんなことができるのだろうか。

「俺にはいいネタ元がいるんでね。間違いないよ」

「つまり、あれは偽名か何かだったわけか？」

「携帯電話を契約していたのは、まったく別の女性だった。知りたいか？」

「もちろん」

疋田がくたびれた背広の内ポケットから手帳を取り出した。当該《とうがい》のページを開くと、破って私に示す。「瀬波優《せなみゆう》」の名前があった。

「この人は？」

「さあ」疋田が肩をすくめる。

「連絡先は分からないのか？」

「俺の情報源では、名前を割り出すのが限界だな。それ以上知りたければもう少し頑張れるけど、それは別料金になる……そう言えば、結構時間がかかったから、料金は高くなった――コーヒー六杯分ぐらいかな。しばらくはただで飲ませてもらうぜ」

「図々しいにもほどがあるな」

「それぐらいの仕事はしてやっただろう……もう少し調べるか？」

「いや、これでいい」私は手帳のページを畳んでシャツの胸ポケットにしまった。「後は自分で何とかする」

「遠慮しなくてもいいのに」

「あまり人に頼り過ぎると、人間として駄目になるからな」

「あ、そう。じゃあ、お好きにどうぞ」

疋田の関心は、急激にコーヒーの方に移ったようだった。美味そうに飲みながら、点《つ》けっぱなしだったテレビの方に視線を向ける。相変わらずニュース専門チャンネルに合わせてあるが、今はテロ関係のニュースは流れていない。

何となく、このまま疋田が居座りそうな予感がしたので、私は洗い物を始めた。店を開けていないので、洗い物もないのだが……それで彼も、私がそれなりに忙しいと気づいたようだった。

疋田が引き上げると、私はテレビを消し、レコードを選んだ。既に夕方、一日が無駄になってしまった感じがする。ここは一つ、自分に気合いを入れていかないと。そういう時に一番相応しい一枚――ディープ・パープルの『紫の炎』をかける。一曲目、タイトルチューンが流れ出すと、やはり気分が高揚した。名曲『ハイウェイ・スター』の焼き直しとも言われているが、この曲の構成は、さらに直接的にクラシック音楽の影響を受けている。これがディープ・パープルでのデビュー盤となったデイヴィッド・カヴァーデールの声は、さすがに若い……今では渋みを感じることが多いが、これはこれで悪くない。

気合いは入ったが、やるべきこともない。結局、新藤美紀は、幻の女だったわけか……訳が分からない。彼女が私に近づいて来た目的も、想像もできなかった。

3

休みなのに、訪問者が途切れない日もある。

そろそろ二階に引き上げて夜回りの準備を始めようとしたところで、店のドアが開いた。村越が、若い刑事を連れて入って来る。

「ちょっといいですか」村越はあくまで低姿勢だった。

「どうぞ」

村越は座る気がないようで、カウンターを挟んで立ったまま私と向き合った。同行している若い刑事は身長百八十センチほどあるので、彼の小柄さがさらに際立つ。

「ちょっと見て欲しいものがあるんですが」

村越が、連れて来た若い刑事に向けて顎をしゃくった。刑事がショルダーバッグを開けて何枚かの写真を取り出し、私に手渡す。

防犯カメラの映像から切り取ったものだとすぐに分かった。同時に、誰なのかも分かった。顔から血が引くのを感じる。

「岡村《おかむら》だ……」

「岡村、誰ですか？」村越が低い声で確認する。

「岡村正輝《まさき》。近くのスポーツ用品店で働いています。うちにもよく来ますよ」大抵、閉店間際だ。店の仕事が終わってから、コーヒーを一杯飲んで帰って行く感じ。以前、「酒が呑めないんですよ」と言っていたのを思い出す。仕事で疲れた体と気持ちを休めるためのコーヒーなのだろう。

写真は白黒で、岡村の顔ははっきり写っているわけではない。しかし全体像で、彼だと断定できる。とにかくでかい男なのだ。身長百八十五センチ、体重八十五キロ。そのほとんどが筋肉で、体脂肪率は一桁《ひとけた》台、と聞いたことがある。元々大学ではアメフトの選手で、スポーツ用品店に勤めているのだから趣味と実益が合致しているとも言えるが、それにしてもちょっと異様なぐらいだった。写真の岡村は完全な坊主頭——自分で髪を剃《そ》ってしまっているのだ。一年ほど前だったか、急激に髪が薄くなってきたのを悩んで、自ら剃り上げてしまう道を選んだ。彼の分析では「プロテインの摂《と》り過ぎ」。男性ホルモンが活性化し過ぎると禿《は》げる、という理論を延々と説明された。

巨体、坊主頭、それに顔の一部が見えていることから、岡村なのは間違いない。

「勤務先は?」

「このすぐ近くにあるスポーツ用品店です」

「助かった」村越が安堵《あんど》の表情を浮かべる。「見覚えがあると言う人はいたんですが、身元が分からなくて」

「スポーツ用品店で確認できますよ」私は腕時計を見た。「今ならまだやってるはずです」

「ご協力、感謝します。じゃあ――」

村越が手を伸ばして写真を受け取ろうとしたが、私は首を横に振って拒否した。村越はむっとした表情を浮かべたものの、強引に奪い返そうとはしなかった。

写真を凝視する。一枚は、斜め前方から岡村を捉えたもの。もう一枚は横からで、そちらの写真には見覚えのあるものが写っていた。これは、水田の家の前ではないか……間違いない。彼の横に、ベンツとボルボのフロントグリルが写っている。ナンバーも、私の記憶にある通りだった。

「かなりはっきりした写真ですね」

「あの辺は、防犯カメラが多いんですよ。窃盗被害の多い街だから、自衛で防犯カメラを設置している家は少なくない」

納得して私はうなずいた。実際、私の店にも防犯カメラはしこんである。盗まれて困るものがあるわけではないが、念のためだ。

「写真はこれだけじゃないんでしょう？　映像には、もっとはっきり映ってるんじゃないんですか？」

「もちろん。岡村が水田の家に入るところ、出てくるところも映ってますよ」

「凶器は？」

「凶器は見えないが、服が少し汚れている――泥汚れじゃないですね」

「血痕《けっこん》ですか？」

「白黒では断定はできないが……ちなみに、この男がどこに住んでいるか、知ってますか?」

「いや、そこまでは分かりません。うちに来る客、というだけです」

「とんだ客ですな」

「彼が殺人犯だと分かっていて、コーヒーを出しているわけじゃないですよ」

私の皮肉に、村越の唇が痙攣《けいれん》するように動いた。しかし、すぐに気を取り直したように続ける。

「とにかく、ご協力感謝します。大変助かりました」

「警察に協力するのは市民の義務ですよ」

まずまず友好的な会話と別れ——事件が一つでも解決すれば、神保町を覆っている暗雲も晴れるかもしれない。

しかしちょっと考えて、私は暗澹《あんたん》たる思いに囚《とら》われた。岡村とはそれほど親しいわけではないが、軽口を言い合える程度の知り合いと言っていい。そういう人間が人を殺した疑いで警察の捜査線上に上がっているのは、いい気分ではなかった。

そういう嫌な気分を、一人の男がさらに加速させた。石川。村越たちが引き揚げて十分もしないうちに、乱暴にドアを押し開けて入って来た。見るからに不機嫌だったが、ここへ来た目的は分からなかった。こんなところでコーヒーを飲んで時間を潰している場合ではないはずなのに。

石川はカウンターに一直線に向かってくると、いきなり両手を天板に叩《たた》きつけた。私を睨《にら》みつけてきたが、感じたのは恐怖ではなく戸惑いである。石川に文句を言われる筋合いはまったくない。

「今日は休みですよ」軽く先制攻撃を繰り出す。

「分かってる……コーヒーぐらいは出せるだろうが」

「休日特別料金で、百円増しです」

「百円だろうが二百円だろうが、払ってやる。とにかくコーヒーをくれ」

意味が分からない。そもそも石川は、コーヒーが苦手なはずではないか？　コーヒーの準備を始める間、水を出してやると、石川は一気に飲み干した。外はクソ寒いだろうに、額には汗が滲《にじ》んでいる。

「お前のところの町会で、夜回りをやっていたな」

「ええ」

「あれは中止してもらうように頼んだ」

「イスラム過激派のテロには、我々素人では対応できないということですか」

「実際、危険なんだ」石川は真顔だった。「何が起きるか分からない。夜はできるだけ出歩かないように要請した」

「警察だったら対応できるんですか？」

「パトロールの人数はさらに増やす。機動捜査隊にも協力を依頼した」

「無駄です」

「何だと？」

「警察の武器は何ですか？　主力は拳銃《けんじゅう》でしょう。せいぜいが、ＳＡＴが使うＨ＆Ｋの短機関銃ぐらいだ。それで爆弾に対応できると思いますか？」

石川が黙りこむのを見て、私は畳みかけた。

「連中が使うのは爆弾です。しかも巧妙に隠したり、車に載せて強引に突っこませたりする。それを止めるのは、日本の警察の武装では不可能ですよ」

「経験者は語る、というやつか」

「俺は死にかけましたから。十年前からずっと、余生みたいなものです」

「余生だから、警察の仕事を辞めて呑気《のんき》に暮らしているのか」

「拾った命ですからね……警察の仕事に捧《ささ》げるのはもったいない」

実際には、そんなに簡単に説明できるものではない。あの頃——十年前に警察を辞める決心をした動機は、今でも上手く説明できない。力尽きたわけでも、恐怖心が正義感に勝ったわけでもない。田澤に対する微妙な気持ちもあったが、それも主な動機ではなかった。

ある意味私は、世捨て人なのかもしれない。

人生はいつか終わる。自分の意思とは関係なく、予感もなく、まったく突然終わることもあり得ると教えてくれたのが、あの国で遭遇したテロだった。どうせいつ死ぬか分からないなら、好きな物に囲まれて好きに暮らしたい。金など、ぎりぎり生活できるだけあれば、十分ではないか。

思いついて、あの国特有のコーヒーと同じように、最初から砂糖をたっぷり加えてやった。小さなカップの底に残るぐらいの量……コーヒーを一口飲んだ石川が、顔をしかめる。

「何なんだ、これは」

「あの国のコーヒーを真似《まね》してみました。俺は十年前、こんなコーヒーを毎日飲みながら、日本の夏よりもずっと湿気が多い中で、歩き回っていたんです」

「その辞令を受けたことで、警察を恨んでいるのか？」

「そういうわけでもないんですが……少しでも当時の気分を味わってもらいたかったんです」

「あんたが自爆テロに巻きこまれたことには同情するが、俺に対してこういう態度は許さんぞ」石川の表情が強張《こわば》る。

「だったら逮捕しますか？」私は両手首を内側で合わせて前に突き出した。「俺には優秀な弁護士がついてますから、逮捕したら後で恥をかくことになりますよ」

その時私の頭に浮かんだのは、疋田の顔だった。外面《そとづら》を見た限り、彼の弁護士としての能力については常々疑問を抱いていたのだが、今日になって少しだけ見直していた。三十分というわけにはいかなかったが、あれだけ短い時間で美紀の――今は優と呼ぶべきか――ことを調べ上げてきたのだから。

石川がふっと緊張を解いた。また顔をしかめながらコーヒーを飲み、ゆっくりとカップをソーサーに戻す。どうせ怒られついでと思い、私は質問をぶつけた。

「『聖戦の兵士』が日本に入って来ているという情報はあったんですか?」

「いや……ただ、完全なチェックは難しい。空港はともかく、船で入って来る人間に対して入管の対応が雑なのは、お前も知っているだろう」

私は無言でうなずいた。そういう話は、私が外事にいた頃にも聞いていた。アジアからの観光客が増えた今では、もっと杜撰《ずさん》になっているかもしれない。

「正直、入管が杜撰なら、我々はチェックしきれない」

「でも、Sは使ってるでしょう」スパイから情報を得るのは、公安の一般的な捜査手法だ。

「『聖戦の兵士』は、東南アジア系の人間がほとんどだ——つまり、昔から日本には一定の数がいる。チェックは難しい」

「第二の犯行もあり得ますね。向こうは挑戦的だし、一度成功して味をしめているはずだ」

「下らん」石川が吐き捨てたが、強がりにしか聞こえなかった。どんなに強く批判しても、爆弾が炸裂《さくれつ》してしまったら警察の負けなのだ。

「二度目もあると考えるべきですよ」私は念押しした。

「そんなことになったら、絶対にパクってやる。日本の警察を舐めるような真似は許さない」

私は無言でうなずいた。さらに皮肉をぶつけることもできたが、それは非生産的だ。ただ、私の予感はやはり「二度目」を告げている。示威行為なら、実質的に被害を与える必要もない。本気で日本を混乱させようと思ったら、インフラなどを狙うべきなのだろうが、それは「聖戦の兵士」たちにとってもリスクが大きいだろう。他の国に比べて比較的安全で、外国人によるテロは起こらない、と言われている日本でテロを成功させた――それだけで、「聖戦の兵士」の名をアピールするには十分だ。

要するに、日本はある種の踏み台にされている。

石川の苦悩もよく分かった。彼にしても、市民の安全と自分たちの面子《メンツ》を守るための戦いなのだ。

私は、今は警察官ではない――しかし、自分の街を踏み台にされた憤りは当然感じている。だからといって、この件で自分が何かできるとは思えなかったが。イスラム過激派に対して、一市民である自分がやれることは何もない。

十年前と同じように。

翌日、私はいつもより早く目覚めた。自宅で新聞をチェックした後、近くのコンビニエンスストアに足を運んで全紙を揃《そろ》える。帰ってから一通り目を通してみたが、テロ事件に関する新たな情報はなかった。

水田殺しに関してはもっと扱いが冷たい――冷たいどころか、続報が何も出ていない。結局、岡村の容疑は晴れたのか……いや、まだ容疑が固まらないのだろう。村越が私を訪ねて来たのは、昨日の夜。それから身元を確認し、家にガサをかけて——まだ殺人の実行犯だと断定できていなくてもおかしくはない。こういう捜査には時間がかかるものだ。

今日は店を開けよう。明日花はまだ試験期間中のはず……一応、来られるようなら試験が終わってから来るように、とメッセージを送っておいた。既読になった後、返事はない。明日花は、若者たちが熱心になっているメッセンジャーには、それほど夢中になっていないようだ。あるいは、私を無視しているだけかもしれないが。

午前八時。いつもよりだいぶ早いが、第一食を済ませてしまおうかと考え始めたところで、スマートフォンが鳴った。明日花が連絡してきたのかと思ったが、画面に浮かんでいたのは見知らぬ携帯電話の番号だった。無視するわけにもいかず、電話に出る。向こうがすかさず名乗って、私はほっとした。

「村越です」

「おはようございます」一応、丁寧に挨拶《あいさつ》する。

「そちら、店は何時からですか？」

「十一時ですが」何を言い出すのか、と戸惑う。

「もう起きてましたか？」

「もちろん。電話に出たでしょう」

「だったら今、出て来られますね？」

「起きてはいましたが、朝食もまだですよ」嫌な予感がして、私はかすかに抵抗した。

「それに、店を開ける準備もしないといけません」

「一時間だけ貰《もら》えますか？」

「何でしょう」

「署に来て下さい。確認して欲しいことがあるんです」

「岡村のことですか？　知っていることは、昨日全部話しましたよ」彼の身の上は、雑談で聞いて知った程度で、そもそも本当かどうかも分からない。こういう店で、真剣に打ち明け話をする意味もないはずだから。

「その関連です。是非、あなたに確認してもらいたい」

「何なんですか」痺《しび》れを切らして私は声を荒らげた。

「田澤さんのことです。田澤直人さん。もちろん、ご存じですよね？」

私は思わず立ち上がった。

４

村越は迎えの車を出してくれた。覆面パトカーの後部座席に座るのは何となく落ち着かなかったし、神田署へ行くだけなら走った方が早いのだが……覆面パトカーを待つ間に考えておきたかった。

田澤が生きている？

生きていてもおかしくはない。十年前、私は公務の間を縫って、現地で必死に田澤を捜したが、「死んだ」証拠は見つからず、その後もあの国から出国した形跡は見当たらなかった。田澤は見事に姿を消した——あるいは消されたのだ。

生きてさえいれば姿を現す可能性もあると思ってはいたが、その想像は日に日に薄れていった。日本とはあまり縁のない国で行方不明になった男——やはり、生きている可能性は極めて低いと判断せざるを得なかった。

その田澤の名前が、十年ぶりに表に出てきた——それもデジタル空間の中に。

何かがおかしい。おかしいが、田澤に再会できるかもしれないという期待は否定できなかった。

神田署に飛びこむと、一階で村越が出迎えてくれた。新聞記者らしい人間が目立つ——今、この署は二つの大きな事件を抱えているのだから当然で、村越は私がその混乱に巻きこまれないように、気を遣ってくれたのだろう。

村越は無言で私にうなずきかけると、すぐに踵《きびす》を返して階段を駆け上がった。私は踊り場で彼に追いつき、「いったいどういうことですか」と訊ねた。

「見てもらった方が早いです」村越の口調は珍しく苛《いら》ついていた。

刑事課の横にある、小さな会議室に通された。取調室に押しこまれなかっただけよかったと考えながら、私はパイプ椅子《いす》に腰を落ち着けた。目の前にはノートパソコン。かなり古いタイプで、天板には岡村が卒業しただろう大学のロゴマークが貼《は》ってある。デスクトップは数世代前のウィンドウズのものだった。

横に座った村越が、マウスを操作してメーラーを立ち上げる。画面をスクロールすると、

「これです」と緊迫した口調で言った。

田澤からのメールだ。

岡村様
田澤直人です。
先日依頼の件、準備は整ったでしょうか。もしも何か足りないものがあったら、すぐに連絡して下さい。調達します。
なお、振り込みについては、先日の口座ではなく別口座を用意して下さい。別の銀行に新しい口座を開くのがベストです。こちらについても、口座を開設したらすぐに連絡して下さい。

仕事の依頼だ。

殺しの依頼？

私は思わず村越の顔を見上げた。

「どういうことですか？」

「二人は何度か、メールでやり取りをしています。内容は抽象的なんですが、田澤が岡村

に何か仕事を依頼していたのは間違いない」

「水田を殺す仕事、ですか？」

「それが想定できるような内容もあります。実際、水田の家を監視するように依頼したメールもあります」

「ちょっといいですか？」私はパソコンに手をかけ、差し出し人の名前でソートした。日付順に並んだ田澤からのメールは七通。一番古いメールは、二か月前のものだった。そのメールは何かを依頼するものではなく、既に「指示」だった。水田の所在を確認しておくように——。

「おそらく、最初は直接会うか電話で依頼したんでしょうね」私は推測した。「その後、メールで細かい仕事の内容を指示している」

「下から三番目のメールを見て下さい」

言われるままに、私は当該のメールをクリックした。金のやり取りに関するもので、一連の依頼でかなりの金が動いたことが想像できる。


手付金、100を振り込みました。残り200については、仕事の完遂が確認できてから振り込みます。その際の口座については、後ほど指示します。

このメールの内容が、最新のメールにつながってくるわけか。「100」の単位が「万円」だとすると、人一人を殺す報酬が三百万円……これが高いか安いか、判断しかねた。海外では、もっと安い金額で殺人を請け負う人間もいるが、そもそもここは日本である。殺し屋が存在しているとは考えられない。

しかし実際に、岡村は水田を殺した可能性が高い。

「岡村の口座はどうなってるんですか？　実際に振り込みはあったんですか？」

「今、確認中です。このメール自体、昨夜遅くに確認できたもので」

「岡村の家に家宅捜索《ガサ》をかけたんですよね？　他に何か、めぼしいものは出ていないんですか？」

「取り敢えず、これだけですね」村越がぼそりと言った。「押収したもの全ての分析が終わったわけではないですが」

「逮捕状《おふだ》は？」

「まだ――もう少し詰めないと、裁判官はＯＫを出さないでしょう。地検からも厳しく言われていますしね。一連のメールは、直接殺害を依頼するような内容ではないんです。これでは証拠として弱い」

私はうなずいた。昔から、検察庁は慎重な役所である。逮捕して、きちんと起訴、さらには裁判で有罪を勝ち取れるぐらい証拠が揃っていないと、逮捕を許可しない。それが検察の「捜査指揮」というものだ。

「時間の問題でしょうが……岡村の逮捕については、何とかなると思います」

「もう高飛びしているかもしれませんよ。家にもいなかったんでしょう?」

「ええ。でも、できる限りのことはやっています」村越の口調が急に鋭くなった——不安を隠しているのだとすぐに分かった。

「丸一日経っています」私は指摘した。「一日半あれば、どこへでも逃げられますよ」

「悲観的になるのはあなたの勝手だが」村越の口調が急に荒っぽくなった。「あなたはもう民間人だ。警察のやることに一々口を出すのは筋違いだ」

「では、これで失礼します」私は音を立てて椅子を蹴《け》り、立ち上がった。「口出ししたつもりはありませんが、そんな風に言われるなら、今後は協力できませんよ」

村越の顔が真っ赤になる。無精髭の生えた顔を見れば、彼の疲労は明らかだった。一昨日《おととい》の夜は宿直勤務、そのまま殺人事件の捜査に入り、昨夜もろくに寝ていないに違いない。

私たちはしばし、無言で睨み合った。狭い会議室の中で、エアコンの音がやけに大きく響く。私は彼の顔を見つつ、壁の時計を視界に入れた。秒針が一回りする直前になって、村越が口を開く。

「この田澤直人が、あの田澤だとしたら……」

「刑事課でも有名人なんですか?」

「名前を見た瞬間に思い出す人間がいるほどにはね。十年前には、散々騒がれましたからね」

「迷惑な人間だ、ということですね？」私はつい皮肉を吐いてしまった。フリーのジャーナリストが混乱した国で行方不明になっても、自己責任――政府まであたふたさせるような人間は迷惑だ、という論調があったと思う。

「危険な国へ勝手に渡航したんですから、非難されてもしょうがない」田澤に対する村越の印象は、十年前に主流だった世論と変わらないようだった。

「そういう議論は、今はしなくていいでしょう」私は釘《くぎ》を刺した。「問題は、この田澤直人が本当にあの田澤直人と同一人物かということです」

「その件について、あなたにお話を伺いたいんです」

村越が言ったタイミングで、会議室のドアがいきなり開いた。顔を出したのは石川……むっとした表情を浮かべ、ちょっと突いたら爆発しそうなほど、体に怒りを充満させている。

「どうぞ」

村越が石川に声をかけた。石川は私を一睨みした後、私の向かいに音を立てて腰を下ろした。腕組みすると、殺意の籠《こも》った視線で私を睨む。私はすっと視線を逸《そ》らした。石川がどうして怒っているかは想像できたが、誤解を解くための努力を考えるとうんざりしてしまう。まあ……彼の思いこみだということは、いずれは分かるだろう。

村越が石川の横に腰を下ろし、一応私に紹介した。

「警備課の石川警部……ご存じですね」

「もちろんです。ただしこのレベルの事件なら、本部の人が出て来るのが筋かと思いますが」

「何だと」石川の頬《ほお》が痙攣した。「俺が防波堤になってやってるんだぞ！　本部の連中が出てきたら、お前なんか頭から齧《かじ》られちまうだろうが」

「私は消化が悪いですよ」

「ふざけるな！」石川が拳をテーブルに叩きつける。勢いで、ノートパソコンが少し動いた。「何も事情を知らない本部の連中に責められるのと、俺に話をするのと、どっちが楽だ？」

「本部の連中が事情を知らないことはないと思います。私は有名人なんですよ？　十年前に散々話を聴かれて、提出した報告書の厚みは十センチぐらいになりました」私は右手の親指と人差し指を大きく開いて見せた。「それがちゃんと読まれたかどうかは知りませんが」

警察官の仕事の九割は書類を書くことだ、とよく言われる。ただし、それがきちんと読まれているかどうかは別問題だ。分厚い報告書を提出させた上で、「ダイジェスト版」を口頭で報告させる上司もたくさんいる。

「とにかく、あんたの口からもう一度聴かせてくれ。本部には俺がちゃんと報告する」

むっとしたが、私は深呼吸して何とか気持ちを落ち着かせた。田澤が捜査線上に上がってしまった以上、いずれ警察には話をしなければならない。だったら、取り敢えずの顔見知りである石川に話をした方が簡単だろう。より少ない悪の選択、ということだ。

　私は十年前の田澤との出会い、それにテロについて話した。その後の田澤の捜索——あの国、そして日本で——についても説明する。石川は自らメモを取りながら、相槌も打たずに聞いていた。私が一通り説明を終えて言葉を切ると、ようやく顔を上げる。

「現在までずっと行方不明なのは間違いないんだな？」

「少なくとも、俺のアンテナには引っかかってきません」

「あんたのアンテナは錆《さ》びついてないのか？」

「そういうのは、自分では分かりませんよ。とにかく、何も情報がないのは確かです」

「で？　あんたは、田澤はどうしたと思う？　死んだのか？」

「あの国で、日本人が姿を隠して生きていくのは難しいと思います。それに、もしもあの国にいれば、今頃はとうに気づかれていたでしょう。今は、日本企業も進出を始めましたからね。海外にいると、日本人同士は気づくものです」

「帰国した可能性は？」

「それは、入管をチェックしてもらうしかないですね。ただ私は、彼が帰国したとは思っていません。帰国すれば、私に連絡をくれるはずです」

「そんなに仲が良かったのか」

「ああいう国——政情も社会も不安定な国で、日本人同士が一緒にいれば、自然に関係は深くなるものです」

「日本人同士で助け合う、ということか」

「少なくとも、精神的には」

共通の趣味については言わずにおいた。プライベートな事情まで石川に明かす必要はないだろう。石川はひとまず満足したようで、村越にうなずきかける。

「取り敢えず、よろしいんじゃないでしょうか」村越が丁寧な口調で言った。所轄の刑事課長である村越は警視、係長の石川は警部——階級は村越の方が上なのだが、部署の違い、さらに年齢の問題が加わって、警察の人間関係は複雑になる。村越は階級の差よりも年齢の差を重視して、人とつき合っているようだった。年上である石川の傲慢《ごうまん》なキャラクターに遠慮しているせいもあるだろうが。

「安宅さん、お疲れ様でした」

村越に言われ、私は立ち上がった。ぼうっとする……体が痺れるような感じだったが、署を出る時には既に立ち直っていた。捜査の動きは手に取るように分かる。私は、連中より一歩先を行くべきではないだろうか。

田澤という男が何をしていたか——それを知る権利は私にもある。いや、私にしかない。

5

何度も通い詰めた街を久々に訪ねることにした。中央線で阿佐ケ谷《あさがや》まで——田澤の実家は、中央線の阿佐ケ谷駅と、東京メトロ丸ノ内線の南阿佐ケ谷駅のほぼ中間地点にあった。いかにも東京らしい、ごちゃごちゃした街並み……オリンピックの開催が決まってから、東京ではあちこちで大規模な化粧直しが進んでいるが、その変化はこの辺りには及んでいないようだった。

十年の歳月を重く感じるのは、人の死に直面した時だ。

十年前に何度も顔を合わせた田澤の母親、美奈子《みなこ》は、三年前に病気で他界していた。享年六十五。早過ぎる死と言っていい。そのショックは、田澤の父親、卓生《たくお》を未だに打ちのめしていた。

卓生は最初、私が誰だか分からないようだった。今年七十歳。痴呆《ちほう》が出るような年ではないはずだが、ここでも私は十年の歳月を感じた。三十歳から四十歳へ——私の顔も雰囲気も、十年前とはだいぶ変わっているだろう。

名乗って顔を合わせてからしばらくして、ようやく卓生は私を思い出したようだった。そしてすぐに妻を亡くしたことを告げたのだった。私はきちんと悔やみの言葉を言ってから、家に上がっていいか、と確認した。線香を上げさせて欲しい、と。

「ああ……どうぞ」あまり乗り気ではない様子だったが、卓生は礼儀を失ってはいなかった。

こんなに古くくたびれた家だったかな、というのが第一印象だった。十年前に何度か来た時には、「立派な家だ」と驚いたのだが……十年分古くなったというより、掃除が行き届いていないようだ。おそらく、妻を亡くしてからの三年間、ろくに掃除もしていないのだろう。廊下の隅には埃の塊《かたまり》が転がり、二階へ続く階段は真ん中だけが光っていて、端の方は埃で白くなっていた。

和室に通され、仏壇に手を合わせる。畳部屋特有のひんやりした空気が、必然的に私の背筋をピンとさせた。十年前、在りし日の姿を残した写真を見ながら、何度も泣かれたことを思い出す。息子が行方不明になったショックは、父親よりも母親の方が大きかったと思う。そのせいか私は、母親とより多く話した記憶がある。テロのこと、それにあの国でどんな暮らしをしていたのか——子細に知りたがったのは母親の方だった。

「こちらへどうぞ」

卓生に促され、私は別の部屋に案内された。リビングルームに行くのではないかと思ったが、通されたのは書斎である。この部屋にも何度か入ったことがある。当時も、壁の二面が本で埋め尽くされて圧倒されたものだが、本は確実に増えていた。本棚には入りきらず、床や机にも積み重ねられている。その様子を見た限り、彼は全ての本を読んでいるようだった。

私は、一人がけのソファを勧められた。卓生は机に向いていた椅子を回して座った。少しだけ見下ろされる格好になる。

「いきなりどうしたんですか」

私は躊躇《ためら》った。田澤が犯行に——殺人事件に関わっていた可能性があるとは言えない。

言えば父親がどんな反応を示すか分からなかったし、私には言う権利もないと思ったから。

「先日、私が住んでいる神保町で、爆弾テロがありました。ご存じですね？」

「もちろん」

「犯行声明で、『聖戦の兵士』が関わっていたことが明らかになりました」

「あの国でテロを起こした連中だな」

「ええ。それで――」

「急に息子のことを思い出したわけか」卓生の口調には皮肉が混じっていた。

「ご無沙汰《ぶさた》してしまったことは、申し訳なく思っています」

「いや……」

　卓生が頰を擦る。その瞬間私は、彼の老いを意識した。重力に負けて頰は力なく垂れ、髪はほとんど白くなっている。動きもどこか緩慢《かんまん》だった。

「あなたが謝る筋合いはない。全て息子の勝手な行動が原因だ」

「あれは、防げ得なかったことです」

「そもそも、あんな国に一人で行こうとしたのが間違っているんだ。自己責任だと言われれば、一言もない」

「しかし、イラクやアフガニスタンに行ったわけではありません。そういう国に比べればまだ安全――それまでは、テロもあまりなかった国ですから」言い訳めいているなと思いながらも、私は言わずにいられなかった。

「仮にもジャーナリストを名乗る人間なら、自分の身の安全ぐらい、自分で守らなければならない。ジャーナリストにとって一番大事なのは、一刻も早く記事を書くことではなく、無事に生きて帰ることだ。死んだらニュースは伝えられない」

この男の台詞には重みがある。彼自身、長年新聞社で海外特派員を務めていたのだ。中東や東南アジアの国へも赴任し、紛争地での取材も経験している。私のように、選挙監視のために政情が不安定な国に一時滞在しただけの人間とは、経験も覚悟も違うだろう。

「心配していることがある」

「何でしょうか」

「この件——今回のテロの件で、また煩《うるさ》いハエどもが飛び回るかもしれない」

「確かに、十年前は大変でした」

ハエ——彼の感覚では雑誌等のことだ。田澤が行方不明になったことは、当時大きなニュースになったのだが、一番大きく騒いだのは週刊誌だった。新聞の取材も殺到したのだが、その辺りは彼の会社が上手く盾になってコントロールしたようだ。何しろその時彼は、定年間際とはいえ論説副委員長を務めていたのである。会社の幹部を守るのは当然だったのだろう。もちろん、週刊誌の連中は遠慮しなかった。

「あなたは被害を受けていないはずだ」

「少なくとも、マスコミの取材を受けることはありませんでした」

当時の私は一介の巡査部長で、自ら手を挙げない限り、マスコミの標的になることはなかった。もちろん警視庁も、私の存在を隠してしまっていたし、取材攻勢に煩わされたことはない。

「今回、また取材が始まるかもしれません。十年前と違って、今は後ろ盾もないわけですから――」

「わざわざ忠告に来てくれたわけか。ありがたい話だな」卓生が鼻を鳴らす。

「そういう風に解釈していただいても結構です――正直に言えば、今回のテロの一件があって、息子さんのことをもう一度思い出したんですが」

卓生の眉《まゆ》がぴくりと動いた。唇が開きかけたが、すぐに閉じてしまう。どう反応していいのか、自分でも分かっていない様子だった。それは十年前と変わらない――母親は純粋に、親の立場から心配し、悲しんでいたが、彼が個人的な感情を吐露することは一度もなかったのだ。他人には本音を明かさず、全て心にしまいこんでしまう――古いタイプの人かと思っていたのだが、それが私の勝手な思いこみだということが、突然明らかになった。

「あいつは馬鹿なことをしたんだ」卓生が吐き捨てる。

「馬鹿なこと、ですか？」想像もしていなかった強い言葉に、私ははっと顔を上げた。

「あの国の政情や、大統領選――そんなものにニュースバリューはなかった」

「確かに小さな国ですが――」私は反論しかけたが、すぐに遮られた。

「世間の人が、どれだけあの国に関心を持っていたと思う？日本ではゼロに近かっただろう。国際的にも、報道する意味があったとは思えない。軍事政権から民主化へ――途上国ではよくある、政治的プロセスに過ぎない」

それは認めざるを得ない。私も、選挙監視団への派遣を告げられるまで、あの国の情報は頭の片隅にさえなかった。歴史的にも日本とはほとんど関係がない、東南アジアの小国……。

「どうしてそんな国で取材をする必要があったのか――目が曇っていたとしか考えられない」

「そういうことを、息子さんとは話したんですか？」

「何年も話していなかったよ――息子が日本を離れる前から」

「いったい何があったんですか」突っこみ過ぎかもしれないと思いながら、聞かずにはいられなかった。親子の確執について、彼の口から聞かされるのは初めてだった。

「あいつは間違った道を進んでしまった。ジャーナリストになりたかったなら、もっとまともな方法があったんだ」

「例えば、新聞記者になることですか？」

卓生は何も言わなかった。ただ、私の顔を正面から凝視し続けたことで、質問に「イエス」と答えたのだと判断する。この感覚は分からないでもない。新聞記者は、ジャーナリズムの世界で、自分たちが最高の存在だと考えている。

「あいつは、新聞社という組織の中で苦労することを、最初から避けていた。しっかりした組織の中でこそ、学べることがある。自己流では、いつまで経っても物にならないんだ」

「最初からフリーのようなものだったんですよね」

田澤の身の上話は、ある程度は聞いていた。大学を卒業後、週刊誌の編集部に契約ライターとして入りこみ、しばらく専属で働いた後フリーになった。週刊誌で張り込みをやらされたのが、自分にとっての記者修業だった、と自嘲《じちょう》気味に言っていたのを思い出す。その後は様々なジャンルに手を出していたようだが……。

卓生が唐突に立ち上がる。本の壁になっている本棚に向き合うと、すぐにスクラップブックを二冊取り出して、私の前に置いた。

「これは？」

「息子が書いた記事だ」

初めて見せてもらうものだった。ぱらぱらとめくってみると、本当に雑多な内容——田澤が様々なジャンルの取材に手を染めていたことが分かる。犯罪物から政治家のスキャンダル、芸能人の噂話もある。縁が切れていたと言いながら、息子の記事は集めていたわけか……。

田澤はどこへ行きたかったのだろう。フリーのジャーナリストの最高到達点はどこだろう、と私は考えた。新聞社のような組織の中で仕事をしていれば、おのずと「最高の成功」は見えてくる。新聞協会賞を取るような特ダネを書くことかもしれないし、社内での出世も「成功」の一つに数えられるだろう。だが、フリーの場合は……週刊誌などで仕事をしていても、いつも自分の好きなジャンルを取材できるとは限らない。編集部側の方針で、まったく興味のない取材を押しつけられることも珍しくないはずだ。

そして田澤は、自分が進むべき道をまだ決めかねていたのではないかと思う。雑多な内容の記事を見ると、彼の迷いがはっきりと表れているようだった。三十歳ぐらいでは、そんなことは決められないかもしれないが。

「いったい何をやろうとしていたのか……さっぱり分からない」

「依頼された仕事を続けてきた、という感じだったんでしょうね」

「自分のテーマを持たないジャーナリストは、単なる便利屋だ」

「もしかしたら、あの国に新しい可能性を見出《みいだ》していたのかもしれません。日本ではほとんど報じられないあの国の実態を紹介することで、自分の将来が見えてくると考えてもおかしくはないですよ」

「あの国に、報じる価値はない。昔も今も」

繰り返される断定的な言い方に、私は引っかかった。世の中に、価値がないことなど一つもないはずだ。

「世界史の中では、染みのような存在に過ぎないんだ。君もそうは思わないか？」

「しかし今では、日本との関係も密になりましたよ。企業の進出も進んでいます」

「金で結ばれた縁、というだけの話だ。だいたい今でも、あの国に関するニュースが経済面以外に載ることはないだろう。あとは、散発的に起きるテロが話題になるぐらいだ。記事になっていない事件も多いはずだ」

そこまで言われては反論できない。彼には彼で、海外特派員としての長年の経験から得た信念があるのだろう。そういう信念を抱いたまま七十歳になった人間の気持ちを覆すのは、ほとんど不可能だ。

「息子さんから、何か連絡はありませんか」

「まさか」呆《あき》れたように卓生が言った。「もう死んだものだと思っている……今さら連絡が来るわけがない」

「そうですか」これは本音なのだろうか。親子の関係が希薄だったことは、田澤との会話の端々から想像できていた。「オヤジは偉い人だからね」という皮肉から、彼が父親と距離を置いていたことが分かったのだ。そして父親の方でも、息子を遠ざけていたようである。

「あなたも、いつまでもこの件を背負うことはない」

卓生の言葉に、私は唇を引き結んだ。背負っている意識はない――責任は感じていたが。もしもあの時、彼と別れずに一緒にいたら、田澤がテロに巻きこまれることもなかったはずだ。

それは全て想像、仮定に過ぎない。本当に田澤がテロに巻きこまれたかどうかさえ分かっていないのだから。

「直前まで一緒にいたあなたが、責任を感じるのは分かる。しかし、あなたにも防ぎ得なかったことではないか？　個人でどうこうできることではない――それがテロというものだろう」

「それは分かっています」

「こうやって訪ねて来てくれるのはありがたい話だが、私もいい加減に忘れたい。私は一人になった。息子の行方は分からず、妻も亡くなった。後は静かに死んでいくだけが唯一の希望なんだよ」

「私は――この事実を忘れるわけにはいかないんです」

「それで何かできるのか？」

卓生の言葉は強烈に胸に突き刺さってきた。実際に何もできなかったのは事実だし、これから何ができるとも思えない。私が黙っていると、卓生が静かに話し出した。

「この件では、多くの人間が責任を感じ過ぎているんだ。いい大人がどこで何をしようが、他人が責任を感じる必要はない。とにかく、君には何の責任もない。彼女も……」

卓生が言葉を切った。私は顔を上げ、彼の目を真っ直ぐ見詰めた。卓生の言う「彼女」が誰を指すかはすぐに分かった。

そして、自分が次に会うべきなのが誰かも理解していた。

6

卓生と会うだけでどれだけ緊張していたか——家を出て初めて実感する。足が前に進まない。一刻も早くこの場を立ち去りたいのに、どうしても歩き出せないのだ。肩を二度上下させ、ゆっくりと深呼吸する。首をぐるりと回して、もう一度息を吐き、何とか右足を一歩踏み出した。

あの親子は、ついに分かり合えぬままだったのだろう。息子は、マスコミ界の「権威」とも言える新聞社で出世した父親に対して、間違いなく嫌悪感と反発を抱いていた。彼に言わせれば「オヤジは単なる権威主義者だ」。父親から見れば息子は「覇気がない」感じだったのだろう。この感覚のずれが、互いの仕事を許せないという感情のもつれにまで発展したのか……卓生は今でも、田澤の一件を「自業自得」と考えているようだったが、あれは本音だろうか。確かに自己責任と言えばそれまでだが、あれから十年経っても、未だに息子を許していないのだろうか。疋田は、恨みは五年までと言っていたが……。

家から遠ざかるに連れ、重い気持ちは薄れてきたものの、別の悩みが忍び寄ってくる。阿佐ケ谷駅のホームで電車を待つ間にも、心を覆う暗雲はどんよりと暗くなるばかりだった。私は明日花に再度メッセージを送ることにした。朝方送ったメッセージは既読になってはいるが、返信はない。

今日はやっぱり店は休む。

以上。どうせまた返信はないだろうと思ったが、スマートフォンをコートのポケットに戻そうと思った瞬間、メッセージの着信を告げる「ピン」という音が鳴った。

了解。

一言だけ。何なんだ……あの子のことは、やはりよく分からない。まあ、気にしてもしようがないだろう。たぶん今の明日花は、どこかからどこかへ行く途中——階段の踊り場のような場所にいるのだ。十代から二十代にかけては、どこかでそういう場所に立ち止まる時がくる。私にも覚えはあった。

下りの中央線に乗った。次の行き先は東小金井《ひがしこがねい》。こちらもずいぶんご無沙汰で、不安が膨らんでくる。彼女はまだ、あの街に住んでいるのだろうか。そもそも一人なのかどうか……あれから十年が経ち、過去を乗り越えて幸せな家庭を築いているところへ、私がのこのこ顔を出したらどうなるか。

長く会っていなかったことを悔いる。

中央線の車両に乗りこんだ瞬間、先ほどの卓生の言葉を思い出した。「彼女も……」という、途中で消えた一言。彼の口を突いて出なかった言葉は容易に想像できた。「彼女もいつまでも昔にこだわるべきではない」とか。

つまり卓生は、今も彼女と連絡を取り合っており、彼女が十年前の事件を引きずっていることを知っている——あの時と状況はさほど変わっていないのだろう。

電話する、あるいはメールすることも考えないではなかった。電話番号もメールアドレスも、私は把握していたからだ。しかしそういう「前振り」をするよりも、いきなり訪ねた方が効果的だろう。彼女にショックを与えるのは承知の上だ。前振りなしで話を持ち出された方が、相手は心の準備ができないまま本音を話す可能性が高い。

これは取り調べじゃないんだ、と自分に言い聞かせる。警察官のテクニックを使うべきではないと思ったが、彼女の本音を聞きたいという気持ちも強かった。

阿佐ケ谷から東小金井まで、中央線で二十分弱。その間に、どうやって話を切り出すか考えたが、上手いアイディアが浮かばない。田澤が生きているかもしれないという可能性は、明かさないことにした。私が言うべきではないし、変に期待を持たせたくもない。状況は何も分かっていないのだ。村越は、岡村にメールを送った「田澤」について調べると言っていたが、あのメールから個人情報を割り出すのは不可能だろう。

車窓の景色が次第に変わっていく。高いビルが少なくなり、一戸建ての家が目立つようになる。武蔵境《むさしさかい》を過ぎると、車窓から遠くを見渡せるようになった。中央線に乗るのは、東京の街の変化を感じる一番簡単な方法だ。

東小金井というのも地味な街だ。北口、南口双方に商店街が広がっているが、その規模はごく小さい。南口の方が、少しだけ賑《にぎ》やかだろうか……その南口の商店街を抜け、私は記憶を確かめるようにゆっくりと歩いた。記憶と現実が上手く一致しない。商店街の入り口にあるパチンコ屋と信用金庫は昔のままだったが、十年前には何度も見た店がいくつも消えている。古い喫茶店は小綺麗《こぎれい》な惣菜屋《そうざいや》になり、床屋は持ち帰り専門のトンカツ店に変わっている。その隣は、ワインをカジュアルに呑ませるらしい店で、看板にある「since 2012」の文字から、私が通っていた頃にはなかったと分かる。その向かいにあるマンションは、十年前はコイン式の駐車場だったのではないか……。

最後にこの街を訪れたのはいつだっただろう。帰国直後には、時間を見つけては何度も通ったし、その翌年も……最初の頃は、彼女もあの国の話を聞きたがった。自分が知らない田澤の生活を、私から何とか聞き出そうとしていたのだが、やがて彼女の質問は尽き、私の説明も繰り返しが多くなった。

自然消滅。最後に会ったのは、二〇一一年だったと思い出す。そう、東日本大震災の二か月ほど後……まだ世情がざわついていた時で、あの時は地震の話をしただけで終わってしまった。以来、一度も連絡を取っていない。何となく、私たちの生活は地震によって過去と断絶してしまったようだった。それからは、年賀状のやり取りもしていない。

私の中では、彼女に対して申し訳ないと思う気持ちがずっと渦巻いていた。しかし彼女はどうだろうか。一度も私をなじったり、邪険に扱ったりしたことはなかったが、本音がどうかは分からない。「仕方ないです」が彼女の口癖だったが、腹の底ではどう思っていたのだろう。

商店街が途切れる辺り——当時もあった古本屋を目印にして、私は路地に入った。あった。小さなマンションの二階に「英孝《えいこう》進学塾」の看板がかかっている。夕方を過ぎると、マンションの前は子どもたちの自転車で一杯になっていたものだ……しかし、この時間には誰もいない。

私は、一階にある塾の前でしばし立ち止まった。いわゆる街の進学塾。全面がガラス張りで、中の様子も窺《うかが》える。道路に面した場所に二十人ほどが入れる大きな教室があり、その他に小さな教室が二つ、さらに事務室があったはずだ。「英孝」というのは、この塾を開いた父親の名前で、いかにも塾に合っているので自分の名前をつけたのだ、と彼女から聞いたことがある。父親の名前の読みは「ひでたか」、塾の名前は「えいこう」。「微妙に自意識過剰なんです」と言った時に彼女はかすかに笑ったが、私が彼女の笑顔を見たのは、おそらくその時だけだった。

この塾は、昼過ぎのこの時間は開いていない。中に入れるだろうか……思い切ってドアに手をかけると、鍵はかかっていなかった。ドアを細く開けたまま、呼吸を整えてから「こんにちは」と声をかけてみた。

すぐに、よく通る女性の声で「はい」と返事があった。間違いない、彼女だ。鼓動が高鳴るのを感じながら、私は彼女が姿を現すのを待った。

岩井留美子《いわいるみこ》。田澤の婚約者——今は元婚約者と呼ぶべきだろうか。

彼女は十年前に比べて、やはり年齢を重ねた上に、疲れて見えた。地味な服装のせいかもしれない。グレーのトレーナーにジーンズ。活動的な格好ではあるが、ファッションに気を遣わない人が適当にクローゼットから引っ張り出した服、とも言える。

留美子が固まった。

「ご無沙汰してしまって」私はすぐに頭を下げた。留美子も挨拶を返してくれたが、心が籠っているというよりも、自動的に体が反応しただけのように見える。

「どう……どうしたんですか」留美子が口籠った。

「ちょっと話がしたかったんです」

「ええ、でも……今さらですか？」

「今だから、です。神田のテロ事件のニュースはご存じですよね」

「ええ」留美子の顔から血の気が引く。

「イスラム過激派の犯行声明が出ました」

「……知っています」

「あなたのことが心配になったんです」

「ああ……そうですね……」留美子の目が泳ぐ。どう反応していいか分からない様子で、言葉が途切れた。

「ちょっと話をさせてもらっていいですか？　正直、私も動揺しているんです」

「分かりました。どうぞ」

留美子がさっと身を引いた。ここは……靴は脱がなくてよかったのだな、と私は足元を見た。

生徒がいないせいか、教室の中は暖房が効いていない。それでも私はコートを脱ぎ、丁寧に抱えこんだ。二十席もあるとどこに座っていいか分からなくなるが、取り敢えず出入り口に一番近い席に腰を下ろす。留美子がその横に座った。奇妙な違和感……まるで学校の教室で話しているようだ。真剣な話をするのに相応しい感じではないが、以前訪れた時も、何度もここで話したのだと思い出す。

「犯行声明、衝撃でしたね」

私の言葉に、留美子がうなずく。両手をきつく組み合わせ、唇も引き結んでいた。

「まさか、『聖戦の兵士』が日本に入ってくるとは思わなかった」

「ええ」

「正直、相当なショックでした。それで、あなたのことを思い出したんです。さっき、田澤のお父さんにも会ってきました」

「そうなんですか?」ようやく留美子が顔を上げ、私の目を見た。

「やはりショックを受けていたようです」

「そう……でしょうね」

「最近は、会っているんですか?」

「年賀状のやり取りぐらいですね。正直、それも苦痛ではあったんですけど。お母さんが三年前に亡くなったでしょう？　あの時に年賀状もやめようかと思ったんですけど、お父さんからまた年賀状が届いたので……苦痛なんて言っちゃいけないですよね」

「いや、気持ちは分かります」

「どうしても、尾を引く感じで……」

「あなたに会っていいかどうか、迷ったんです。でも私自身、誰かとショックを分け合いたかった。」

彼女の前だと、一人で苦しむのに耐えられませんでした」

本音がするすると口を突いて出る。もちろん、もう一つの本音を簡単に明かすわけにはいかないが……彼女が、今回の事件のキーパーソンである可能性も、ごくわずかながらないわけではない。

「お元気でしたか」

「元気ではないですが、生きていかないといけませんから」

留美子の表情が微妙に変わった。笑おうとして失敗したのではないか、と私は想像した。彼女はそもそも、笑い方を忘れているのかもしれないが。

「安宅さんはどうですか？　今も喫茶店をやっているんですか？」

「何とか、普通に生活できるぐらいは稼いでいます。足元であんな事件が起きたんで、まだショックを引きずっていますけどね」

「そうか……安宅さんの地元なんですよね」留美子の目に、同情するような色が走る。

人生で、二度もテロを間近に見る人間も、あまりいないと思います。特に日本人は」私は広げた自分の手を見下ろした。今回は、比較的離れたところで爆発が起きた。それでも十年前のショックを思い出させるには十分……時が経っても、衝撃は一向に薄れない。

「安宅さんもついていないですね」

「呪われているのかと思いますよ……あなたはどうしてましたか？　今も塾で教えているんですよね？」

「まったく変わらない毎日です……父は亡くなりましたけど」

「それは——ご愁傷さまでした」そういう情報を、久しぶりの再会の場で知るのはきつい。

「もう五年も前ですから」

「今は、塾は誰がやっているんですか？」

「私と、昔からいる事務の人ですね。講師は全部バイトです。昔と同じですよ」

「田澤もそうでしたね」

留美子がうなずく。その件を、私は留美子ではなく田澤の口から聞いた。あの国での長い夜……自然と互いの身の上を語り合うようになって、私はあの国に流れつくまでの田澤の人生を知ったのだった。

田澤と留美子は、大学の同級生だった。留美子の父親が学習塾を経営していることを知った田澤が、バイトとして雇ってもらい、それがきっかけで二人はつき合うようになったのだった。卒業後、留美子は父親の仕事を手伝って塾で教えるようになり、田澤はフリーのジャーナリストとして一歩を踏み出す――田澤があの国に渡ったのは、二十九歳の終わり頃だった。つき合いの長さからいっても年齢からいっても、結婚していてもおかしくなかったのだが、結婚の約束をしたまま、田澤は日本を離れたのだという。

「つき合いが長くなると、重要な一歩を踏み出すきっかけがなくなるよね」と田澤が語ったことがあった。「帰国したら、いいタイミングになると思うけど」私はそう答えた。

田澤には、留美子と結婚する意思はあったはずだ。あの国での取材をまとめ上げて結果を出せたら、堂々とプロポーズできる、と考えていたのではないだろうか。私はこの件を、留美子には話さなかった。果たせなくなった結婚の約束――彼の意思を伝えれば、留美子はさらにショックを受けるだろうと思った。

「お父さんも、心配していましたよね」

「お気に入りだったんですよ。父は、学生のアルバイトを何十人も使ってきたんですけど、その中では一番できがよかった、と言ってましたから。卒業する時も、うちで働けばいいって勧めてくれたんですよ。あの頃、就活も大変でしたから」

ちょうど就職氷河期の頃だ。家族でやっている進学塾なら、よほどのことがない限り潰れることはないわけで、田澤がこの安全な道を選んでいてもおかしくはなかった。しかし田澤は、ゴールの見えない世界に足を踏み入れて行った……。

「最近、田澤さんから連絡はありませんか?」

「安宅さんにはあったんですか?」留美子が即座に聞き返す。

「いや……あなたのところにはどうですか?」

「まさか……ないですよ」留美子の声からは力が抜けていた。

「あんな事件があったので、急に彼のことを思い出したのかもしれません」

「実は、私もなんです」留美子が真顔で言った。「全然関係ない——彼が巻きこまれたという意味では、憎むべきことなんですけど」

「そうなんですよ」私は思わず身を乗り出した。「私には恐怖もあります。でも、彼を思い出したんです」

「私が知らない世界があったんですね……」

「そもそも彼はどうして、日本を飛び出したんでしょう? 日本でも、いろいろ仕事はあったじゃないですか。結構忙しくしていましたよね」父親が見せてくれたスクラップブックを思い出した。相当な数の記事……ただし、あれでどれだけ儲けていたかは分からない。

「新しいことがやりたくなったって言ってました」

「でも、あの国に新しいことなんかあったんですかね」またも父親の言葉を思い出す。

「ニュースバリューはなかった」——彼ほど極端な言い方はできないが、実際には私もその通りだと思っている。もちろん、あそこに住む人たちは様々な苦しみを味わっており、それを伝えることには意味があるのだろうが、日本でどれだけニーズがあるかは分からない。私も赴任前、それに帰国してからあの国に関するニュースを徹底的に集めたのだが、大きな扱いの記事はほとんどなかった。私たちが選挙監視員として派遣されたこと、そして私たちが巻きこまれた自爆テロが、一番大きなニュースだったぐらいである。

「仕事のことは、私にはあまり話してくれなかったんです。秘密主義というか」

「それで、勝手にあの国に旅立ったわけですか」

「修業のつもりで行くから、待っててくれって言われましたけど、そんなこと言われても困りますよね」

「向こうでは、あなたのことばかり話していましたよ」その時私は、あることを思い出したが、伏せておくことにした。今さら彼女にショックを与える意味はない。今考えてみると、田澤は砂上の楼閣《ろうかく》に危うく住んでいたようだ。

「ええ……」留美子が目を伏せる。

「本当は、日本に帰りたかったんだと思います。仕事の話はほとんど出なかったんですよ。普通、仕事が上手くいっていれば、その話が中心になるんじゃないでしょうか」

「そう……かもしれません」留美子の声には自信が感じられなかった。

おそらく彼女は、この問題で散々悩んだのだろう。何故《なぜ》田澤があの国へ渡る決意を固めたのか、どうしてテロに巻きこまれたのか。本人に聞けない以上、絶対に答えが出ない問題だ。彼女は私にも散々訊ねたが、私も答えを持っていなかった。

「こんなことを言ったら失礼かもしれませんけど、彼はあの国で長い休暇を取っていたような気がします」

「休暇、ですか？」

一あまり仕事をしていた形跡がありません」

　実際、私が知っている限り、酒を呑むかロックを聴いていただけだった。そもそも初めて会った時から、彼は酔っ払っていた……今でもはっきり覚えている。監視団のスタッフと夕食を摂り、街へ出た瞬間、千鳥足の田澤がぶつかってきたのだ。日本人だということはすぐに分かったが、こちらが声をかける前に勝手にぶっ倒れ、水溜《みずたま》りに背中から落ちた状態でいびきをかき始めた……後にも先にも、あんなひどい酔っ払いには会ったことがない。

「当時は、政情も社会も混乱していましたけど、日本の感覚からすれば、安く暮らせたのは間違いありません。それに日本人もほとんどいませんでしたから、煩わしい人間関係に悩まされることもなかったでしょう」

「でも、連絡はよくくれましたよ。一日一回はメールがきました」

「そういう意味では、マメな性格だったんですね」

「通信事情もあまりよくなかったはずなんですけど」留美子がうなずく。

「それだけ、あなたを大事に思っていたんでしょう」

　何だか台詞が上滑りしてしまう。

　取り敢えず――留美子は嘘はついていないだろう。田澤から連絡があったとは思えない。別れ際、私は少しだけ彼女を持ち上げることにした。気分がよくなれば、隠していた秘密を打ち明けるかもしれない。

「私はこの十年でだいぶ年を取りましたけど、あなたは変わりませんね。十年前と同じだ」

「見た目はそうかもしれませんけど、私はもう死にかけています」留美子が静かに言った。

「死にかけ」という言葉に相応しくない口調だった。

「まさか」

「十年前から時が止まったままなんです。父は亡くなりましたけど、その他には何も変わらなくて……子どもたちを教えて、目標の学校に合格すれば一緒に喜んで、お金の計算をして、たまには保護者の方からクレームを受けて……そんなことが、まだ何十年も続くのかと思うと、ぞっとします」

「もしも、あのテロがなかったら……」

「直人——田澤さんと結婚していたかもしれません。いえ、していたと思います。子どもも生まれていただろうし、そうなったら、私の人生は今とまったく違っていたんじゃないでしょうか」

「……そうかもしれませんね」

「取り返せない過去を振り返っても、何にもならないと思っています。でも私は、もしかしたらあの時点に戻ってやり直せるんじゃないかって考える時があって……もしも直人が生きて現れたら……」

私は無言でうなずいた。自分と同じような人間が目の前にいる——いや、彼女の方がずっと辛いはずだ。私はただ、臆病《おくびょう》なだけである。すんでのところで命を拾った経験から、全てが怖くなった。しかし彼女は、宙ぶらりんのまま十年も生きている。もしも田澤が死んでいることがはっきりしたら、もっと前向きな人生を歩んできたかもしれない。

「他の人と結婚しなかったのは……」

「そんな気になれないことは、分かってもらえると思いますが」

「彼に義理立てしてるんですか？」

「義理立てなんていう言葉は好きじゃないんですけど……そうかもしれません」

会話が途切れる。私は無言で頭を下げ、塾を去った。これ以上何か言えば、彼女をさらに傷つけてしまいそうだったから。

昼食を摂り損ねた。すぐにでも腹に何か入れてやらないとスタミナが切れてしまいそうだったが、塾の近くで食事をする気にはなれない――留美子と顔を合わせる恐れがあったから。

仕方なく駅まで出て中央線に乗ったが、とても御茶ノ水へ帰るまで持ちそうにない。結局、隣の武蔵境で降りてしまった。

一度も来たことのない街……勘に従って北口に出てみると、小さな商店街が続いていた。ここなら何か食べられるだろう。とはいっても、ピンと響く店がない。チェーンのハンバーガーショップに牛丼屋……どこで食べても同じ味の店ばかりだ。中央線沿線には独特の濃い食文化が広がっていると言うが、どうもこの街はそういう文化の埒外《らちがい》にあるようだ。私好みの喫茶店もない。

結局、短い商店街を往復して駅前まで戻り、ハンバーガーショップに入った。ちょっと腹を膨らませるだけだから、何でもいい……ハンバーガーとフライドポテト、それにクソ不味《まず》いコーヒーで遅い昼食にする。一口食べる度に、何だか体を傷めつけているような気になってきた。

留美子と会ったせいか、十年前を思い出す。田澤が初めて留美子の存在を打ち明けたのは、会って二度目か三度目だっただろうか。

「十年近くつき合ってるんだ」

「じゃあ、そろそろ結婚しないと」

「なかなか踏ん切りがつかなくてね」

「日本へ帰ったら、いいタイミングになるんじゃないか?」

「それも手だな」

言いながら、田澤がブランデーを呷《あお》った。ビールを相手にするような乱暴な呑み方で、私はその時点で彼とアルコールがあまりいい関係にないことを確信した。

「思い切りも大事じゃないか?」

「そうなんだろうけど、そうもいかないんだ」田澤が緩く笑う。「仕事と女は、全然違うな。あんたはどうなんだ？」

「周りは煩いけど」私は肩をすくめた。「警察官は、早く結婚するように、周りに急《せ》かされる」

「変な性犯罪に走らないように？」田澤が皮肉っぽく訊ねた。

「家庭を持ってこそ一人前——古い考えの人間が多いから」

「家庭、ねえ」田澤が、深い髭の生えた顎を擦る。「家庭、家庭——そんなに大事なものなのかな。惚《ほ》れた女と一緒にいる、そういう感覚じゃ駄目なのか」

「世間は、形を求めるものだから」

田澤は無言で首を横に振った。彼女との関係が上手く行かず、清算するため日本を飛び出して来たのでは、と私は想像した。後に、その想像は半分は当たっていることは分かったのだが……。


十年前のことが、現在に繋がっているのか。

私の周りでは今、様々な問題が浮かんでいる。その中で、一番簡単に状況を把握できそうなのは、水田光一郎のことだった。近所の人たちにも謎《なぞ》の存在だが、本当に政財界の裏で暗躍していたような人間だったら、警察は必ず情報を収集していたはずだ。それは当然、神田署の特捜本部も摑んでいるだろうが、そこでは教えてもらえまい。だが私には、使えそうなネタ元がいた。

そそくさと食事を終え、携帯の電話帳を検索する。いた。昔登録した携帯の番号がそのまま残っている。

ここでも時は止まっているのだった。

第4章　第二のテロ

1

　夕方、その男は颯爽《さっそう》と、私の店「フリーバード」に入って来た。颯爽、という言葉が似あう警察官はあまりいないのだが、彼にはこの形容を贈らざるを得ない。百八十センチを超える長身、四十歳になってもまったく贅肉《ぜいにく》のない体形、凜《りん》とした顔立ち。

　こういう男が、公安三課で右翼捜査のエキスパートとして活躍しているのが信じられない。むしろ、制服を着せて街角に立たせるべきではないだろうか。警察官のイメージが格段によくなる。

　この男――澤山賢治《さわやまけんじ》が私の店に来るのは初めてだった。会うのは三年ぶりぐらいだろうか……警視庁の近く、有楽町で吞《の》んだのが最後だと思う。

「なかなかいい店じゃないか」言って、澤山がコートを脱ぐ。「流行《はや》ってるだろう？　こういう渋い店、今でも人気があるよな」

「いや、神保町以外だったら、とうに閉店していたんじゃないかな。この街の人は、こういう店が好きなんだ」

「コーヒー、いいかな」カウンターにつきながら、澤山が言った。

「もちろん。ブレンドで？」

「何でもいい。残念ながら、俺はコーヒーの味が全然分からないんだ」澤山が苦笑する。

「豆の種類を言われても、さっぱりだ」

「せいぜい美味《うま》く淹《い》れるよ」

豆を挽《ひ》き、カップを温める。澤山は、私の動きを物珍しそうに見ていた。

「お前が淹れるコーヒーを飲む日が来るとはね……」

「俺だって、お前にコーヒーを淹れることになるとは思わなかったよ」

十年以上前、私は今彼が座っている場所でコーヒーを飲んでいた。前の店主は、私にとってはある種の「師匠」だった。あの頃から、こういう店で「定年退職したら喫茶店をやりたい」と明言していたのだが、その夢――予定は、三十年ほど早く実現したことになる。

私は普通の客に対するように、砂糖とミルクを添えて出した。澤山はそれらを無視して、ブラックで飲み始める。

「美味いな」顔を上げると、渋い表情に似合わぬ、少し子どもっぽい笑みを浮かべる。いかにも女性にもてそうな……しかし本人は、警察学校を卒業してすぐに結婚し、その後三人の子どもをもうけて、愛妻家として知られる男である。私が知る限り、女でトラブルを起こしたことは一度もない。

澤山がカップをそっとソーサーに置いた。物腰はどこまでも柔らかく、強面《こわもて》の右翼を相手に厳しく捜査ができるタイプには見えない。

「水田のことだったな」澤山が切り出す。

「ああ」

「捜査一課にはもう情報提供した」

「俺は捜査一課の人間じゃない——そもそも警察官ですらない」

「本当なら、俺はここでお前と話していたら駄目なんだ。分かるな？　厳密に言えば、情報漏洩《ろうえい》になる」

「情報漏洩になるようなことは、まだ一言も話していないだろう」

澤山がにやりと笑う。またコーヒーを一口飲み、優雅と言ってもいい手つきでカップを下ろした。

「水田はフィクサーだったと聞いている」

「ああ。一番影響力があったのは、九〇年代の初頭だった」

「政権交代があった頃だな？」

「その前だ」

私は冷蔵庫から水の容器を取り出し、手元にあったグラスに注いだ。本当は氷も欲しいところだが、喉《のど》の渇きを我慢できず、そのまま一気に飲み干してしまう。水は十分冷えていた。

「元々水田は、民自党の宇梶《うかじ》派に深く食いこんでいた」

かつての民自党の三大派閥の一つだ。私にとっても歴史に過ぎないが、公安で仕事をしていると、現代政治史については自然に詳しくなる。

「当時は、そういうフィクサーが何人かいた。大なり小なりだが、一種の潤滑油だったんだろうな。派閥と派閥の間、与党と野党の間をつなぐわけだ」

「そう言いながら、たかりをやってただけじゃないのか」

「それはあるな」澤山が真顔でうなずく。「金の動きが発生する以上、どうしても……ただ、俺たちが騒ぐような問題じゃない。犯罪になれば別だけど、その辺は上手《うま》くすり抜けていたようだ」

「じゃあ、フィクサーっていうのは、お前たちにとって何だったんだ？」

「ネタ元」澤山があっさり言った。「何しろ政界の裏側を回遊している連中だから、情報はたくさん持っていた。俺たちにとっては宝の山だったんだよ」

「水田は、元々学生運動をやっていた人間だと聞いている。そういう人間が、どうしてどちらかというと右寄りの活動を始めたんだ？」

「そういう人間は少なくないんだぜ。転向……学生運動の限界を知って、むしろ権力中枢に近づくことで、自分の目的をかなえようとしたんだろう」

「だったら、水田の夢は何だったんだ？　政権の中枢に近づきたいなら、自分で政治家になればよかったじゃないか」

「政治家になるのは、そんなに簡単じゃないよ。地盤、看板、鞄《かばん》――知ってるよな？」

「強固な後援会組織、知名度、選挙資金」

「そうそう。奴の場合、鞄はあったかもしれないが、地盤と看板はなかった。それに、政治家になるより、政治家を裏から動かす方が現実的で面白い、という考えだったんだろう」

私は水をもう一杯注いだ。今夜はやけに喉が渇く……水田のような人間のことを考えただけで緊張するのだ。

「いずれにせよ、ヤバい関係もたくさんあったんだろう？」

「それは間違いないな」

「でももう、一線は退いた。こんな街で、いったい何をやってたんだろう」

「一説では、病気らしい」

「確証はないんだな？」確かに息子も言っていたが、あれは引っ越した後の話か……。

「ない」

「そもそも、本当に一線を退いたのか？　元々フィクサーなんて、表に出ないで裏で動くのが専門の人間だろう。お前たちでも動きを追い切れなかったんじゃないのか？」

「相変わらずきついな」澤山が苦笑する。「俺が知っている限り、奴は二十一世紀になってからすぐに、政界工作の一線から身を引いた。その頃に病気で苦しんでいたようで、しばらく海外で治療していたらしい。実際、何度もアメリカに渡航していたことは、当時の記録から分かっている」

「病気は治ったんだろうな？」

「そう聞いている。実際は、治療のためだったかどうか分からないな。金の洗浄だったかもしれない」

「しばらく前に、心筋梗塞《しんきんこうそく》の発作を起こしたことがあるそうだが」

「そうなのか？」澤山が意外そうに目を見開く。「初耳だ。アメリカに行っている期間が相当長かったから、俺たちのレーダーからも消えてしまったんだ。それがいつの間にか、この街に家を建てて落ち着いていた」

「どうして神保町だったんだろう？　たまたま土地の出物があったという話だけど、ここは住んで便利な街じゃない。そもそも、ここにあれだけ大きい家を建てるとなると、相当金がかかったはずだ。その金はどこから出たのかな」

「その辺は、国税にでも聞いてくれよ」澤山がまた苦笑した。「金の流れに関しては、国税の方がずっと調査能力が高い」

「でも、今まで脱税で摘発されたことはないはずだ。そういう事実がなかったか、あるいは国税はお前の評価と違って無能なのか……」

「脱税が全部摘発されるわけじゃない、と言っておこうか」

私は澤山の顔を凝視して、彼の言葉の裏にある本音を読み取ろうとした。国税に対する批判がかすかに感じられる……。

「国税の元職員が、脱税指南をすることがあるよな。たまに事件にもなる」私は指摘した。

「ああ」

「水田はそういう人間の協力を仰いでいた――あるいは、国税に対しても影響力を発揮していたとか？」

「その辺は闇《やみ》の中だ。いろいろ話はあるけど、噂《うわさ》の域を出ない」澤山が首を横に振った。

「だいたい最近は、何をやっていたんだろう」

「それも分からない。政界との関《かか》わり合いはなかったと思うが……宇梶派自体、今は代変わりして名前も変わっているしな」

「すぐに次のターゲットに乗り換えるのがフィクサーのやり方じゃないのかな」

「九〇年代半ばからの政界の混乱を考えろよ。水田は、五十五年体制のしっかりした与野党対立構図の中で暗躍していた。でも、政界再編でそういう構図は崩壊して、奴が築いてきたコネクションはずたずたにされたんだよ」

フィクサーと呼ばれるほどの人間なら、いくらでもコネの再構築ぐらいはできたはずだ……確かに九〇年代初頭の政界のうねりは激しく、それまでの常識が全《すべ》て吹っ飛んでしまってもおかしくはなかった。そのうねりは最終的に、二十一世紀になってからの民自党の政権転落、政友党の政権奪取へとつながっていく。私の感覚では、あれは「政治の素人の時代」の始まりだ。プロ中のプロたるフィクサーの動くスペースは、なくなってしまったのかもしれない。

「捜査一課の連中も困ってたよ」澤山が打ち明ける。

「何が？」

「もしも、今までフィクサーとして活動していたら、ある程度は人間関係が分かるはずだ。でも実際には、政界との繋がりは消えていたし、最近はほとんど世捨て人のような暮らしをしていたようだ。個人的に恨みを買うようなことがあったとは思えないんだよ」

「ゼロの状態からでも何とかするのが捜査一課じゃないのか」

「そうなんだけど、どうも今回は状況がよくないな」

澤山は殺人事件の捜査の専門家ではないが、捜査一課の連中と話しているうちに、前途多難な印象を抱いたのだろう。そういう勘は滅多に外れないものだ。

話が手詰まりになる。結局それからは、澤山の家族のことを少し話しただけだった。長男は、今年中学二年生。それからちょうど二歳間隔で長女、次男がいる。六年生の長女が反抗期でね、と澤山が愚痴《ぐち》を零《こぼ》した。しかし表情が硬くならないので、それほど深刻な状態ではないのだろう。明日花のことで悩んでいる兄とは事情が違うようだ。兄が神経質過ぎるのかもしれないが。

「うちは、高校生の姪《めい》っ子が不登校気味なんだ。リハビリの意味でたまにうちに働きに来てるんだけど、なかなか扱いにくい」

「そうか。最近の高校生は、だいたい素直だけどな」

「覇気がないというか」

「そうとも言うな」澤山がうなずく。「でも、時間が経《た》てば自然に変わるんじゃないか？

それに高校を出なくたって、それで人生が終わるわけじゃないんだし」

「楽天的だな」

「子どものことは、気長に見ていかないと」

「さすが、三人の子どもの親は言うことが違うな」

最後に少し気持ちが温まって、今度は呑もう、という約束を交わして私たちは別れた。

信頼できる同期が警察内にいるのはありがたいことだが、結局何も分からなかったわけで
……澤山の時間を無駄にしてしまったことを申し訳なく思う。

澤山を送り出してカウンターの中に戻ると、またすぐにドアが開いた。忘れ物をした彼が戻って来たのではないかと思い、反射的にカウンターの上を見たが何もない。

入って来たのは、面識のない男だった。

「すみません、今日は休みなんですが」

私の言葉を無視して、男がカウンターに近づいてくる。私と同年輩だろうか……中肉中背で、コートなしのスーツ姿。髪は短く刈り上げ、目つきが悪い。ヤクザか、と一瞬身構えたが、ヤクザが発する特有の鋭い気配は感じられなかった。

「あんた、水田さんの死体を発見したそうだな」上から目線の口調だった。

「いや」

「俺が聞いていた情報とは違う」

「だったら、そちらの情報源がいい加減なんだ」

「だったらあんたは、何をしたんだ」

「警察に通報しただけだ」

こいつは何者なんだ……私は両足を肩の広さに広げ、肩の力を抜いた。臨戦態勢——しかし実際には、直接的な暴力行為は起きないだろう。私とこの男の間には、緩衝地帯になるカウンターがある。

「あんたのことは分かってる。何か隠してるな？」

「隠していると思ってるなら、俺にはあんたの知らない秘密があるということだな？　つまりあんたは、俺のことを知らない」

男が私を睨《にら》みつけた。爬虫類《はちゅうるい》のように硬く凍った視線——声を荒らげることもなく、睨むだけで相手を制圧するのに慣れているようだ。ヤクザではないにしても、ぎりぎりの局面を相当経験しているのは間違いない。

「水田さんに何が起きた？」

「知りたいなら、警察に聞いてくれ」私は肩をすくめた。「俺はただの、喫茶店のオヤジだ」

「いや、あんたは何か知っている。水田さんを殺したのは誰《だれ》だ？」

「それはこっちが聞きたいぐらいだ。俺の街でこんな事件が起きて、迷惑している」

先ほどから話が嚙《か》み合わない。こういう手合いはさっさと追い出すに限る。私はカウンターを出て、男に人差し指を突きつけた。

「何のつもりか知らないけど、あんたは話を聴く相手を間違っている。とにかく今日は、店は休みだ――コーヒーを飲ませるわけにもいかないから、帰ってくれないか」

「あんた、本当にここで喫茶店をやっているだけなのか？」

「税務署に申告できないような副業はやってないよ」

「ふざけてるのか？」男が凄《すご》み、私の方へ一歩詰め寄った。身長ではこちらが勝っているが、体重は向こうの方が重そうだ。

「おっと、そこまでだ」私は両手を広げた。「あんたは休みの日に勝手に店に入って来た――家宅侵入だ。警察を呼ぼうか？」

「あんたは警察を呼ばないだろう。警察を辞めた人間だ――警察といい関係を保っているとは思えないな」

こいつは、いったい何を知っているのだ？　私は警戒した。男が、馬鹿にしたような笑みを浮かべる。

「テロ事件でビビッて警察を辞めた男――あんたが弱い人間だということは分かっている。脅しに耐えられるわけがない」

「つまり、俺を脅していることは認めるんだな？」態度には凄みがあるが、こいつは単細胞だ――そう考えると、急に気が楽になる。「この店に防犯カメラがないと思うか？　あんたの言動は、逐一《ちくいち》記録されているかもしれない。それを警察に持ちこんだらどうなると思う？」

「どうにもならない」

「だろうな。警察は、あんたのような小物は相手にしない」

「俺が小物だとしたら、そっちは虫けらみたいなものだ」

「小さくても、毒虫かもしれないぜ。あんたがここで暴言を吐き続けようが暴れようが構わないが、証拠は残ると思っておけよ」

男が、唇を歪《ゆが》めるようにして笑った。まだ余裕はある――余裕を残したまま、この状況に幕引きしようと決めたようだ。静かに踵《きびす》を返してドアに向かう。私は彼をしっかり追い出そうと、その背中を追った。ドアを開き、外へ出た瞬間に振り返る。距離が近い――胸元に向かって飛んできたパンチを、私は右腕でブロックした。拳《こぶし》が肘《ひじ》の上に当たり、鈍い痛みが走る。しかしすぐに左腕を突き出し、掌《てのひら》で男の肩を押した。バランスを崩した男が外を向きかけたところで、脇腹を思い切り蹴《け》飛《と》ばして外へ放《ほう》り出す。男はたたらを踏んだが、何とか転ばずに踏み止《とど》まった。

もう一度私に向かって来ようとしたが、「どうかしたか？」という声に動きが止まってしまう。澤山だった。涼しい顔で、路地の隅に立っている。

男が私に鋭い一瞥《いちべつ》を与えて、靖国通りの方へ早足で去って行った。澤山がすっと近づいて来て、苦笑を浮かべる。

「お前、もうこういうことをする年じゃないだろう」

「年は関係ない。自分で自分を守らないと……お前、まだいたのか？」

「変な奴がお前の店に入って行くのが見えたから。何だか気になったんだよ」

「さすが、現役の勘だ」

「現役じゃなくても、怪しい奴は一目で分かる――それよりお前、何であんな奴に因縁をつけられてるんだ？」

2

私に因縁をつけてきた男は、その後は姿を見せなかった。来ない人間を気にしても仕方がない――自分にそう言い聞かせてみたもののやはり気になり、それから二日後の朝、防犯カメラの画像をチェックし始めた。問題の男が店の周りをうろついていたら、映像が残っているはずである。白黒の映像を早回しで見始めた瞬間、村越から電話がかかってきた。

先日のトラブルの件かもしれないと思ったが、まったくの別件だった。

「田澤という男は、水田と関係があったんじゃないですか？　あなた、あの国で何か聞いていませんでしたか？」

「いや――そういう話は出なかったですね。だいたい、ジャーナリストを名乗る人間が、取材中の案件について警察官に気軽に話すわけがないでしょう」

「あなたの身分はあの時、国連の選挙監視団のスタッフだったでしょう。警察官じゃなかった」

「元々の身分を知れば、相手は警察官だと思いますよ」

「つまりあなたは、あくまで警察官だったわけだ」

ただし私と田澤は、警察官とジャーナリストの一線を越えたつき合いをしていたが。本当は警戒して、遠ざけておくべきだったかもしれない。しかし妙に人懐っこい彼の態度、共通の趣味——そういうことが、内戦の余波が続くあの国で複雑な化学反応を起こし、私たちを近づけたのは間違いない。しかし二人とも、日本での仕事についてはあまり語らなかった。結局、仕事以外の共通点で結びついていた——要するに友人だった、ということだろう。

だからこそ私は、十年間も彼の記憶に囚《とら》われているのだが。

「あのメールが本当に田澤のものかどうか、分からないんですか？」私は逆に質問をぶつけた。

「残念ながら、追跡は困難です」

「田澤と水田の関係について知りたいということは……岡村と田澤の関係も分からないんですか？」

「残念ながら」村越は本当に残念そうだった。

「岡村の所在も不明ですね？　まだ指名手配もしていない？」

「現状では、検察がいい顔をしないものでね……殺人の実行犯と断定するには弱い。あのメールの内容だと、やはり直接犯行を依頼したとは受け取れないんですよ」

「証拠は残さないようにしたはずですよね。それに防犯カメラのあの映像だけでは、逮捕状を取るのは難しいと思います――そちらの読みはこういうことじゃないんですか？　水田に恨みを抱いていた田澤が、岡村を使って水田を殺させた」

「極めて簡単に要約すれば、そういうことです」村越が認めた。

「田澤が帰国した形跡はあるんですか？」

「ないですね。ただ、正規のルートでなくても帰国している可能性はあるし、メールや電話で指示を飛ばすだけなら、海外からでも可能だ」

「もしも海外にいるとしたら、田澤がどうやって岡村に目をつけたかという問題が残りますよ。昔からの知り合いだった可能性はあるんですか？」そんなものはないだろうと思いながら私は訊《たず》ねた。田澤が日本を離れたのは十年前。その頃岡村はまだ大学に入ったばかりで、アメフトか女の子のことしか考えていなかったはずだ。二人に接点があったとは考えられない。

「そこもまだ調査中です」

「失礼しました。余計なことを聞きました」

「いや……田澤の件について、何か分かったら教えて下さい。どんな些細《ささい》なことでも構いません」村越はあくまで低姿勢だった。

電話を切り、田澤の父親や留美子のことを聞き忘れた、と気づく。警察は、田澤と関係が深かったあの二人には、もう事情聴取しただろうか……当然、しただろう。その時に、私が既に訪ねて行ったことを知ったかどうか。知っていたら、文句の一つも言ったはずだが、村越は黙認したのかもしれない。実際、警察の捜査にとって「実害」になるようなことはなかったのだし。

　ふいに思いついた。

　もう一度田澤の父親と話すのは気が進まなかったが、あそこにはヒントがある。直接会うのではなく、電話だったら許してもらえるのではないかと思い、私はスマートフォンを手にした。


　午前中を筋トレで過ごす。疲労と緊張で固くなった体をシャワーで解《ほぐ》して、昼前……私は動き出した。

　まず、田澤の父親から教えてもらった出版社に電話を入れる。厄介な作業になる——目当ての人間は簡単には見つからないだろうと思っていた。実際、電話を何か所かたらい回しにされた。

　それでも何とか、話したかった相手を摑《つか》まえることができた。向こうは最初、事情が呑みこめない様子で戸惑っていたが、やがて好奇心が疑念を上回ったようである。商売柄というべきか……私はすぐに、面会の約束を取りつけた。

　少し歩いて、神保町の外れにある出版社まで出向く。田澤は日本を出る前、この出版社が発行している「週刊ジャパン」で多く仕事をしていたのだ。一階の受付で名乗ると、すぐに先ほど電話で話した高本《たかもと》という男が下りて来た。私より少し年上、四十代半ばぐらいだろうか。腹が突き出て、ジャケットが型崩れしている。しかしいかにも元気そうで、精力的な雰囲気が滲《にじ》み出ていた。

「急な話ですみません」私は頭を下げた。

「ちょっと外に出ませんか？　外の空気を吸いたいので」耳障りな、ざらざらとした声だった。

「今日も寒いですよ」

「昨夜、社に泊まりこみだったんですよ……せめて、美味いコーヒーでも飲みたいですね」

「だったら、私のところへ来てもらえばよかったな。うちは喫茶店なんです」

「何と、何と」高本が芝居がかった仕草で両手を広げた。「そのうちお邪魔しますよ。お店の名前は？」

「フリーバード」

「失礼だけど、記憶にないな。この辺の喫茶店にはほとんど入ったことがあるけど」

「ここからはちょっと離れてます。個人経営の、古い喫茶店ですよ」

「そのうち捜して行きますよ」

「その時は、コーヒーを一杯、只《ただ》でサービスします」

「そいつはありがたいな」

高本がにやりと笑った。どうやら話が通じそうなタイプだ、とほっとする。私たちは会社を出て、すぐ近くにあるチェーンの喫茶店に入った。途端に高本が顔をしかめる。

「ここは相変わらず、社員食堂の延長だな」

「そんなに会社の人が多いんですか?」

「たぶん、この店にいる客の半分以上がうちの会社の人間です……喫煙席でいいですか?」

「ええ」

本当は、副流煙が充満している喫煙席は避けたいところだが、話を合わせるためには仕方がない。カウンターで注文して受け取るシステムだったので、私は先に席についているように、と彼に言った。当然、私の奢《おご》り。

「じゃあ、アイスコーヒーでお願いします」

この寒いのにアイスコーヒー? 私は心の中で首を傾《かし》げたが、好みの問題だから何も言えない。私自身はエスプレッソを頼んだ。自分の店では淹れないし、ほとんど飲むこともないのだが、ごくたまに飲みたくなる。特に今日のように、朝から激しく動いた日には。コーヒーはほとんどカロリーゼロの飲み物なのだが、濃いエスプレッソは即効でエネルギーに変わりそうな気がする。

ガラスで仕切られた喫煙席へ行くと、高本は既に煙草《タバコ》を一本灰にしていた。ずいぶんペースが早い——しかも立て続けに二本目を手にする。彼の前にアイスコーヒーを置くと、ストローを使わずに一気に半分ほどを飲んだ。

「ずいぶんお疲れですね」

「校了前はこんなものです」

「今も週刊誌のお仕事を？」

「いや、今は月刊誌に移りました」

　高本が名刺を取り出した。「私は名刺を持っていませんが」と断ってから受け取る。「月刊ジャパン」副編集長。保守系の分厚い総合雑誌で、私にはほとんど縁がない。事件記事が多い「週刊ジャパン」には、時々目を通すのだが。

「十年前の話なんです」私はエスプレッソを一口啜《すす》った。強烈な苦みで背筋が伸びるようだった。三回ほどカップを傾ければ飲み終えてしまうだろうが、それ以上の量は不要だ。

「ええ」

「田澤というフリーの記者を使っていましたね」

「確かに私は、よく彼と組んで仕事をしていました。週刊ジャパン時代の彼の担当、みたいなものですかね」

「当時は事件の記事が多かったんですか？」

「週刊ジャパンは、いつでも事件の記事が大好きですよ」高本が声を上げて笑う。

「田澤も、そういう事件取材が多かったんですか？」

「ええ。本人は、いわゆる切った張ったの事件取材には向いていないとも言っていましたけどね……記事はそれなりのクオリティで出てきたわけで、向いていなかったとは思えませんでしたが」

「あちこちで仕事をしていたようですけど……」

「フリーは、そういうものです」高本が二本目の煙草に火を点《つ》けた。「仕事は選ばない——選んでいると、仕事をなくしますから」

「厳しいですね」まるで奴隷労働ではないか。

「上手くいけば、そのうち自分の専門分野を見つけて、深く取材できるようになりますけど、全員がそうできるとは限りませんからね。そうなれる人の方が少ない」

「田澤の目標は何だったんでしょう」

「政治、かな」

「政治」繰り返し言って、ぴんと来た。水田——政治の世界の裏側で動いていた男。それに田澤自身、「政治に興味がある」と言っていた。「政治家の取材、ということですか」

「まあ、そういうことでしょうね。ただ、うちではそういう話は一度も書いてもらったことはないけど。若いフリーの人間が政治の世界に食いこむのは、結構大変なんですよ」

「どういうルートがあるんですか？」

「いろいろですけどね。秘書に接近したりとか……まあ、その辺は外には出せないノウハウがあります」

高本が急に口を濁《にご》す。しかし私は、追及の手を緩めなかった。

書いたかどうかはともかく、政治の取材はしていたんですか？」

「少なくとも、うちで頼んでいた仕事の関係ではなかったですね」

「最後に週刊ジャパンで書いた記事は、それっぽい話じゃなかったですか？　政治家の秘書が自殺した話」

「ああ、あれは政治というより事件――不祥事ですよ。読みました？」

読んでいない。田澤の父親に、スクラップした記事の見出しを読んでもらっただけだが、それを聞いた限りでは、かなりおどろおどろしい内容に思えた――しかし検索してみると、それほど大した事件ではないと分かった。要は金の使いこみに責任を感じたということらしい。

高本がさらに詳しく説明してくれた。十年前の記事をよく覚えているものだ。

「最初は、不正な資金流用じゃないかと思って取材を始めたんですけど、実際には秘書個人が金を懐に入れていた、という構図だったようです。警察が最初に自殺の事実を公表しなかったので、我々もおかしいと思ったんですよ。ただ、警察も、自殺をすべて公表するわけじゃないですよね？」

「そうですね」自殺を発表する際の、広報課の基準はどんなものだったか。おそらく積極的に広報するのは、公共に影響のあるケース――鉄道への飛びこみ自殺など――や著名人の自殺ぐらいだろう。日本全国では、年間で二万人以上の人が自ら死を選ぶわけで、一々公表していたらきりがない。

「見出しはぶち上げたんだけど、中身は貧相――週刊誌にありがちな羊頭狗肉《ようとうくにく》ってやつでですよ」高本が皮肉に言った。

「派手な見出しにしないと、中吊《なかづ》りを見て週刊誌を買う人がいなくなるじゃないですか」

高本がまた声を上げて笑い、「まったくその通り」と同意した。社内では自嘲《じちょう》的に繰り返されるジョークなのだろう。

「とにかくあれが、田澤さんがうちに書いた最後の記事でしたね」

「その後、田澤さんは日本を出ています」

「そして私は、ニュースで彼の消息を知ったわけですよ」高本の声に少しだけ棘《とげ》が混じった。

「ショックだったでしょう」

「正直、啞然《あぜん》としました」本当に呆《あき》れたように高本が言った。「しばらく日本を離れるという話は聞いていたんですけど、詳しい説明はなかったんです。その後いきなり、『邦人テロ被害か』のニュースを見たわけだから」

「日本を出た後、連絡は取ってなかったんですか？」

「何度かメールは送ったんですけど、レスポンスは鈍かったですね。それまでは、どんなメールにも一時間以内には返信が来ていたのに」

「あの国は、通信事情がよくなかったですから」

「何で知ってるんですか？」

私は瞬時躊躇った。自分の過去を明かしていいものかどうか……話すことにした。秘密を打ち明けられると、それに見合った情報を話す必要がある、と感じるものだ。

「あなたもねえ……知らなかったな」

「私は黒子でしたから。派遣されて現地へ行っていただけですよ」

「じゃあ、警察内では超エリートじゃないですか。海外へ派遣される人は、それなりに能力がないと」

「英語が話せただけですよ」

私自身、あんなことになるとは思ってもいなかった。警察官は、時には警察業務と直接関係ない中央省庁に異動したり、在外公館で警備・情報収集活動に当たったりすることもあるのだが、私はたまたま推薦されてあの国に赴任したに過ぎない。当時、警視庁、そして警察庁の中でどういう基準で選考が行われたかは分からないが、英語が喋《しゃべ》れて、外事で情報収集の経験もあり、使い減りしない体力のある若手、という程度の理由だろう。私自身は、外事三課へ来てまだ三年目で、イスラム過激派に関するエキスパートと呼ばれるほどではなかった。他の部署の警察官より、多少はインサイダー的な情報を知っていただけである。

「現地は大変だったんじゃないですか？」

「外務省が、特に大変だったみたいですね」私自身、炎暑のあの国で田澤を捜し回ったことは言わずにおいた。そこまで明かす必要はないだろう。

「邦人保護の視点からはねえ……でもあの当時は、あの国で邦人保護と言っても無理だったでしょう」

「そうですね。今とは状況が違っていたでしょう。日本では、どんな感じで捉《とら》えられていたんですか？」

「まあ、さんざん叩《たた》かれてましたよ」高本の顔が暗くなる。「自己責任、ということです。ただ、批判の声ばかりじゃなかったですよ。イスラム過激派が占領している地域に、一人で潜入したわけじゃないんだから。あの国は民主化の途上で、イスラム過激派の影響力は、まだそれほど大きくなかったでしょう？」

「十年前だと、ちょうど活動が活発化し始めた時期ですね」

「選挙の取材という極めてまっとうな目的で行って、それでテロに巻きこまれたとなったら、自己責任というだけで冷たくあしらわれるわけじゃない。誰のせいにできるわけでもないですけど、マスコミ業界の中では同情論もありましたよ。実際、彼と仕事をしていた人間も多かったし」

「彼は死んだわけじゃない」完全に過去の話にしてしまっている高本の口調に、私は反発した。

「そこが、この事件が中途半端になっている理由なんですけどね。あの国で行方不明って……どうなってるんだろう」高本が首を傾げる。

「御社の方で、記者を派遣して調べるつもりはなかったんですか？」

「正直に言いますけどね」高本が身を乗り出した。「あの国の政治情勢には、ニュースバリューがあるわけじゃなかった。だから、田澤さんがテロに巻きこまれたことも、うちの雑誌にとっては記事にするほどの価値はない話だったんですよ……とはいえ、記事にはしましたけどね」

「家族に取材しましたか？」

「もちろん」

「扱いにくいお父さんだったでしょう」

「ああ……」その時のことを思い出したのか、高本が苦笑した。「当時は、新聞社の論説副委員長だったか──まあ、上から目線の人で。我々に対してそういう態度を取るのは当然かもしれませんけどね。新聞社の人は、『できあがって』ますから」

「それは何となく分かります」私はうなずいた。ふと思い出し、確認する。「さっき、選挙の取材と言いましたよね？　田澤は選挙の取材をしていたんですか？」

「他に何の取材がありますか？」

「確認したわけではないんですね？」記憶にある限り、彼の口から選挙そのものの話題が出たことはほとんどなかった。

「その必要もなかったので」高本が関心なさそうに言った。「いや、実際にはどうだったのかな……本人から聞いたわけじゃないから分かりません。実際には、あの国へ行く話も知らなかったんですよ。メールで仕事の依頼をして、『今は取材できない』っていう返事があって、初めてあの国に行っていたことが分かったぐらいですから」

「他に、現地取材を頼んでいる社はなかったんですか?」

「ないと思いますよ。少なくとも、週刊誌や月刊誌では取り上げにくい話題だ。あるとすればテレビ局かな……よくあるでしょう? テレビの記者は現地に行かないで、危険地帯に入ったフリージャーナリストにレポートさせるやり方が」

「しかしあの国は、必ずしも危険地帯ではなかった。外務省の海外安全情報でもレベル2――不要不急の渡航はやめてください、という程度だったでしょう」私は指摘した。

「だからこそ、テレビの扱いも大したことはなかったですよね」

実際には、新聞・テレビは各社とも選挙の取材には入っていた。あの爆弾テロがあったにもかかわらず、新体制での選挙は予定通りに行われ、その取材のためにマスコミの連中が走り回っていたのを私は覚えている。ただし大多数の社は、選挙当日、それに選挙結果を取材するために、数日間滞在しただけで去って行ったはずだ。その後も、あの国に常駐の特派員を置いている社はいないはずである。おそらく、近くのもっと大きな国――ベトナムやタイ、インドネシア辺りの駐在員がカバーしているのだろう。

「ところであなた、先ほどから『田澤』と呼び捨てにしていますよね? 知り合いなんですか?」

「あそこは狭い国でした。しかも日本人はほとんどいなかった。知り合いになるのは自然ですよ――

「なるほど……しかし、何で今さら田澤さんの話を？　あれから十年経ってるし、あなたも今では警察官じゃないんでしょう？」

「ええ」

「そういう人が、どうして田澤さんのことを知りたがるんですか？」

「先日、神保町で爆破テロがあったでしょう」

私は田澤の父や留美子に対して行った説明を繰り返した。高本はどこか疑わしげに聞いていたが、最後にはどうでもいいと思ったようだった。「あんなのは、単なる示威行為でしょう？」の一言で片づける。

「冗談じゃない。怪我人《けがにん》も出ているんですよ」私は少しだけ非難の調子を滲ませた。

「それは大変だったと思いますけど、別にあれで、日本がテロリストに狙《ねら》われる国になったとは言えないでしょう。外国人が日本でテロを起こすのは、相当ハードルが高いはずですよ」

「ホームグロウンテロという言葉をご存じですか？」呑気《のんき》とも言える高本の態度に苛《いら》ついて、私はつい言ってしまった。「外からテロリストが入って来るわけではなく、国外の過激派組織の思想に共鳴したその国で生まれ育った人が自国で起こす——そういうテロです」

「日本人がイスラム過激派になってテロを起こす？　それもちょっと考えられないですね」

海外では一般的なケースで、十年前にも外事三課ではそういう事件の実例を集めていた。ただしそれが日本で起きるかどうかというと……高本が言うように、あくまで「机上の空論」というのが、外事三課が当時出していた結論である。

話は尽きかけた。私は最後に、彼にちょっとしたお願いをした。

「田澤が最後に書いた記事のコピーをもらえませんか？　十年前の週刊誌を引っ張り出すのは大変かもしれませんけど」

「いや、すぐですよ。資料室には二十年分を揃《そろ》えてありますし、アルバイトにでも捜させます」

「お願いします」頭を下げ、私はさっさと立ち上がった。あまり収穫はなかったわけで、長居は不要だ。

しかし私は、最後の最後に大きな収穫を得た。

3

店に戻り、記事をじっくりと読み返す。コピーを受け取って見た瞬間にも気づいてはいたのだが……「宇梶派」の文字だけが浮かび上がっているように見える。

記事自体はそれほど長くない。見開き二ページで「民自党代議士秘書　謎《なぞ》の自殺」という、さほど煽情的《せんじょうてき》ではないタイトルがついていた。

政治家のトラブルに秘書の自殺はつきもの——またも秘書が犠牲になった不可解な一件は、政界の暗部を浮かび上がらせる。

先月十五日に、都内の自宅マンションで飛び降り自殺したのは石上守《いしがみまもる》氏。民自党宇梶派の若手ホープと言われる中島大《なかじまひろし》代議士の地元秘書である。


　宇梶派は、十年前にはまだ存続していたわけか。民自党の場合、自分たちでトップの名前を取って「●●派」と名乗るわけではなく、公式には「政策研究会」のような名前をよく使う。ただし、新聞などは「●●派」と書き、それは容認されているようだ。

私は澤山に電話を入れた。彼の専門はあくまで右翼対策だが、政治情勢についても私よりはよほど詳しい。

「宇梶派は、自分たちでは『志学会《しがくかい》』と名乗っていた」澤山が即座に答える。

「私立の学校の名前みたいだな」

「孔子《こうし》の言葉から取ったらしいけどね。政治家は、中国の古典が大好きだから。教養らしきものをひけらかしたいんだろうな……そもそもは、八〇年代に、民自党の次期総裁候補だった宇梶博《ひろし》が旗揚げした派閥だ」

「ああ……いたね」

「結局総理にはなれなかったけど、一時は党内最大派閥として権勢を誇っていた。ただ、宇梶が八十歳で引退してからは、一気に求心力を失った。後を継いだ佐藤令史《さとうれいじ》が、人望がなかったんだろうな。それでもかなりの人数がいたから、二十一世紀の初めまでは、民自党内の大派閥として影響力を保っていた」

「結局、どうなったんだ？」

「佐藤から代替わりして、名前を変えたのが、ちょうど、東日本大震災の直前だよ……だけど、それがどうしたんだ？　水田と宇梶派は、それよりずっと前に切れてるはずだ」

「本当に切れたのかな？」

「何が言いたい？」普段は人当たりのいい澤山の声に苛立ちが混じる。「お前、何か情報を摑んだのか？」

「疑問が一つ、それだけだ。何か分かったら連絡するよ」

「おい――」

続けようとする澤山を無視して、私は電話を切った。彼は気のいい同期の友人だが、あくまで警官であり、今の私とは立場が違う。完全に気を許してはいけないのだ。

十年前の、代議士秘書の自殺。それを田澤が取材していた。

もう一度記事を読み返す。正確に言えば、十一年前になる。これが田澤の、日本での最後の取材になったはずだが……ちょっとおかしい。秘書が自殺したのは、十一年前の十一月。田澤は――本人の申告によると、翌年の六月にあの国へ渡った。テロが起きたのはその半年後、十二月である。

十一年前の十一月に取材してから、田澤は何もしていなかったのだろうか。働かなくて済むほど蓄えがあったとは思えない。実際、物価が日本よりはるかに安いあの国でも、かなり切り詰めた生活をしていたのだから。安酒、安い煙草、タダ同然のコーヒー……ホテルも、私たちが宿舎にしていたところに比べれば、二ランクほど下だった。

この件は、村越に話しておくべきだろうか。いや、まだ推測の段階に過ぎない。もう少しはっきりさせないと、村越にとっては単なる「ノイズ」になってしまうだろう。

そもそも、田澤は犯罪者ではないはずだ。あいつを告発するような真似《まね》はできない。

とにかく調べてみよう。調べれば何かが分かる。取《と》り敢《あ》えず、田澤の記事を集めるところから始めるのがいいだろう。彼の父親にスクラップブックを借りるのが一番早いが、今は顔を出しにくい。まあ、形が残っている記事ならば、捜せば見つかるはずだ。

立ち上がったところでドアが開く。休みなのに忙しいことだ……と苦笑してしまった。

疋田がふらふらと店に入って来た。

「休みだぜ」

「コーヒーをくれ」

今日の二日酔いは特にひどいようだった。一歩店内に足を踏み出した瞬間に体がぐらつく。もう午後なのだから、二日酔いもクソもないのだが、いったいいつ呑んで、いつ仕事をしているのだろう。「美紀」という人物がいないことを確認できたぐらいだから、弁護士としての能力がないわけではないだろうが。

「俺には何杯分か貸しがあるだろう」

「コーヒーならいつでも奢るけど、何も今日でなくてもいいんじゃないか？」

「あんたは休みかもしれないけど、俺は休みじゃないんでね……これから依頼人に会わなくちゃいけないんだ」

「あんたに依頼人がいるのか？」私は大袈裟《おおげさ》に目を見開いてみせた。

「馬鹿にするなよ」疋田が唇を尖《とが》らせる。「依頼人がいなかったら、事務所なんかとうに畳んでる」

こんな酒臭い状態で依頼人に会ったら、まとまる話もまとまらなくなるのではないか。弁護士の評判がどういう風に広がるかは想像もできないが、常にこんな感じで酔っ払っていたら、誰も寄りつかなくならないだろうか。

「とにかく座れ」私はカウンターに向かって顎《あご》をしゃくり、まず水を出してやった。疋田は、顎に垂れるのにも構わず水を一気に飲み干し、はあ、と吐息を吐いた。

「甘露、甘露」

「いつの言葉だよ、それ」

「知らん。とにかくコーヒーをくれ」

私は薄めのコーヒーを、大きなマグカップで出してやった。相当熱いのに、疋田は水のようにごくごくと飲む。それを見て呆れながら、二杯目のコーヒーを準備した。今度はぐっと濃くする。さっさと一杯目を飲み干した疋田が、二杯目に手をつけた。

「これはまたずいぶん濃いね」顔をしかめて言う。

「これぐらい濃くないと、あんたの酒は抜けないだろう」

「酒は一生抜けないさ。まあ、多少は中和してる感じかな」

実際、疋田は急激に正気に戻りつつあるようだった。吸いたそうに煙草を取り出したが、私はゆっくり首を横に振って拒絶した。

「ところで、あんたの美人の彼女はどうした？　その後、連絡はないのか？」

「彼女じゃない」

「ふうん……じゃあ、どうして俺に調べさせた？　何か知りたいことがあるんだろう」

「そこまであんたに打ち明ける気はない」

「水臭いなあ」疋田がニヤニヤと笑う。「俺とあんたの仲じゃないか」

私はすっと腕を伸ばした。握った拳が彼の鼻先に触れそうになる。それを見詰める疋田の目が真ん中に寄った。

「何だよ」

「あんたは、人づき合いの距離感が摑めてないみたいだな」

「じゃあ、あんたは問題の彼女との距離感が摑めてるのか？」

「彼女との距離感は分からない。興味の方向が同じだけだよ」

「ま、何を考えてもあんたの自由だ……これで何とか、依頼人には会えそうだよ」疋田がカップを置いた。

「今日の依頼人の名前と連絡先を教えてくれないか？」

「何で？」疋田の目が細くなる。

「話し合いが失敗した時に、俺はできるだけのことをやった、と弁明したいから。必死であんたの酔いを醒《さ》まそうとしたんだぜ」

「余計な心配するな」

疋田が立ち上がる。酔いは「中和」されたと思ったが、実際にはまだ足元は危なかった。カウンターに手をついて、何とか体を支える。

「依頼人との打ち合わせは延期してもらった方がいいんじゃないか？」

「心配ご無用だ。向こうも酔っ払いだから」

「いったい何なんだ？　酔っ払い運転？」

「それぐらいで済めばいいんだけどな」

疋田がにやりと笑い、ドアの方を向いた。その瞬間ドアが開き、村越が店に入って来る。若い刑事を二人、連れていた。

「ちょっと署へ来てもらいましょうか」

「何かありましたか？」

「聴きたいことがあります」いつもとは口調が違っていた。丁寧なのは変わらないが、真剣味が違うのだ。

「ここで話しますよ。コーヒーでもどうですか？」

署で聴きたい」

何か状況が変わったのだ、とピンときた。恐らく田澤の一件が引っかかっている。村越が来たということは殺しの関連……自分が疑われているとは思えなかったが、村越は真剣だった。

「話をするなら、どこでも同じでしょう。それとも、私を取調室にぶちこんで、拳に物を言わせて自供させるつもりですか？」

「今はそういうことはしません」

「刑事課は、今でも強引に取り調べをしているのかと思っていましたよ」

「署に来てもらえないというなら、強硬策に出ざるを得ません」

「逮捕状は？」

「そんなものは何とでもなる」

「ちょっと待った！　そこまでにしてもらいましょうか」突然、疋田が両手を叩き合わせた。「任意はあくまで任意です。拒否する相手を引っ張っていったら、私が問題にしますよ」

「あなたは？」村越が、胡散臭《うさんくさ》そうな視線を疋田に投じた。

「安宅氏の顧問弁護士です」

村越が困ったような表情を浮かべ、私を見た。おいおい、何が顧問弁護士だよ……仮に、この世に疋田しか弁護士がいなくなっても、私は自分の命運を託したくない。酒を抜いてくれば話は別だが、そもそも私は、素面《しらふ》の状態の彼を一度も見たことがなかった。

「警察の事情聴取に協力するのはやぶさかではありませんが、強硬策に出るなら、しっかりした根拠を示してもらわないと困ります」

「冗談じゃない――」

「警察へ行くなら、私も同行させてもらいますよ。任意の事情聴取なら、弁護士が同席してもおかしくないでしょう」

「そんなやり方は聞いたことがない」

「昔、花岡一紀《はなおかいっき》さんが傷害事件に巻きこまれた時、私は任意の事情聴取に同席しましたよ。それが許されたのは、花岡さんが若手の人気俳優だったからですか？　警察は相手によって態度を変えるとか？」

思い出した。五年ほど前だったか、大河ドラマにも出演した人気の若手俳優が、六本木の会員制バーでの乱闘騒ぎに巻きこまれた事件だ。彼は「ただそこにいただけ」と主張したはずだが、確か連れが意識不明の重態に陥った。警察は事態を重視して、花岡本人への事情聴取を敢行したのだろう。しかし疋田が、花岡につき添っていたとは……意外な事実だった。

「署へ行くなら私を同席させる。そうでなければここで事情聴取をする。任意なら、それが常道ではないですか？」

村越が私を見る。私は視線を逸らし、この状況を楽しみ始めていた。疋田のやり方は、十分警察への牽制になる。「――分かりました」村越が折れ、私に視線を向ける。「ここで話を聴かせて下さい。いいですね？」

「もちろん、協力しますよ」私は愛想のいい笑みを浮かべた。「コーヒーはどうですか？」

「結構です」

村越が冷たく拒否すると同時に、三人の刑事が四人がけのテーブルにつく。私は空いた席に滑りこんだ。席がない疋田は、カウンターに落ち着く。村越がそちらを見て、不快そうに顔をしかめた。

「本当に、弁護士の同席が必要な話じゃないですよ」疋田にではなく私に向かって文句を言った。

私が口を開く前に、疋田が素早く反応する。

「今、コーヒーを飲んでるもんで。コーヒーぐらい、ゆっくり味わわせて欲しいですねえ」

もちろん、それを言い訳に実質的に事情聴取に立ち会うつもりなのだ。正義感からなのか、面白がっているだけなのかは分からなかった。後で、この件の料金を請求するつもりなのだろうか……。

村越が苛立ちを隠そうともせず、疋田に厳しい視線を向けたが、すぐに諦《あきら》めたようだった。弁護士と遣り合って時間を無駄にするのは馬鹿馬鹿しいと思っているのだろう。

「あなたは一つ、ミスを犯しました。ミスというか、気遣いがなかった」

それで私は、彼の用件を悟った。田澤の父親、それに留美子と会ったこと――この二人は田澤の一番濃い関係者であり、警察も当然事情を聴いただろう。それより先に私が話をしたと知ったら、問題視するのは当然である。彼の出方によっては頭を下げることも考えたが、村越はそこまで怒ってはいなかった。

「あの二人とは、以前から顔見知りですか？」

「あの国から帰国してから、何度か会いましたよ。会わなければいけないような気がして」

村越が無言でうなずく。次の言葉が出てこない――何を考えているのか分からなかった。やがて、ぽつりと言った。

「罪滅ぼし、ですか」

「あるいは」

「いくら何でも、もう十分でしょう」

田澤の父親にも同じように言われた。人に言われると、自分が背負っているものの重さを実感する。決して下ろせないもの――下ろせるとしたら、田澤が無事に見つかった時だが、その可能性は極めて低いだろう。

いや、「今までは」低かった。今は、彼が生きている可能性がわずかながらある。

「あなたも、あの国で起きた自爆テロの関係者――被害者です。それは認めざるを得ない。

しかし、あの件と今回の一連の事件は、直接関係ありません。それを忘れないでいただきたい」

「一連の事件、と言いましたね？」私はすかさず突っこんだ。「この街で起きた二つの事件——爆破テロと殺しが一連の事件なんですか？　少なくともテロに関しては、田澤の名前は捜査線上に上がっていないでしょう」

「何とも言えませんね。あちらの捜査には首を突っこんでいないので」村越が肩をすくめる。

「だったら、今の『一連』の意味は何なんですか」

「この街で立て続けに重大事件が起きた、という意味です。関連性を示唆したわけではない」

この言葉をそのまま受け取っていいものかどうか……村越は、石川に比べればはるかに誠実な警察官だが、それでも全面的に信用はできない。警察官は目的——事件解決のためには、平気で嘘《うそ》をつき、人を騙《だま》す。

「あなた、どうして田澤のご家族や元婚約者に会いに行ったんですか」

「元婚約者、は間違いです」

村越がすっと眉を上げる。両手を組み合わせ、何か間違ったのだろうかと自問している様子だった。

「彼女は、今でも婚約者だという感覚なんですよ。田澤は行方不明になっているだけで、死んだと証明されたわけではない」

「言葉の綾に目くじらを立てる必要はありませんよ……そもそもどうして二人に会いに行ったんですか？」村越が質問を繰り返した。「二人には、田澤から連絡がないかどうか、確認したそうですね」

「その話は、十年前から何度も繰り返してきました。我々関係者にとっては、合言葉のようなものですよ」

「そちらの事情は知りませんが、あなたはある意味、捜査情報を一般市民に漏らしたことになる」

そうと言えるかもしれない……殺人事件の被疑者と見なされている岡村が、田澤と見られる人間とメールのやり取りをしていた——その事実はまだ公表されていない。それを誰かに話せば、確かに捜査情報の漏洩と見なされるだろう。

「世間話のつもりでした」ここは一歩引いておくことにした。「田澤の名前が出てきたので、どうしても二人と情報を分かち合いたかったんです」

「あなたは、田澤と連絡を取り合っているんじゃないですか？」村越がいきなり話を変えた——飛躍させた。

「まさか」

「今回、田澤から何らかの形で接触はありませんでしたか？」

「ないですね」

一例えば……昔使っていたメールアドレスはチェックしましたか？　十年前にやり取りした時には、どのアドレスを使っていました？」

「私の個人用のメールアドレスは、十年前から変わっていませんよ。もちろん、警視庁の業務用のメールアドレスは、とうに使えなくなっていますが」

「だったら直接会いに来たのでは？」

「そんなことがあったら、当然あなたに話しています」

「あなたが田澤の共犯者だとしたら、警察に話すわけがない」

「私が水田さんを殺す動機は？」

「この件は、殺人の依頼だと考えられます。つまり、田澤が何らかの理由で水田さんを殺したいと考え、岡村を殺し屋として使った。そこにあなたが絡んでいてもおかしくはない」

「異議あり！」

疋田がいきなり立ち上がる。ちょっと待ってくれ……私は彼に鋭い一瞥を送った。これは裁判じゃないし、あんたが絡んでくると話が複雑になるんだ。しかし疋田は、私の視線を無視してべらべらと喋り続ける。

「今のは単なる推測の積み重ねで、事実は一つもない。それに私の依頼人を絡ませるのはあまりにも無理がある。安宅さん、あなたには答える義務はないですよ」

「あの人、何とかならないんですか」村越が眉を顰《ひそ》め、私に向かって小声で言った。

「顧問弁護士なので。ああいうことを喋って警察を幻惑させるために雇っているんです
——ちなみに今の件に関しては否定します」

「田澤と連絡を取り合い、この殺しに手を貸した——田澤の依頼を引き受けた——違いますか？」

「違います」

「分かりました。結構です」村越が立ち上がった。

「終わりですか？」予想よりあっさり村越が引いたので、気が抜けてつい訊ねてしまった。

「終わりです」

村越も手詰まりなのではないか、と私は疑った。そもそも所轄の刑事課長自ら事情聴取に乗り出すのが、相当焦っている証拠である。

「しばらく街を離れないで下さいよ」

「古めかしい台詞《せりふ》ですね——今時、そんなことを言う人はいないでしょう。だいたい私には、ここを出ても行く先がありません」

「実家があるでしょう」

「実家は実家、私は私です」

村越がまた私を睨みつけたが、その後は何も言わなかった。若い刑事二人——結局一言も発しなかった——を引き連れ、店を出て行く。

「うまく逃げたな」疋田がにやにやしながら立ち上がった。

「逃げるも何も、俺には何も関係ない」

「今後も、やばいことになったらいつでも助けてやるよ」

「別に、あんたのおかげで助かったわけじゃないと思うけど。むしろ立場がまずくなったんじゃないかな」

「まあまあ……裁判でもしっかり面倒を見るからさ」

この男は、私が起訴される前提で話しているのか？　冗談じゃない。いや……私が気づいていない何かに気づいているのだろうか。

4

翌日、久しぶりに明日花が店に出て来た。

「試験はどうだった？」

「普通」

いつも通りに素っ気ない返事——それで私は、少しだけ安心した。急に愛想がよくなったりしたら、かえって気味が悪い。

「クリスマスの予定は？」どうせ答えは返ってこないだろうと思いつつ、私は訊ねた。

「別に」

「彼氏と予定はないのか？」

「そんなの、いないし」明日花が一瞬、私に厳しい視線を向けた。「今の、セクハラだよ」

「姪っ子にセクハラしてどうするんだ」

「そういう意識がないんだったら、本当にヤバいよね」

言い返そうかと思ったが、今のは明日花に分がある。


店を開ければいつも通りに客は入る。昼過ぎ、常連客でテーブルもカウンターも埋まり、明日花も文句一つ言わずに動いていた。ただむっつりしていて、だるそう——これもいつも通りだ。

日常。

二時を過ぎると、いつものように客足がぱたりと途切れる。ふと、明日花に新しいバイトをさせようか、と考えた。


「コピーはできるか？」

「コピペ？」

「コピペじゃなくてコピー。コピー機を使って紙を……」

「それぐらい分かるけど」不機嫌そうに明日花が答える。

「雑誌を探して、必要なページをコピーして集めてくる。そういうことはできるかな」

「何を探すか分かってれば、できると思うけど」

「全部チェックしないと駄目だな」私は事情を説明した。十年以上前の週刊誌や月刊誌に全て目を通し、田澤の署名がある記事をコピーしてくる。

「ええー、それ、絶対無理だし」明日花が唇を尖らせた。「十年前の雑誌なんか、どこにもないでしょう」

国会図書館にはあるはずだが、十八歳未満は閲覧に制限があったはずだ。普通の公共図書館では、そこまで古い物を取ってあるかどうか。出版社に協力を求める手はあるが、その交渉は私がしないとまずいだろう。いずれにせよまずどうやって雑誌を閲覧するかを決めてからだ。手間がかかり過ぎる。

「……ひとまず忘れてくれ。何か手を考えたら頼むかもしれない」

「やりたくないよ、だるいし」

「金は欲しくないのか？　バイト代は弾むよ」

「別に……」

何とも欲がないというか……高校生ぐらいなら、いろいろ欲しいものもあるだろう。割のいいバイトがあれば飛びつくのでは――というのは、私の世代の感覚かもしれない。私たちより若い世代は、とにかく物欲が薄いというし。

ドアが開き、藤木が入って来た。傘を畳み、首をすくめる。分厚いウールのコートの肩が濡《ぬ》れていた。

「雨ですか？」窓の小さいこの店に籠《こも》っていると、天気の変化が分からなくなる。先ほどまでは、客は誰も傘を使っていなかった。

「今、降り出した。今日は寒いし、雪になるかもしれないね」

「厄介ですね」

神保町周辺は坂が多く、道路に少しでも雪が積もると大混乱に陥る。基本的に雪道対応をしていない東京の車は、坂道では確実にスタックしてしまうのだ。人も、雪道を歩くのに慣れていない。

「まあ、クリスマスらしいといえばクリスマスらしいかな」

「何となく、神保町にクリスマスは似合わないですけどね」

「確かにそうだ」藤木が苦笑する。「一番縁遠い街と言ってもいいだろうね」

「コーヒーですか？」

「悪いけど、カフェオレにしてくれないかな」

「分かりました」

メニューにはないが、彼のリクエストなら仕方がない。藤木がカウンターにつく。明日花が水を出しながら、かすかに愛想を感じさせる表情を浮かべた。藤木も常連であり、明日花も顔なじみに対しては多少いい顔ができるのかもしれない。

ミルクたっぷりのカフェオレは、確かに雪が降りそうな午後には相応《ふさわ》しい。藤木は砂糖をたっぷり加えて飲んだ。

「ところで、夜回りを何とか復活させたいんだ」

「いいんですか？　警察に止められたじゃないですか」

「それはそうなんだが、やっぱり自分たちで街を守りたいじゃないか。別に、危険なことはないだろう」

「危険じゃなかったら、そもそも夜回りをする理由がないですよ」

「夜回りするから危険がなくなるんだ」

「鶏が先か卵が先かみたいな話ですね」

「まあねえ……要するに、落ち着かなくて困ってるんだ」

「それは分かりますけど」

　私も同じだった。もっとも私の場合、夜回りをしないから落ち着かないわけではない。中途半端に情報が集まってきているだけで、それぞれが繋がらないのがストレスの元になっている。

「水田さんの葬式、息子さんの家の方でやったみたいだな」

「そうですね」

「町会として、お悔やみぐらいは言いたかったんだけど」

「しょうがないですよ。殺人事件の被害者の葬儀は、そんなに盛大にやるものではないですから。ひっそりと、という方が家族も安心できます」

「なるほどねえ……しかし、やっぱり謎の人だね」

「藤木さんでも分からないことなんてあるんですか?」

「水田さんは近所づき合いがほぼ皆無だったから、分かる訳ないだろう。でも、結構人の出入りはあったようだね」

「そうなんですか？」こんな近所の話なのに、まったく知らなかった。

「そりゃあ、真さんには分からないでしょう」藤木が苦笑する。「昼から夜までずっと店に籠りっきりなんだから。とにかく、結構な人の出入りがあったのは間違いない」

「どんな人たちですか？」既に「現役」は引退しており、病気も患っていたのだから、フィクサー的な仕事をしていたとは思えないのだが……それとも今でも、「政界のご意見番」として、多くの人が密《ひそ》かにアドバイスを求めに来ていたとか。

「普通の人たち、と言うかね。普通にスーツを着て、ヤバい商売に手を染めている感じではない人たち」

「会社員？」投資アドバイザーの仕事は続けていたのだろうか。あるいは、政治家の秘書たちがアドバイスを求めてやって来た？

「それは分からないけど」

この事実を警察は摑んでいるのだろうか？　当然摑んでいるだろう。聞き込み、あるいは防犯カメラの映像チェックによって確認し、身元を割り出して事情聴取も済ませているかもしれない。村越が私に何も言わなかったのは……警察官として当然だろう。一般市民である私に、捜査の秘密を漏らす必要はない。

今の私の立場は非常にまずい。

「水田さんは、やっぱりよく分からない人ですよ」私はこぼした。「フィクサーというのも本当だったようです。だいぶ深く、政界に食いこんでいたらしい」

「別に犯罪者ってわけじゃないだろうけど、何だか不気味ではあるね」藤木が率直に感想を漏らす。

「得体の知れない感じですかね」

「まさにそういうことだね。そう言えば、しばらく前に水田さんのことを聞いてきた人間がいたそうだけど」

「誰ですか？」私は身を乗り出した。

「それは分からない。私もちょっと話を聞いただけだから。本人の記憶もイマイチ当てにならない」

「誰から聞いたんですか？」

「武春《たけはる》のオヤジ」

オヤジと言っているが、藤木の方が年上だと思い出し、私は苦笑した。この蕎麦《そば》屋の名前は、店主の名前「武本春郎《たけもとはるお》」からきている。脱サラで始めた店だ、と聞いたことがあった。

「武春さんですか……いつ頃ですか？」

「その辺も記憶がはっきりしないんだけどね」

「なるほど」

私は藤木のカップがほぼ空になっているのを確認して、明日花に声をかけた。

「ちょっと店を閉めて、昼飯でも行こうか？」

「え？」彼女にしては予想もしていないことだっただろう。「フリーバード」は一度開けると閉店まで営業を続けるし、昼食は昼の客が一段落したところで、店内で食べることになっている。

「たまには蕎麦もいいんじゃないかな。今日は寒いし、温かい鴨南蛮《かもなんばん》でも」

「鴨って美味《おい》しいの？」

「子どもには分からない味だろうな」

明日花がむっとした表情で立ち上がる。子ども扱いされたのが気に食わなかったようだ。

「おいおい、聞き込みかい？」藤木が心配そうに言った。

「雑談ですよ。ちょっと店を閉めます。それとも、藤木さんが留守番してくれますか？」

「俺が美味いコーヒーを淹れちまったら、真さんは失業するぞ」

「その場合は、私が藤木さんの会社を引き受けますよ。仕事の交換も面白いかもしれません」

軽口を叩き合った後、結局藤木は私たちと一緒に店を出た。追い出す格好になってしまって申し訳なかったが、疑問が出たらすぐに解決しなければならない。これは、調査の基本なのだ。

都会に降る雨は嫌いではない。アスファルトが濡れた時に立ち上る特有の匂《にお》いは、何故《なぜ》か私の気持ちを落ち着かせる。ただし今は十二月で、雪を予感させる雨は体を冷やすだけだ。それでも五分間の散歩は、私を落ち着かせた。明日花は例によってむっとしていたが、当然だろう。雨中の散歩を楽しめるようになるのは、二十歳を過ぎてからだ。

　雨が好きになったのは、十年前からだ。たぶん、あの国で経験した雨に対する反動からである。あの国の雨は、イコール泥沼の始まりだった。未舗装の道路は泥の川になり、小さな水溜りは「池」と言っていいほどの大きさと深さになる。それを避けながら歩く面倒臭さ、そしてまとわりつく泥の臭い。あれに比べたら、都会に降る雨は綺麗《きれい》なアクセサリーのようなものである。

「武春」は、一度店を開けると午後八時の閉店まで休まない。この時間帯は一番暇で、私が店に入った時にも客はいなかった。店主の武本は、暇そうにスポーツ新聞を読んでいる。

「おお、真さん」新聞をがさがさ言わせながら畳み、武本が立ち上がる。

「どうも。お久しぶりです」

「飯かい？」

「鴨南を二つ、お願いします」

「あいよ……そちらのお嬢さんは？」

「姪っ子です。うちのバイトなんですよ」

「若いバイトがいるのはいいねえ」

　明日花は無反応だった。私は彼女の肘を突《つつ》き、挨拶《あいさつ》するようにうながした。明日花はさっと一礼したが、名乗りはしなかった。しょうがない……武本が気にしていない様子だったので、私はすぐにテーブルについた。向かいに座った明日花が、メニューを調べ始める。といっても、この店のメニューは極端に少ない。脱サラで、四十歳を過ぎてからこの店を始めたという武本は、メニューを絞って純粋に麺《めん》の味で勝負している——と、以前本人が自慢していた。種物は手がかかるので、できるだけメニューは少なくしたい、というのが彼の言い分だ。基本的にカフェオレもカプチーノも出さない私と方針は似ている。

「天ぷら蕎麦か何かの方がよかったか？」

「冗談」明日花が驚いたように目を見開いた。「天ぷらなんて、太るし」

「太るのを気にするような体形じゃないだろうが」

「人は関係ないの。自分の問題だから」

どうしてこんなにツンケンしているのか……これだけ扱いにくいというのも、ある種の才能かもしれない。

他に客がいないので、鴨南蛮はすぐにできあがってきた。鴨ロースが三枚、つくねが二個。ネギにしっかり焼き目がついているのが嬉《うれ》しい。無数の油滴が浮いたスープから、麺を掘り起こして啜《すす》る。十割蕎麦特有のぶちぶちした食感が心地よかった。明日花は、鴨肉が初めてだったようで、不安そうに箸《はし》で持ち上げて確認している。

「さっさと食べないと、ここの蕎麦はすぐに伸びるぞ」

私に言われて、明日花が仕方なくといった感じで蕎麦を啜り始めた。実際に食べると口に合ったようで、すぐに勢いが出てくる。それでも私の方が先に食べ終え、残った汁《つゆ》に蕎麦湯を注いだ。ここの店の温かい蕎麦の汁は、そのまま飲んでも甘みが少なく美味いのだが、私は少しだけ蕎麦湯を入れるのが好みだった。鴨の脂とネギの旨味《うまみ》が溶けこんだ汁を味わってから、私は武本が座っているテーブルに移動した。武本がスポーツ新聞を畳み、怪訝《けげん》そうに私の顔を見る。

「どうした？」

「近くの水田さんのことですけど……何か聞いてきた人がいたそうですね」

「ああ、いたよ。ちょうど今のあんたみたいな感じで、昼飯を食べ終えて、俺と話をしたんだ」

「何を聞いたんですか？」

「まず家の場所から確認して、最近何をしているとか、どんな人間が会いに来ているかとか」

「全般的な話ですね？」

「そういう感じかな」

「いつ頃ですか？」

「それが、はっきり覚えていないんだけど……」武本が頭の手ぬぐいを外した。「二年前？三年前？　五年前だったかもしれない」

「ずいぶん開きがありますね」この記憶は当てにならない、と私は早くも失望した。

「そりゃそうだ。今回の件があるまで、すっかり忘れてたよ」

「事件があって思い出したんですね」

「そういうこと。人間の記憶っていうのは不思議なものだね」

「訪ねて来たのはどんな人間でした？　男ですか？」

「男だよ。あんたと同年輩ぐらいかな」

「体つきとか顔は覚えてますか？」

「いやあ、さすがにそこまでは……ちょっと話しただけだからさ」

ふと思いつき、私はスマートフォンを取り出した。田澤の写真が一枚だけ残っている。田澤は「ジャーナリストは写真を写すのが仕事で、自分が写されるのは嫌いなんだ」と嫌がったが、私はあの国の記念にと何とか一枚撮影したのだった。十年前に携帯で撮った写真故に画素数は少なく、少しざらついているが、顔つきは十分分かる。

「この男じゃないですか？」

この時の田澤は特に普段よりも酔っていて、写真を撮られるぐらい何ということもないと思っていたのだろう。とろんとした目つきだが、珍しく邪気のない笑みを浮かべている。

武本が、首を捻《ひね》ってスマートフォンの画面を覗《のぞ》きこんだ。腕組みをして画面を凝視し続けたが、答えは出てこない。私がスマートフォンを渡してやると、眼鏡を外し、額にくっつくぐらい近づけて確認した。

「違う、とは言わないよ」武本の言葉は曖昧《あいまい》だった。「でも、記憶がはっきりしないんだ」

「ほんの少し話をしただけの人間を覚えているのは難しいですよね……ちなみに、ここに結構大きな黒子があるんですけど」私は自分の顎の下を指差した。正面から見ると分かりにくいのだが、ちょっと上を向くと、かなり大きな黒子が露《あら》わになるのだった。「髭《ひげ》を剃《そ》る時に大変なんだ」という彼の言い分を未だに覚えている。だから、この国に来てからは、できるだけ髭は剃らないで済ませている……。

「それも記憶にないなあ……悪いね」

武本が私にスマートフォンを返そうとした。しかしすぐに、もう一度画面に見入る。拡大すればもう少し大きく見えるのだが、武本はスマートフォンの操作に慣れていないようだった。

「これ、いつ頃の写真？」

「ほぼ十年前です」

「ちょっと待ってよ……黒子って言ったよね」

「ええ」

「ここのところに」武本が自分の顎を指差した。「結構目立つ黒子？」

「私が会った時は髭を生やしていたからよく見えませんでしたけど、髭がなければ結構目立ったと思いますよ」

「ずいぶん昔に見てるかな……」

私は思わず身を乗り出した。反射的に武本が身を引く。

「いつですか？」

「いや、分からない。そこまでは覚えてないよ」

「重要なことなんです。この人は、十年前から行方不明なんですよ。その前か後かで、話は全然違ってきます」

「ちょっと……ちょっと待って」スマートフォンを持ったまま、私の動きを止めるように、武本が左手を突き出した。「ちょっと時間をくれよ。何か思い出すかもしれないし」

私はうなずき、腕組みをした。武本は目を閉じ、左手の人差し指を額に当ててじっと考えている。

「やっぱり分からないなあ。ちょっと日記を確かめてみていいかい？」

「日記なんかつけてるんですか？」

「あるよ。店を開いてからの分がずっとある。それを見れば、何か分かるかもしれない。印象深いことは書き残してあるから」

「彼のこともですか？」

「黒子で思い出したんだから、相当印象深かったんだと思うよ。ちょっと待っててくれるか？」

すぐに武本が席を立ち、そのまま二階――そちらが武本一家の家だ――へ消えていく。

私は明日花のテーブルに戻った。丼《どんぶり》はほとんど空になっている。不満そうだった割に、鴨南蛮は気に入ったようだった。

「美味かったか？」

「まあまあ」

「こういう店で『まあまあ』は失礼だぞ。ファミレスじゃないんだから」

「じゃあ、ファミレスでは『まあまあ』って言っていいわけ？」

「ファミレスは大量生産。こういう店は一つ一つが手作りだから、全然違うだろう」

「分かんない」明日花が首を傾げる。

「まあ、いいよ。このままちょっと待ってくれ。調べ物をしているから」

明日花が無言でスマートフォンをいじり始める。私は今日の朝刊を広げて、社会面を精査した。爆弾テロの件も、殺しの件も続報はなし。イスラム過激派が犯行声明を出したということで、国際面に何か関連ニュースが載っているのではないかと思ったが、こちらも何もなし。武本が下りて来る気配もなく、私は時間を持て余し始めた。

スマートフォンが鳴る。疋田。店の外へ出る……途端に後悔した。店頭の庇《ひさし》は小さく、壁に体をくっつけても靴が濡れてしまう。

「その後、警察には何も言われてないぞ」

「そんなこと言ってないだろう。だいたい弁護士は、御用聞きみたいな真似はしないんだ」

「本当かね？　実際は、始終仕事を探してるんじゃないか？　交通量の多い交差点に事務所を置いて、事故があったらすぐに飛び出して被害者に声をかける、みたいな話を聞いたことがあるけど」

「それはアメリカの話だ」疋田が鼻を鳴らす。「日本の弁護士は、そんな下らないことはしない」

「……で、用件は？」

「何でそんなに不機嫌なんだ？　この前は助けてやったじゃないか」

「寒いだけだ」セーターこそ着ているが、コートなしではいつまで耐えられるか分からない。「早く用件を言ってくれ」

「優ちゃんだけど、連絡先が分かるかもしれないぞ」

「まさか」私は思わず呟《つぶや》いた。瀬波優——美紀の本名——の情報について、疋田は「現在の情報源では、それ以上割り出せない」と言っていた。別の情報源を確保したのだろうか。そこまでは頼んでいなかったのだが……。

「何がまさかなんだ」

「まだ調べているとは思わなかったんだ」

「ちょいと興味を引かれたんでね。偽名を使う人はたくさんいるけど、こういうケースは珍しい。何か怪しいよな」

「そうかもしれない」

「連絡先を言おうか？」

「いや、メールしてくれないか。今、手元にメモ帳がないんだ」

「了解……これで、コーヒーは何杯タダになるんだ？」

「それは、彼女と話してみないと分からない」

「じゃあ、話してから見積もりを出してくれ」

疋田はいきなり電話を切ってしまった。店に戻って席についた直後、メールの着信音が響く。内容は、優の前のものと違う携帯電話の番号だったが、これはどうやって割り出したのだろう。

いずれ電話すべきだろうと思う。彼女の狙いは気になっていたから……しかし当面は、やるべきことがある。

武本は戻って来ていた。手にはノートパソコンを持っている。手書きの日記帳を想像していたのだが、彼はパソコンで日記をつけていたようだ。これなら検索も楽だろう。

「あった、あった」武本はほっとしたような表情を浮かべている。「黒子で検索したら、すぐに出てきた」

「いつでした?」

「十年――いや、もう十一年前の十二月だね」

「何が起きたんですか?」

「そこまで詳しいことは書いてないけど、こういう感じだね」

武本はノートパソコンの向きを変えて、私に直接見せてくれた。プライベートな日記なのに……と思ったが、どうやら人に見られて困るようなことは書いていないようだ。業務日誌のようなものだろうか。

12月3日：近所に住む「水田さん」のことを訊ねて来た人がいた。名乗らなかったので不快な感じ。話してた感じではマスコミ関係者だろうか。顎に目立つ黒子あり。今後も近くで見かけるようなら要注意。

顎の黒子は、確かに田澤の特徴だ。

「あまりいい印象は持ってなかったようですね」そもそも数年前ではなく十一年前か……人間の記憶とは実に曖昧なものだ。

「ちょっとしつこかったね」武本が苦笑する。「思い出したけど、こっちが話すのはさも当然、みたいな感じだった。そういうタイプ、いるよね」

「ええ」

「確か、水田さんもその頃引っ越してきたんじゃないかな」

「それも間違いないですか？」

「引っ越し蕎麦を届けたんだ……ちょっとパソコンを貸してくれ」武本はすぐにまた、検索を始めた。結果に納得したようにうなずく。「やっぱりそうだ。最近は引っ越し蕎麦の注文は珍しいから覚えていたんだよ」

「確かに、最近は聞きませんね」

「せいろ十二人前だよ？　びっくりしたね」

「十二人は……いくら何でも多過ぎませんか？」家族全員と引っ越し業者の分だろうか。

「まあ、誰がいるか見たわけじゃないけど、引っ越し自体はもう終わってた」

「その後出前をしたり、水田さんが店に来るようなことはなかったですか？」

「何度か……あったかな？」

「間違いないですか？」

「いつも着物を着て来るような人は見間違えないよ」

私はうなずいた。この店を見逃していたか、と悔いる。それほど熱心に聞き込みをしていたわけではないが、もっと早く武本に確認できていれば、水田の情報が分かったかもしれない。

しかし武本は、水田と話したことはほとんどなかった。水田はこの店に来る時、ほぼ一人だったという。ランチタイムは外して午後二時頃来店し、酒を一本、つまみを食べてせいろで締める――蕎麦屋で軽く酒を呑む時の定番のやり方だが、私の感覚では随分気取っている。ただし武本によると、そんな風に酒を呑む人は案外多く、水田がいつも着物を着ていなかったら、他の人と見分けはつかなかっただろう、という。

「どんな感じの人ですか？」

「着物を着ている人……いやいや、冗談じゃないよ。そんな人、今は滅多に見かけないだろう？」

「十年以上、通っていたんですよね？」その間、いろいろなことがあったはずだ。妻を亡くしたり、病気をしたり……。

「通う、というほど何回も来てなかったと思うよ。うちの蕎麦は、口に合わなかったのかもしれないね」

「美味いですけどね」

「美味いかどうかは、人によって違うんだよ。好みの問題だからさあ」

さすがに武本も、それ以上のことは思い出せなかった。それでも私には、十分過ぎるほどの収穫だった。十年以上前——つまり私と出会う前、田澤は水田の周辺を嗅《か》ぎ回っていた様子である。目的は分からないが、ここでまた宇梶派の問題が浮上してくる。政界フィクサーとして宇梶派と非常に近かった水田。宇梶派の若手ホープと呼ばれた代議士の秘書が自殺し、それを取材していた田澤。もしも自分に伝手《つて》があれば、十一年前の自殺についてひっくり返してみるところだ。田澤の動き——どうして日本を離れてあの国へ行くことになったのか、分かるかもしれない。

礼を言って店を出た途端、寒気のようなものが襲ってくる——いや、これは冷たい雨によるものではない。私は慌てて、明日花の肩を押して店の中に戻した。

「何よ」乱暴にされて、明日花が文句を言った。

私はゆっくりと店の戸を閉め、唇の前で人差し指を立てた。異変に気づいた武本が近づいて来る。私は明日花の顔を真っ直《ます》ぐ見ながら指示を出した。

「今から五分だけこの店で待って、その後で裏口から出してもらえ。それまでは、店の中でじっとしてるんだ」

「何——」

「いいから、言う通りにするんだ」

「真さん、一体何事だい？」武本が不審そうに訊ねる。

「お願いします」武本に向かって頭を下げる。「五分だけ、ここにいさせて下さい」

「何かやばいことなら、警察に通報した方がいいんじゃないか？」

「今、神田署は大変な人手不足なんです。言うことは聞いてくれませんよ——お願いします」

私は大きく引き戸を開け、外へ出た。雨は激しい——しかし傘はささず、コートのフードを頭に被《かぶ》って早足で歩き出した。予想した通り、視界の片隅で男が一人、動き始める。私を脅しに来た男ではないかと思ったが、明らかに体形が違う。あの男は中肉中背だったが、私を尾行し始めた男はもっと小柄だ。特に尾行のテクニックを身につけているわけではないようで、それなりの距離を保って歩いているだけ。

私はすぐに角を曲がった。そのまま私の店から離れる方向に歩き続ける。少しだけ歩調を早めたが、男は依然として尾行を続けている。警察官ではない、と判断した。警察官なら、もっと上手く尾行するだろう。

角を二、三回曲がって男をかく乱した。当然私が店に戻るものだろうと思って尾行しているはずだが、店からは遠ざかる一方である。しかし、このままずっと歩き続けるわけにもいかない。コートは防水でもないので、ずぶ濡れになるのは時間の問題だ。勝負をかけることにした。本郷通りまで出て右へ曲がり、またすぐ右折して本郷通りから離れる。その角のビルの陰で待ち伏せした。体を壁にぴたりとくっつけ、そのタイミングを待つ。相手のやり方が素人臭いことから、こんな適当な方法でも引っかかるとは思っていたが――当たった。

角を曲がって来た男の肩を摑み、体《たい》を入れ替えて壁に押しつける。やはり先日の男ではなかった。

「何のつもりだ」胸ぐらを摑み、顔が歪むほど力を入れる。「用事があるなら、正々堂々と顔を見せろ」

男がいきなり、足を蹴り出した。浅く、しかし確実に私の脛《すね》にヒットする。一瞬力が緩んだ隙《すき》に、男が体を捻《ひね》って私の縛《いまし》めから逃れた。脛の痛みを抱えたまま、私は男を追い始めた。本気の走りになるとかなり速い――少なくとも瞬発力は相当なものだった。しかし、持久力があるかどうか。普段からジョギングしている自分の方が有利なはずだと自分に言い聞かせる。

しかし、男との距離は縮まらなかった。無言とはいえ、大の大人二人が街中で追跡劇を始めたので、歩行者の注意を引いてしまう。知った顔がいれば、前で邪魔するように頼めるのだが……男は突然、雑居ビルの非常階段を駆け上り始めた。馬鹿が……あんな所に上がったら、自分で自分を穴に追いこむようなものだ。私は少し遅れて、男の跡を追い始めた。階段はかなり古く、成人男子二人が全速力で駆け上がると、ぎしぎしとひどい音がして揺れがくる。階段ごと落ちたら洒落《しやれ》にならないと思いながら、私は手すりを握って二段飛ばしで階段を駆け上がり続けた。男の背中が見えてくる……しかし、蹴られた脛が、ひどく痛み始めた。クソ、追いつけるか……。

　非常階段は屋上まで続いている。屋上への入り口は柵になっていて鍵《かぎ》がかかっていたが、男は右手だけをかけて身軽に飛びこえた。足の痛みのせいもあって、私は一瞬遅れてしまう。その間、男は屋上を走って非常階段と反対側の端まで達していた。屋上には薄く水が張っている。私は水を蹴り上げながら男の跡を追った。

　男は一度も振り返らず、屋上の手すりに両手をかけた。走って来た勢いをそのまま利用して飛びこす。

「待て！」

　そこでようやく私は声を上げた。ところがその声が、男に無謀な決心を固めさせてしまったようだった。男は、屋上の縁のごく細いスペースに辛うじて立っていたが、手すりを押すようにして、勢いをつけて飛んだ――死ぬつもりか？　慌てて手すりの所まで駆け寄ると、男は三メートルほど低い隣のビルの屋上に着地したところだった。さして衝撃を受けた様子もなく、狭い屋上を走り出す。私にもやってやれないことはないが、脛の痛みを考えて自重した。折れてはいないだろうが、三メートルのジャンプがどんな影響を与えるかが分からなかった。

一つだけはっきりした。

あの男は、尾行に関しては素人だろうが、身軽さにおいてはプロである。

5

足を引きずりながら店に戻ると、鍵がかかっていた。ほっとしてドアの小さな窓から中を覗きこむと、明日花の姿が見える。無事か……中に入ってしっかり施錠する。

「何だったの……」明日花が不安そうな表情を浮かべて立ち上がる。

「どうも最近、人に嫌われているみたいなんだ」

カウンターの中に入り、救急箱を取り出す。喫茶店をやっていて怪我や病気をすることなどまずないが、身近に薬を置いておくのは警察官時代の癖である。確か、湿布薬が入っていたはず……椅子《いす》に腰かけ、雨で濡れたジーンズを捲《まく》り上げると、脛が赤くなっていた。ただし傷ついてもいないし、腫《は》れ上がっているわけでもない。単なる打撲だと判断して湿布薬を貼《は》り、テーピングテープで固定した。それだけで痛みはだいぶ薄れた感じがする。あとは湿った服を替えれば問題なし。

「ちょっと着替えてくる。鍵は開けるなよ」

「当たり前じゃない」怒ったような口調で明日花が言った。

家にいない間に誰かが侵入していたかもしれないと考え、二階を入念にチェックした。

侵入の形跡はなし。一安心して、乾いたジーンズに穿《は》き替える。コートはハンガーにかけたまま、窓辺に引っかけて干した。

　店に戻ると、明日花はお湯を沸かし、自分用に紅茶を用意している。私の分のコーヒーまで準備してくれれば上出来なのだが、さすがにそこまでは気が回らないようだった。そもそも彼女は、まだ一度もコーヒーを淹れたことがない。

　余ったお湯をもらい、ことさら丁寧に自分用にコーヒーを淹れる。一口飲むと、すっと興奮が落ち着いてきた。

「ねえ、結局何だったの？」

「誰かが俺を見張っていた――君が誰かに恨みを持たれているんじゃない限り」

「何で？　真さん、狙われているの？」

「そんなことをされる理由が分からないけど、相手の狙いまでは読めないからな」テロか殺し、どちらかに関連したことだろうとは分かっていたが……それ以外には、まったく思い当たる節がない。

「大丈夫なの？」明日花が眉をひそめる。

「俺は何とでもなるけど、君には今日から休暇を出す。兄貴に迎えに来てもらおう」

「そんなに危ないの？」

「念のためだよ」私は笑みを浮かべてみせた。かなり無理な笑みだったが。「君子危うきに近寄らず、だ。別に、来たくてここへ来てるわけじゃないだろう？　兄貴には俺から言っておくから」

「真さんが襲われたなんて聞いたら、パパ、失神しちゃうわよ」

「ああ……だろうな」その様子が簡単に想像できて、今度は本当に笑ってしまった。兄は小心者というか生真面目《きまじめ》というか、とにかく昔から、私が無茶をする度に本気で心配していた。警察官になると言った時には大反対、選挙監視団であの国へ派遣されると決まった時には家族会議を招集した。「まあ、オブラートにくるんで言っておくよ」

「私、明日から学校へ行くから」

「おいおい、大丈夫なのか？」

「冬休みも補習だし」

「そんなに成績悪いのか？　この前の試験はどうだったんだ？」

「試験は大丈夫だと思うけど、出席日数がヤバいから……ちょっと先生に目をつけられて」明日花が舌を出した。

「学校はシェルターだと考えればいいんだよ。少なくとも学校にいる限り、安全だろう」

ある程度は——決して百パーセントではない。

「真さんは……」

「自分のことは自分で何とかするさ。でも、明日花がちょっと心配してくれると嬉しいかもしれないな」

「真さんは、自分のことは自分で何とかするんでしょう？　だったら私が心配しても無駄じゃない」

　変に理屈っぽいのはいつも通りで、怯《おび》えてはいない……平常心を保てれば、大抵の危機は回避できる。私は、彼女の中にあるはずの図太さを信じたかった。

　兄を説得するのにやたらと時間がかかった。そもそも、普通に暮らしていて襲われることがあるというのが信じられないようだった。それはそうだ……都庁に勤める普通の公務員が暴力を意識するのは、テレビの画面の中だけだろう。

　しかし、今日だけは兄に迎えに来てもらわなければならない。私と一緒に歩いていると、また狙われるかもしれないし、一人で帰すわけにもいかない。あくまで念のため、単なる用心だから……と説明しながらも、私は店の外を映し出すモニターを目で追っていた。道行く人の姿が映るだけだが。

　ようやく兄を説き伏せ、明日花にしばらく待つように、と言った。

「早退して、今にも迎えに来そうな感じだったよ」

「馬鹿じゃない？」呆れたように明日花が言った。「パパは心配性過ぎるんだよ」

「まあまあ、そう言うなって……たまには親子で夕飯でも食べて帰ればいいじゃないか」

「冗談でしょう？」明日花が目を見開く。「そんなの、気持ち悪いじゃない」

　この反応はまるで中学生だ。それとも最近は、高校生で激しい反抗期がくるのだろうか。いずれにせよ明日花はそれほどショックを受けた様子もなく、スマートフォンを眺めて時間潰《つぶ》しを始める。怯える必要はない、安心しろと自分に言い聞かせていると、藤木から電話がかかってきた。

「今日は夜回りをやることにしたよ」

「雪になるかもしれませんよ」

「雪だからって、テロリストが休むわけじゃないだろう」

「まさか、本気でテロを阻止するつもりなんですか？」

「自分たちの街は自分で守るんだ」

先ほど私も同じようなことを明日花に言ったが、この人は状況を分かっていない……もしもテロリストが重火器を持っていたら、どうするつもりだろう。慌ててその場に伏せても、一斉掃射されたら生き残れない――まあ、この人を止めるのは無理だろう。せめて私が一緒についていって、何とかするしかない。もちろん重火器には対抗できないが、逃げれば何とかなる。危機を察知する能力には長《た》けているつもりだった。

「とにかく、私も一緒に行きますよ。もしも雪になったらどうします？　決行ですか？」

「当然だ」藤木の声は毅然《きぜん》としていた。「ここをどこだと思ってる？　神田神保町だぞ。雪の日向けの装備なんか、いくらでも手に入る」

それは間違いない――三十分もあれば、冬山登山の装備も完璧に揃《そろ》うだろう。ゴアテックス製のジャケットに中綿入りのパンツ、防水性に優れた派手なデザインのブーツにピッケル……そんな格好の一団が神保町を練り歩いていたら、逆に怪しまれる。だが藤木は、やると言ったらやるだろう。自警団意識は変に暴走してしまうことがあるから、今夜の私はストッパー役に徹しなければ。

九時スタートを確認して電話を切る。兄はあと一時間ほどで店に来るだろう。どうせなら三人で食事でもして……と考えた。夜に向けてスタミナをつけるために、キッチンカロリーで「カロリー焼き」を食べてもいい。もっとも、大量の玉ねぎと牛肉、スパゲッティが載ったあの一皿を見たら、明日花は顔をしかめてうんざりするだろう。

三人揃っての食事はパスしよう。兄に説教されるのは目に見えているし……何だかんだで、私はまだ兄に頭が上がらない。

兄と明日花が帰ってから間もなく、本格的な雪が降り出した。大粒の雪で、積もりそうな勢い……この分だとホワイトクリスマスになるかもしれない。もっとも、そんなものは私には関係がないが。客足が落ちることだけが心配である。

冬山登山とまでは言わないが、私は十分な防寒対策を取った。分厚いダウンジャケットにウールのキャップ。ネックウォーマーで首元に寒風が入らないようにする。下は裏地つきのコットンパンツ。さすがに長靴を履くまでもないと思い、足元は編み上げのワークブーツで固めた。滑り止めにもなるごついラバーソールなので、多少の雪なら心配はいらないだろう。

他のメンバーも、私と変わらぬ重装備だった。東京は非常に雪に弱い街で、公共交通機関はすぐにダウンするし、道路はスリップした車で埋め尽くされる。しかし今日は、まだ道路に雪が積もるほどの寒さではなく、車は順調に流れていた。

藤木は、いつもの一時間コースを宣言して歩き始めた。雪の降る夜に「火の用心」もないものだが、他に声のかけようがないから仕方がない。しかしその声も、すぐに出なくなってしまった。人間、寒くなると声も細くなるらしい。藤木も「声を出そう」とは言えず、盛んに両手を擦り合わせている。無言の雪中行軍は、事情を知らない人が見たら不気味の一言だろう。

「しかし、十二月のこの時期に雪は珍しいな」藤木が囁《ささや》くように言った。

「東京の雪は、たいてい一月ですよね」私は伏し目がちに斜め前を見ながら答えた。雪がビル風に飛ばされ、正面から顔に吹きつけてくるのだ。ゴーグルがあれば正面を向けるが、これはしょうがない。さすがに私も、そこまでの用意は自宅にはなかった。

そうやってうつむきがちに雪を避けながら歩いていると、普段よりもずっと足に負荷がかかる。このまま積もると、しばらくはジョギングもできないな、と思った。ビルが多いこの街では、一日中日陰になって陽光が射《さ》しこまないところもあり、積もった雪が一週間ぐらいは消えないのだ。

「今日は、池内さんがラーメンをご馳走《ちそう》してくれるそうだ」

「もう閉店じゃないですか」私は手袋をずらして腕時計を確認した。九時半。池内の店は、九時には閉まる。

「明日は休みだから、特別に延長してくれるそうだ」

「ありがたいですね」

「無事に終わって、熱くて美味いラーメンを食いたいね」

何もなく終わるだろう。私はずっと次のテロを心配してはいたが、実際に街を回ってみると、そんなことが起きそうな気配はない——いや、気をつけろと自分に言い聞かせる。あの国で起きた二度の爆弾テロも、予兆はまったくなかったのだ。

ふと、田澤とのやり取りを思い出す。あれはテロの二週間ほど前だったか……田澤が「面白い海賊盤が手に入った」と、自分のホテルに私を招いてくれたのだ。その時彼が呑んでいたのは、カルヴァドスだった。

「こいつも美味いけど」ホテル備えつけのプラスティック製のコップにブランデーを注ぎながら、田澤が言った。「そろそろ日本酒が恋しくなってきたな」

「日本酒が好きなのか？」

「そういうわけでもない。だいたい悪酔いするしな。でも、日本を離れていると、不思議と懐かしくなるんだ。あんたは？」

「俺は元々ウィスキーかビール専門だから」

「ブランデーだと甘過ぎないか？」

「もう慣れたよ。あんたはそろそろ、日本に帰りたくなってきたんじゃないか？」

「そう……いや、帰らないけどね」

カルヴァドスを一口舐め、田澤が立ち上がる。彼はMP3プレーヤーにポータブルスピーカーを組み合わせて使っていた。レコードの音質には全然敵わないけどな、と毎回言い訳するように言っていた。それは確かだが、この国で、こういう状況で、ちゃんとしたオーディオシステムで音楽を聴くのは不可能に近い。

スピーカーから流れてきたのは、馴染《なじ》み深いイントロだった。かなり深く歪みがかかったギターのリフにベース、ドラムの分厚いリズムが被さり、さらに軽やかなコーラスが入る、ゆったりしたブギー『メタル・グルー』。音質はよくない。それに各楽器のバランスもバラバラで、ギターの音だけが突出して大きく聞こえた。そのうち、「マーク！」と叫ぶ声……日本人の発音だ、と気づく。

「T・レックスの日本公演？」

「一九七三年の武道館公演のものだって言われてるけど、本当かねえ」田澤が首を傾げながら声を張り上げる。「録音状態はいかにも当時の物っぽいけど……まあ、珍品ということで」

それからしばらく、私たちはT・レックスの代表曲の数々に耳を傾けた。ヒット曲がいかに多いかに気づく。『ゲット・イット・オン』、『チルドレン・オブ・ザ・レボリューション』、それに『テレグラム・サム』。ワンパターンな曲調と言えばワンパターンなのだが、甘ったるいマーク・ボランの声質は耳触りがいい。スタジオアルバムでは、ヘヴィなギターにストリングスを絡ませるという斬新《ざんしん》なアレンジが多いのだが、ライブではごく普通のロックバンドである。これはこれで、シンプルでいい。

「確かに珍品だね」私も同意せざるを得なかった。

曲の切れ目で、突然銃声が響く。最初に聞いた時には思わず首をすくめてしまったのだが、すっかり慣れた……今回はかなり遠い。このホテルに影響が出るようなことはないだろう。

田澤が立ち上がり、窓辺に寄った。カーテンを細く開け、外に視線を向ける。

「危ないぞ」私はすかさず忠告した。

「今の音だったら、ここまで流れ弾は届かないよ」

「……そうだな」

考えてみればとんでもなく危険な――浮世離れした会話なのだが、私は違和感を抱かなかった。田澤も同じようで、私たちの会話は明日の天気を話題にするような調子だった。

「しんどくないか？」田澤が椅子に腰を下ろし、カルヴァドスの入ったコップを手にした。

「何が？」

「こんな訳の分からない国で、訳の分からない仕事をして」

「仕事は分かりやすいよ。選挙に向けた準備だけだから」

「要するに不正の監視だろう？　不正が起きて当然だと思うけど、結果が滅茶苦茶になったらどうするんだ？」

「その時はその時だ。俺は、判断する立場にない……そっちこそどうなんだ？」

「何が？」

「こんな国で、何を取材してるんだ」

「いろいろ――こういう動乱期には、面白い話がたくさんあるんだ」

頻繁に起こる銃撃戦、マーケットの殺伐とした雰囲気、親を失って街をうろつく子どもたち――「面白い」とは言えないだろう。だが、ジャーナリストの視点は私とは全く違うはずだ。

アルバムが終わり、部屋を静寂が包む。田澤はいきなり立ち上がり、「ちょっと歩こうか」と誘ってきた。

「これから？　もう危ない時間帯だぞ」

「どうせあんたは、宿舎まで歩いて帰るんだろうが」田澤が指摘した。「送ってやるよ。俺は暇なんだ」

「じゃあ、行こうか」私も立ち上がった。彼の言う通り、夜の時間はひたすら暇なのだ。先ほどの銃声は単発だったし、危険もないだろう。おそらくあれは「景気づけ」だったのだ。

十一時近いのに、外の空気は湿気を含んでずっしりと暑かった。歩き始めると、途端に額に汗が滲んでくる。しかしこの国の人たちが汗をかいているのを見たことはない。この環境に生まれ、長く暮らせば慣れるものだろうか。

「そう言えば、もうすぐクリスマスだな」既に足元が危うくなっている田澤がつぶやく。

「何だよ、唐突に」

「イスラム圏のこの国だと、クリスマスはどうなるんだろう」

「さあ」

「不思議なんだよ」うつむきがちに歩きながら田澤が続ける。普段から饒舌《じょうぜつ》な男なのだが、今日は特に話したがっているようだった。「イスラム教もキリスト教も、根っこは同じ宗教じゃないか。ユダヤ教もそうだけど、神様は同じなんだから。それが、歴史の中で全然変わってしまって、争いの原因にまでなっている。妙な近親憎悪だな」

「そんな話を書くつもりなのか？　日本では受けないよ」

「分かってるよ」田澤が苦笑した。「俺は宗教の問題にも関心があるけど、一般の人はそれほどじゃないだろうな」

「でも、あんたはそれなりに調べてるんじゃないのか？」

「そりゃそうだ。この国のベースにはイスラム教があるんだから。まずそれを知らないと、この国は理解できないよ。この半年で、俺はイスラム教にはずいぶん詳しくなったぞ。こういうのは、日本でただ本を読んでるだけじゃ分からないもんだな。現地で地元の人に教えてもらうのが一番だ」

「モスクにでも出入りしてるのか？」彼がモスクに入りこんだら、地元の人は違和感を覚えないだろうか……。

「モスクにも行くさ。人にも会う。それが取材ってもんだから」

「あんたの一番の関心事は、イスラム教とこの国か？」

「今は政治かな」

「この国の政治？」

「全部ひっくるめて。こういう、揺れ動いている状態は面白いぞ。選挙は無事に終わっても、方向性が決まるにはまだ時間がかかるだろう。でも俺は、いつまでもいるわけじゃない。何年もここにいて見守るのは無理だよ」

「もう、半年ぐらいになるんだろう？」以前、梅雨時の日本を脱出してきた、と言っていた。

「ああ」

「ずいぶん長いよな」

「長いけど、何となく帰るきっかけがないというか……案外平気なもんだね」

「いろいろ不便だろう。ホテル暮らしで、自分で身の回りのことを全部やらなくちゃいけないとなったら、俺なんかストレスで死にそうだな」

「国連職員は甘やかされてますなあ」

田澤が声を上げて笑う。確かに……宿舎はセキュリティがしっかりしたホテルだし、食事や洗濯に煩《わずら》わされることもない。変な話だが、昔の宗主国・フランスから派遣されてきた高級官僚たちは、こういう暮らしをしていたのかもしれない。

「だけど、本当にどうしてるんだ？　このホテル、クリーニングもやってくれないんじゃないか？」

「五つ星ってわけじゃないから……まあ、俺は真さんよりは生活能力があるからね。どんな環境にもアダプトできる」

「そのコツは？」

「いい人間関係を築くことだな」

その一言で、私は彼がこの国でそれなりに快適な暮らしを送っている背景を察した。

「女だな？」

「まあね」田澤があっさり認める。

「いいのかよ。日本には婚約者がいるんだろう」

「まあ、それはそれ、これはこれで……」田澤が居心地悪そうに体を揺らす。

「この国の人？」

「あまり詮索《せんさく》しないでくれよ」田澤がうつむいた。「言いにくいこともある」

「帰国する時に、厄介なことになるんじゃないか？」

「その辺はちゃんとする――」

田澤が言葉を濁す。私は追及を諦めた。異国の地でいかに親密になっても、向こうが積極的に喋っているのでない限り、突っこみ過ぎは禁物だ。

田澤と女……首を振って想《おも》い出を追い払い、足元に意識を集中する。ボタン雪が降る神保町は、危なっかしくてしょうがないのだ。夜回りの一団は目に見えて疲弊している。私も威勢のいいことは言えない……足取りは重くなり、むき出しの顔が痛いほど冷えている。終わった後のラーメンもいいが、とにかく熱い風呂《ふろ》に飛びこみたかった。残念ながら私の家の風呂は古いタイプで、タイマーでは用意できないので、家に帰ってから準備をしなければならないのだが。

「どうだい、何か予感はしないかい?」藤木が話しかけてきた。

「今夜は大丈夫でしょう」

「こんな雪の日に、騒動を起こす人間はいないのかね」

「どうですかね」

私は答えを濁した。雪になると、都市部では様々なものが麻痺《まひ》する。消防や警察の動きも鈍くなるわけで、仮にテロが起きれば、対応が遅れることも十分考えられる。

「何となく、こういうことはうやむやに終わるんじゃないかな」藤木がつぶやく。

「犯人が見つからずに、ということですか?」

「そう。未解決事件っていうのは案外多いんじゃないか?」

「否定はしませんけど……テロはともかく、水田さんが殺された一件は何とかなるんじゃないですか?」

「警察はもう、手がかりを摑んでいるのかね?」

「いや、テロの捜査よりは殺人事件の捜査の方に慣れているだけの話です」ただし、その

るからだろう。本筋の捜査で動きがないから、余計なことに手を出した――。焦《あせ》ってい

「慣れ」も役に立ってはいないようだが。村越が私のところを訪ねて来たのも、

　今日のゴール地点、池内のラーメン店が近づいて来た。ラーメンより風呂と思っていた

が、いざラーメン屋の灯《あか》りが見えると、あの濃厚な味が恋しくなってくる。夜回りの一団

も、ふっと気合いが抜けたようだった。笑い声が上がり、話す声も大きくなる。誰かが、

「最後の締め」といわんばかりに「火の用心」の声を張り上げた。

　駿河台下の交差点を渡る。池内のラーメン屋はもう直ぐ側《そば》だ。その時私は、異音に気づ

いた。エンジンが無理に回転数を上げているような音……後方から聞こえてきたその音は、

急激に大きくなってきた。私は思わず、隣を歩く藤木に身を寄せた。

「変な音、しませんか？」

「――確かに」藤木が眉根《まゆね》を寄せた。

　振り向くと、ヘッドライトの光に目をやられた。降りしきる雪に乱反射しているせいか、

普通よりもずっと眩《まぶ》しい。猛スピードで交差点の赤信号を無視し、千代田通りに突っこん

でくる車……暴走車？　JR御茶ノ水駅から駿河台下の交差点まで続く道路は長い下り坂

だから、雪でブレーキが利かなくなったのかもしれない。

「危ない！」

　私は声を張り上げた。夜回りの人たちが一斉に振り返る。慌てて反応して、全員が建物

の方に身を寄せた。しかし車は――軽トラックだと分かった――コントロールを失ってい

るわけではなかった。交差点を通過すると音を立ててブレーキをかけ、一気にスピードを落とす。スリップしている様子はなかった。路肩に寄せて停《と》まるかと思った瞬間、左に急ハンドルを切り、ガードレールの切れ目に突っこんでいく。街路樹に接触して激しい音をたてたが、そのまま歩道に面したビルの一階に突入する――よりによって池内の店だ。ブレーキをかけてはいた。スピードは緩んだものの、運転席が店の正面のガラス扉をぶち破る。店内にまで入りこんだわけではないものの、ガラス扉は完全に崩壊していた。中から、湯気がもうもうと出てくる。

「危ない！」

誰かが叫ぶ。それで私は正気を取り戻し、店に向かって駆け出した。中にはまだ池内がいるはずだ。

運転席側のドアが開き、黒ずくめの服を着た男が飛び出して来た。そんなことより、車をバックさせるのが先だろう。パニック状態に陥っているのかと思ったが、男はいきなり走り出した。当て逃げ……男を追うべきか、池内の無事を確認するべきか迷って、一瞬スピードが落ちた時、突如軽トラックの荷台から火の手が上がった。激しい爆発音。炎はビルの三階にまで届き、道路に面した窓ガラスが一瞬にして割れ落ちた。悲鳴。怒声――二度目のテロだ。

炎の勢いは激しく、しかもビルに燃え移っている。店の看板が燃え始め、すぐに前面が炎に包まれた。まずい……池内の店に、裏口はあっただろうか。もしも裏口がなければ、炎のカーテンに阻まれて脱出できなくなる。私は体が震えだし、口の中がからからになるのを感じた。

熱い……炎に近づき過ぎているのだと分かってはいたが、動けない。頭と体が分離してしまったようだった。しかしすぐに、頭からの命令に体が反応した。一歩、二歩と後ずさって炎から遠ざかり、踵《きびす》を返す。

夜回りグループは全員、その場で固まっていた。爆発のショックで歩道にへたりこんでいる人もいるし、ビルの壁に体を押しつけている人もいる。怪我人はいないようだが、このままだと危険だ。

「逃げて下さい！」私は叫んだ。

「中に池内さんがいるぞ！」藤木が悲鳴を上げた。

「我々ではどうしようもありません。消防と警察に通報して下さい」

「助けないと……」

「二回目の爆発があるかもしれません。最初のテロを思い出して下さい」

「近くで消火器を借りて、何とかしよう」藤木が気丈に一歩を踏み出したが、私は両手を広げて彼を止めた。

「消火器では無理です。離れて、消防を呼んで下さい」

「しかし……」

「駄目です！」

私が眼前で大声で叫ぶと、藤木がはっとしたように目を見開いた。すぐに携帯電話を取り出す。だが、ボタンを押そうとする指が震えて、上手くいかなかった。

「一、一、九です。消防です！」番号を区切って言ってから、私は駆け出した。

「真さん！　どこへ行く！」藤木が叫んだ。

振り返る余裕はない。軽トラックを運転してきた人間は、まだこの近くにいるはずだ。もしも、逃走用に別の車を用意していなければだが。

テロリストの尻尾を掴んだ。これを放したら、私は一生後悔するだろう。薄《うっす》らと白くなった歩道が心配だったが、今は滑ることは考えずに走り出した。頭を下げ、しかし視線は前を向き、前傾姿勢を取ることを意識する。

男の背中が見えた。千代田通り沿いの歩道を走ってはいるものの、特に雪道用の装備はしておらず、スピードが上がっていない。時に、薄く雪が積もった場所を踏んで、滑りそうになる。それでも、私が追いかけていることには気づいていない様子で、比較的ゆっくりしたペースで走り続けていた。

声を上げたい。相手を焦らせたい――その欲望と戦いながら、私は次第にスピードを上げた。

逃さない。絶対に、お前をこの手で捕まえてやる。

第5章　帰って来た男

1

　走りながら、私は男の様子を素早く確認した。小柄。丈の短いダウンジャケットとジーンズ、ニットキャップは全《すべ》て黒。白く染まりつつある世界で、非常に目立つ。雪の中を走るのに精一杯で、私に気づく様子はない。

　男は、次の信号で左へ曲がった。千代田通りへ向かって一方通行の二車線道路で、このまま真《ま》っ直《す》ぐ走ると、東京電機大の跡地にたどり着く。

　角を曲がったタイミングで、男の頭から帽子が滑り落ちた。慌てて立ち止まり、帽子を拾ったところで、五メートルまで詰め寄っていた私に初めて気づく。一瞬凍りついたのを見て、一気に追いついた。肩に手をかけたものの、男が素早く身を翻す。私は姿勢を低くして、男の腹のあたりにタックルを見舞ったが、倒しきれなかった。男が私の首筋に肘《ひじ》を落としたので、胴を摑《つか》んでいた手が外れてしまう。その隙《すき》に、男が一気にダッシュする。

　クソ、今のはなかなかの一撃だった……私は思い切り首を振り、追跡を再開した。しかしその時には、男は既に車に乗りこんでいた。ここに逃走用の車を用意していたのか……。車が急発進して私の方へ向かってくる。運転席にももう一人——実行犯と、テロ現場からの逃走を手助けする共犯。前回もこの二人による犯行だったのだろうか。

私は車の前に立ちはだかった。急ハンドルで車がバランスを崩すのを期待したのだが……車は真っ直ぐ突っこんでくる。命をかけたチキンレース——私は、ぎりぎりまで待ってジャンプし、ボンネットに飛び乗った。振り落とされないように必死に腕を伸ばし、サイドミラーを左手でしっかり掴む。右手を伸ばし、運転席の視界を塞《ふさ》ぐと、運転手がワイパーを動かし、それが顔にぶつかった。ふざけるな……ワイパーを右手で掴み、強引に捻《ね》じ曲げる。

車は右、左と急ハンドルを切ったものの、他の車が邪魔になって、極端な蛇行《だこう》運転はできない。信号のある交差点がすぐ近くだ。どうするつもりだろう……何とか振り返ると、信号は赤だった。

しかし車はスピードを上げて、交差点に突っこんでいく。私は素早く周囲の状況を確認した。青信号なので千代田通りの車は普通に流れており、右側からは一台のトラックが突っこんでくる。間に合わない——車が急ブレーキをかけ、私はそのタイミングで左側に身を投げ出した。肩から道路に落ち、激しい衝撃と痛みが走る。そのまま転がって車から逃れた次の瞬間、激しい衝突音が響いた。

トラックが横腹にぶつかり、車は横倒しになっていた。タイヤが空転し、割れたガラスが道路に散乱している。クラクションが鳴り響き、私は呆然《ぼうぜん》としてその場から動けなくなっていた。

車は運転席側を上にして横倒しになっている。運転席のドアがゆっくりと開いた。あの体勢からドアを上に押し開けて脱出するのは相当難しい――私はよろよろと立ち上がり、足を引きずりながら車に向かった。トラックの運転手が、真っ青な顔で車に近づいて来る。

「動かないで！　危険です！」大声を上げると、運転手の動きがぴたりと止まる。

私は車によじ登り、運転席のドアを思い切り引き上げた。目出し帽を被った男がこちらを見る。私は片手でドアを押さえたまま、男の腕を摑んで思い切り引っ張り上げた。腕と肩が激しく痛んだが、雄叫《おたけ》びを上げ、力を緩めない。トラックの運転手が手を貸してくれ、何とか目出し帽の男を外へ引きずり出した。男が万歳する格好で、頭の方からアスファルトに落ちる。先ほど軽トラックをラーメン屋に突っこませた男は、助手席で固まっていた。というより、気を失っているようだ。

私は、目出し帽の男を無理やり立たせると、全体重をかけて腹にパンチを叩《たた》きこんだ。男が体をくの字に曲げ、アスファルトに膝《ひざ》から崩れ落ちた。

「おい、あんた――」トラックの運転手が非難の声を上げる。

「ロープはありますか？」

「ロープ？」

「トラックなんだから、ロープぐらいあるでしょう。早く！」

私が怒鳴ると、運転手が慌てて自分のトラックに駆け戻る。助手席によじ上ってドアを開けると、頑丈そうなナイロン製のロープを持って戻って来た。私は素早く、目出し帽の男の腕を背中側に回して縛り、ロープの端を車のサイドミラーに結びつけた。不十分な拘束だが、男もショックとダメージを負っているようだから、これで十分だろう。

もう一人、助手席にいた男が意識を取り戻して、何とか脱出しようと足掻《あが》いていた。この車は実質的に「檻《おり》」になっており、自力での脱出は不可能だろう。男を無視して、私は先ほど軽トラックが突っこんだビルを見た。火勢はまったく衰《おとろ》えておらず、ビルの壁を炎が舐《な》めている。藤木が消火器を使っていたが、まさに焼け石に水の状態だった。そのうち、軽トラックから新たな火の手が上がる。藤木が慌てて後ろへ跳びのき、その勢いで腰から歩道に落ちてしまった。

私は激しい憎悪を感じた。まだ戸惑っているトラックの運転手に、「ライターはありますか?」と訊《たず》ねる。運転手は困惑の表情を浮かべたまま、シャツの胸ポケットから百円ライターを取り出した。受け取ると、私はまた車によじ登り、運転席のドアを押さえたまま中を見下ろした。ライターに着火し、車内に炎を差し入れる。

「生きたまま焼き殺される恐怖を考えたことがあるか?」

男は何も答えない。周囲にガソリンの臭いが漂っていた。気化したガソリンに、この小さな火が引火して爆発する恐れもある——。

「お前が何をしたか、これから全部喋《しゃべ》ってもらう。覚悟はできてるんだろうな!」

いきなり、後ろから腕を引っ張られ、その拍子にライターを落としてしまう。クソ、もっと精神的な拷問を続けてやるつもりだったのに。

振り返ると、トラックの運転手が困ったような表情を浮かべていた。

「それは……まずいでしょう」

冷静な一言。それで私は我に返った。短く深呼吸し、運転手に頼みこむ。

「ちょっとここを見ていてもらえますか？　警察はすぐに来ますから」

言い残して、激しく燃えるビルの方へ戻った。もしかしたらこのビルには、裏口があったかもしれない。とにかく池内の無事を確認しないと……しかし二度目の爆発で、火の勢いはさらに激しくなっていた。とても近づけないし、消火器ぐらいでは対処できそうにない。

消防車のサイレンが聞こえてきた。あとは任せるしかない……私は車の中に上半身を突っこみ、軽トラックの男の胸ぐらを摑んで思い切り力をこめ、引っ張り上げた。ふと、恐怖が全身を満たす。もしもこの男が、腹に爆弾を抱えていたら――そういう自爆テロは、紛争地では日常茶飯事なのだ。

日本は紛争地ではないが、今この場所は戦場である。

男は啞然《あぜん》とした表情を浮かべたまま、引っ張られるがままになっていた。開いたドアの隙間から出る時に、ドアに右腕がぶつかり、鋭い叫び声を上げる。見ると、右肘がありえない方向へ曲がっていた。

「軽傷でよかったな」私は皮肉を飛ばしてから、彼の左手首をロープで縛り、端をサイドミラーに結びつけた。右腕は使い物になりそうにないから、これだけでも大丈夫だろう。

もう一人の男の目出し帽に手をかけ、思い切り引き上げる。誰《だれ》の顔が出て来るかと心配だったが、知らない人間だった。分かるのは、二人とも日本人らしい、ということだけである。ただ、まだ二人とも一言も発していないので、確証はない。

目出し帽の男のコートの前を乱暴に開け、身体検査をした。財布も携帯もなし……身元に繋《つな》がりそうなものは何も持っていない。当たり前か。テロ事件を起こす時に、そんな物を持って来る人間はいない。

本格的な消火活動が始まる。放水の最初の一撃が建物に当たった瞬間、一段と高く炎が燃え上がった。人の命を奪うのに十分な火勢……クソ、池内は無事なのか？

私はその場を離れて、ふらふらとビルの方へ歩き出した。パトカーも到着しているから、テロの実行犯二人を引き渡さねばならないが、今はとにかく池内が心配だった。

現場に近づくと、消防士に「近づかないで下さい！」と止められたが、「知り合いが中にいる」と言い張って強引に現場に入って行った。炎を横目に見ながら、駿河台下の交差点の方へ退避している藤木たちのもとへ向かう。私に気づいた藤木が、いきなり両腕を交差させてバツ印を作った。駄目か……思わず足が止まってしまう。

現場は霧がかかったようになっている。降りしきる雪が炎で一瞬のうちに蒸発し、水蒸気になって漂っているのだろうか。

歩き出す。どこかで右足を痛めたようで、どうしても足を引きずりながらのろのろとしか進めなかった。藤木の元へ辿《たど》り着くと、彼が心配そうな表情を浮かべる。

「真さん、ボロボロだぞ」

「そうですか？」

「膝、どうした？」

「ちょっと車相手に格闘しました」

「さっきの事故か？」

「まったく、不注意な連中ですよ」

藤木が疑わしげに私の顔を見た。彼の顔にも煤《すす》がつき、奇妙な陰影が生じている。

「藤木さん、顔が汚れてますよ」

「ちょっと近づき過ぎたんだ」藤木が、右手の前腕部で顔を擦った。

「中、駄目ですかね……」

「厳しいと思う。あのビル——店には裏口がないはずだ」

「出て来なかったんですね？」

「ちょうど、軽トラックに入り口を塞がれた格好になったんだ……」藤木が拳《こぶし》を口に押し当てた。目は涙で濡《ぬ》れている。

「我々ではどうしようもなかったんです」

それは間違いない……しかし私は、無力感を抱かざるを得なかった。本当は何とか、池内たちを助け出せたのではないか？　もっと知恵を絞り、しっかり考えれば、何か手が見つかったのではないか。

ふらりと景色が揺れる。次の瞬間、傷めた右膝がアスファルトにぶつかった。

2

気づくと病室にいた。消毒薬の臭《にお》いは、嗅《か》いでいるだけで病気になりそう……しかし自分がどこにいるか気づいた私は、もう一度目を閉じた。ここ最近感じたことのない安心感。病院にいる限りは安全だろう。

あの国でもそうだった。自爆テロの後、私は結局一日だけ入院して検査を受けた。病院にいる安心感は何とも言えず、それだけで癒《いや》されるようだった。

眠れなかった。目を閉じたと思った瞬間、ドアが乱暴に開く音がして、眠りから引きずり出されてしまったのだ。

兄の拓が部屋に入って来る。まずいな……今、一番会いたくない相手だ。兄の相手をするぐらいなら、まだしも警察の追及をのらりくらりとかわしている方がましである。

「真、無事なのか？」兄の顔は真っ青だった。

「ご覧の通り」私は肘を使って上体を起こした。兄が慌てて手を貸そうとしたが、首を振って断る。痛みが残っているのは右膝と頭だけで、他には特に怪我《けが》はないはずだ。

何とかベッドの上であぐらをかいて座った。頭を振って頭痛を追い出したかったが、大事を取ってじっとしている。傍《そば》のテーブルにペットボトルがあるのに気づき、左腕を伸ばして摑んだ。水ではなくスポーツドリンク……この方がありがたい。キャップをひねり取り、一気に半分ほどを飲む。体の隅々まで、一気に水分が沁《し》みこんでいく感じがたまらない。

「何でここにいるんだ？」

「藤木さんという人から連絡を貰《もら》った」

「ああ、そうか……」藤木には面倒をかけた。後できちんとお礼を言っておかないと。

「何でこんなことになったんだ？」

「それは、俺の方が聞きたいぐらいだよ」

「新聞を読んでもさっぱり分からない」

「新聞、持って来たのか？」

「お前が読みたがると思ってね」

私はすぐに新聞を受け取った。ふと兄の顔を見ると、妙に老けているのが気になった。昨日会ったばかりなのに、まるで病気療養中のような雰囲気である。

「兄貴、何かあったのか？」

「何が」兄が不思議そうに目を細める。

「何だか疲れてるけど」

「明日花のことを考えると、疲れるんだよ。まったくあいつは、とんでもないストレッサーだ」

「気にし過ぎだよ」そういう性格だから仕方ないとも思ったが、私は思わず苦笑してしまった。「放《ほう》っておけばいいじゃないか。そのうち自然に立ち直るから」

「そんな気楽なもんじゃない。だいたい——」

「分かった、分かった」私は首を振った。案の定、眩暈《めまい》が襲ってくる。「家庭争議の相談は後で受けるから、とにかく新聞を読ませてくれ」

一面だった。左肩に、現場写真つきで載っている。池内の店が入ったビルが燃え上がる、生々しいカラー写真。

またテロか　二人死亡

黒地に白抜きの見出しを見た瞬間、私は新聞をきつく握り締めてしまった。皺《しわ》が寄り、記事の端の方が読めなくなる。クソ……分かってはいたことだが、新聞で改めて読むとショックが大きくなる。

何とか新聞を広げて記事を読んでいくと、池内と店員の合わせて二人が逃げ遅れて焼死したこと、現場近くで犯人と見られる二人が身柄を拘束されたが、まだ身元も分かっていないことなどが書かれていた。社会面では現場の様子を詳しく書き、前回のテロとの共通点などを説明していた。

「警察が、うちにまで電話してきたぞ」

「マジか」

「電話されても困るんだが……」

「当たり前だ。兄貴は何も知らないんだから」

「とにかく、これからここへ事情聴取に来るようだ。ちゃんと話してやれよ」

「それは向こうの出方による。ふざけたことを言ってきたら、それなりに対応するよ」

「お前は元警察官だろうが。警察の仕事の重要性はよく分かっているだろう」

「警察官には、礼儀の基礎も知らないクソ野郎も多いんでね。そういう奴らには協力してやる必要はない」

「おいおい……」

「俺のスマートフォンは無事かな」

兄が黙って立ち上がり、小さなロッカーを開けた。昨夜着ていた服がかかっている。そこを漁《あさ》って、スマートフォンを取り出した。

「使えそうだぞ」

「ちょっと電話する」

「病室で電話はまずいだろう」兄が眉《まゆ》をひそめる。

「非常時なんだ。顧問弁護士に連絡する」顧問弁護士・疋田……頼りになるのかならないのか、さっぱり分からない。だが、この件に兄を巻きこむわけにはいかないのだ。

「弁護士が必要なことなのか？」

「それは分からないけど……それより今、何時なんだ？」

「壁を見ろ」

午前七時……おそらく兄は、一晩寝ずに過ごし、朝イチで家を出て来たに違いない。これから仕事だというのに。

「ここ、どこの病院なんだ」

「西新宿」

都庁のすぐ近くだ、と私はついニヤリとしてしまった。

「じゃあ、兄貴は遅刻しないで済むな……それより、腹が減った」

「病院の朝飯が出るだろう」

「あんなもの、食べ物のうちに入らないよ」お粥《かゆ》でも出されたら、たまったものではない。内臓は何ともないのだから、とにかく腹に溜《た》まる物を食べたかった。「取り敢《あ》えず、ここを出る」

「まだ朝の診察が終わってないぞ」兄が眉をひそめる。

「本人が大丈夫って言ってるんだから、大丈夫なんだ」

私は布団をめくり、ゆっくりと床に足を下ろした。スリッパもないので、ひんやりとした床の感触が脳天にまで突き抜ける。だがそれで、鈍《なま》っていた体に一本芯《しん》が通った感じがした。

「おい、無茶するな」兄が慌てて立ち上がる。

「鍛えてるからね。これぐらいは何でもないよ」

心配なのは右膝だけだ。包帯で固定されているが、ギプスでないということは、骨折・靭帯《じんたい》損傷などの重傷ではないということだろう。ゆっくりと膝を曲げる。九十度ほどの角度になった時に、急に鋭い痛みが走った。これが限界か……しかしこれだけ曲がれば、普通に歩く分には問題ないだろう。ジョギングはしばらくお預けだが、実のところほっとする。走るのは特に好きではなく、体調管理のために仕方なくやっているだけなのだ。

病院お仕着せの寝間着を脱ぎ捨て、昨夜の服に着替える。ひどく汚い感じがしたが、他に服はないので仕方がない。何とか着替え終えると、腕を伸ばしてスマートフォンを受け取った。

「ちゃんと退院の手続きを取らないとまずいだろう」生真面目《きまじめ》な兄は、やはり手順にこだわった。

「ナースステーションに顔を出したら止められるに決まってる。黙って出て行くよ」

「それはルール違反だろう」兄の顔が蒼《あお》くなる。どうやら彼の中では、無断退院は、殺人にも匹敵する大罪のようだ。

「用事があれば、連絡してくるだろう。俺にはやることがあるんだ」

「この状態で？」

「体調は関係ない。警察に乗りこまれるのはしゃくだから、こっちから行ってやるよ。俺に会いたがっている人間が誰かは、分かっている」

「おいおい――」

「明日花のこと、気をつけてやってくれ。問題はないと思うけど、『フリーバード』に出入りしているのを見られているかもしれないから」

「誰に？」

「平気で人を殺す奴らとか」

兄の顔が、「蒼い」を通り越して完全に蒼白《そうはく》になった。入院が必要なのは、私ではなく兄のようだった。

「とにかく、誰かが俺を監視していたのは間違いない。明日花を巻きこみたくないんだ」

「どこか遠くへやれとでも？」

「そこまでは必要ないと思う。しっかり見ていてくれれば大丈夫だ。ちゃんと親子の会話をするチャンスにもなるよ」

「それができれば、何も苦労はしない……それより、親戚《しんせき》のところにでも行かせるか。ちょうど冬休みだし、北海道の浩三叔父《こうぞうおじ》さんのところとか、どうだ？　子どもの頃は、あそこへ行くのを楽しみにしていたんだ」

「やめた方がいいよ」常にだるそうな表情を浮かべている明日花の顔を思い出す。「どうせ、面倒だって言われるのが関の山だから。それに明日花は、冬休みには補習があるそうじゃないか……せいぜい頑張るように、あいつに伝えてくれないか」

病院を抜け出すと、唐突に激しい空腹を覚えた。昨夜は池内のラーメンが第三食になる予定だったから……結局何も食べていなかった。今日一日動き回るためには、エネルギーの補給が必要——足を引きずりながら新宿駅に向かって歩く途中、ごちゃごちゃした繁華街を通り抜ける。歌舞伎町《かぶきちよう》のように毒々しい華やかさはないが、西口のこの辺りも結構賑《にぎ》わっている。今は夜の喧騒《けんそう》が去り、朝の短い休憩の時間……多くの店は閉まったままで、歩道はゴミで汚れていた。

ふと、疑問が生じる。

何故《なぜ》ここではなく神保町が狙《ねら》われたのだろう？　「聖戦の兵士」が自分たちの能力をアピールするためのテロだったら、狙うべき場所はいくらでもあったはずだ。日本の政治の中心である永田町や霞《かすみ》が関《せき》周辺、都内で最大の繁華街である新宿や渋谷、オフィスが集中する丸の内や八重洲《やえす》——神保町も十分賑やかな街だが、山手線のターミナル駅とは比較にならない。

神保町の何が、「聖戦の兵士」を引きつけたのだろう。本と音楽とスポーツの街がテロリストに狙われる理由は何なのか。

頭が回らない。やはりエネルギー補給は必要だ。途中で牛丼屋を見つけて飛びこむ。朝八時過ぎでも、出勤前に腹ごしらえをしようというサラリーマンや、一晩中遊んですきっ腹を抱えた若い人たちで賑わっている。ソーセージと目玉焼きの朝食の食券を買ってからカウンターについた。小鉢もミニ牛皿を選んで、タンパク質を十分補給しておくことにする。

まだ眩暈も頭痛も残っていて不安だったが、食べ始めたら止まらなくなった。塩気の強いおかずを使い、すぐにどんぶり飯を食べきってしまう。こういう場所で長居はできない……すぐに店を出て、近くにある自動販売機で熱い缶コーヒーを買った。普段、缶コーヒーを飲むことなどほとんどないのだが、こういう食事をした後は、甘みの強い——ほぼ甘みしかない缶コーヒーの方が合いそうな気がする。

雪は夜のうちに止《や》んでおり、この辺には残雪はまったくなかった。しかし刺すような寒さは居残っており、日陰に入ると震えがくるほどだった。缶コーヒーの温かさを掌《てのひら》に移しながら、ゆっくりと飲む。

スマートフォンを取り出し、疋田の電話番号を呼び出した。この時間にあの酔っ払いが起きているとは思えなかったが、何度でも電話して叩き起こすつもりだった。

私の覚悟は無駄になった——疋田は最初の電話で出たのだ。いかにも眠そうだったが、意識ははっきりしている。

「何だよ、こんな朝早くから。新手の嫌がらせか？」

「俺に嫌がらせされる覚えでもあるのか？」

「人間、どこで恨みを買っているか、分からないからね」

一今日、空いてるか？」

「ああ。俺が敏腕弁護士だということを知らない人間が多いようでね」疋田が鼻を鳴らす。

「俺はこれから警察に行く。ヒーローとして凱旋《がいせん》する予定なんだけど、向こうがどう考えるかは分からない」

「何だ、そりゃ」

酔っ払いの疋田は当然、ニュースをチェックしていないだろう。私は手早く事情を説明して、テレビを観《み》るように、と言った。

「うちにはテレビがないんだ」疋田が申し訳なさそうに言った。

「だったら新聞を買うなり、ネットでニュースを見るなり、何でもいいから、昨夜のテロについて頭に叩きこんでおいてくれ」

「あんたが犯人を確保、ねえ」

「乱暴な運転をしたトラック運転手に助けられてね……とにかくこれから、神田署の捜査本部に顔を出すけど、もしも——そうだな、十一時になってもあんたに連絡できなかったら、すぐに助けに来てくれないか」

「俺は騎兵隊か」

「あんたには馬よりロバの方が似合いそうだが」

「ロバなんか、遅くて話にならないよ……とにかく、十一時だな？　一分でも過ぎたら、俺は署に突入するぞ」

「その時は、なるべく派手に頼む」

「任せろ」疋田はひどく嬉《うれ》しそうだった。

これで自分の身を守るための手は打った。十一時まであと三時間近く……その間、疋田を遊ばせておくのも勿体《もったい》無い気がして、私はもう一つ、仕事を頼んだ。ある可能性が頭の中で点滅している。

「あんたねえ、これでコーヒー一年分ぐらいの貸しになるよ」呆《あき》れたように疋田が言った。

「現金の方がいいんだったら、請求書を送ってくれ」

「金よりは、あんたのコーヒー一年分の方がいいな」

「だったらそれで頼む」

電話を切り、私はできるだけ普通に歩き出した。膝は痛むものの、我慢できないほどではない。いや、仮にもっと痛みが酷《ひど》くても、歩き続けなければならない。誰のためにでもなく、ただ自分の意地のために。自分の街で何が起きているのか、どうしても知りたかった。自分の手で謎《なぞ》を解き明かしたかった。

3

神田署は騒然としていた。一階は報道陣と本部、他の所轄からの応援組でごった返していて、誰も相手にしてくれそうにない。黙って上階へ上がろうかと思ったが、誰かに摑まって誰何されたら面倒だ。一度署の外へ出て、石川に電話をかける。

「何で病院にいないんだ」

石川がいきなり吠《ほ》える。入れ違いになってしまったか……しかし、こちらから足を運んでやったのだから、文句を言われる筋合いはない。

「今、下の郵便ポストのところで休んでいます」

「ああ？」

私は建物を見上げた。警備課は四階……窓が開き、ブラインドの隙間から石川が顔を覗《のぞ》かせた。怒鳴り合えば、直接会話ができる距離。私は彼に向かって手を振った。

「何やってるんだ……」呆れたように石川がつぶやく。

「そちらの手間を省いただけですよ。一階にマスコミの連中が一杯なんですが、何とかして下さい」

「裏に回れ」

石川がいきなり電話を切る。裏にだって、マスコミの連中が張りこんでいるのではないか……と思ったが、足を運んでみると誰もいなかった。だいたい裏側は、細い道路を挟んですぐ向かいが別のビルで、ミニパトが二台停められるだけのスペースしかない。

私が裏手に回るのと、小さなドアが開くのが同時だった。ワイシャツ姿の石川が顔を見せ、中に向かって顎《あご》をしゃくる。私が足を引きずっているのを見て、一瞬同情するような表情を浮かべたが、すぐに引っこめた。いつものように、他人《ひと》を見下したような顔つきに変わる。

私は彼の脇をすり抜けて署内に入った。通用口はそのまま、会計課に続いている。落とし物を引き取りに来ているらしい人の姿がちらほら……副署長席のある警務課は通路を挟んで向かい側にあり、ここにいると報道陣の背中を見ることになる。石川にリードされて、階段ではなくエレベーターを使った。中には二人きり。無事に署内に入れたのに、むしろ緊張してきた。

「池内さんは……」

「知り合いだったのか？」

「よくラーメンを食べに行きました」

「俺もだ。大きな損失だな」石川は腕組みをしてエレベーターの壁に背中を預けている。珍しく感傷的になっているようだった。

取調室ではなく、会議室に連れて行かれる。窓からは冬の光がたっぷり入りこみ、エアコンも効いていて快適だ。私は膝に負担をかけないように慎重に腰を下ろし、ゆっくりと右膝を撫《な》でた。歩く時に足を引きずってしまうのは、痛みのせいというよりも、きつく巻かれた包帯の影響だろう――と信じることにする。

石川の他に若い刑事が一人いたが、この場は石川が仕切るようで、存在感は皆無だった。

「逮捕の協力には感謝する。一人、右腕を骨折しているが」

「その程度ですか」私は鼻を鳴らした。

「何だと？」

「俺の力も落ちたもんですね。もうちょっと重傷かと思ったのに」

「まったくだ」石川が同意する。「どうせやるなら、腕だけじゃなくて、足もへし折ってやればよかったんだ」

私がまじまじと顔を見ると、石川が珍しく笑みを浮かべた。馬鹿にするような笑みだったが、私に歩み寄ろうとしているのは分かる。つき合いで、私も現段階で可能な最高の笑みを浮かべてやった。しかし石川は、すぐに真顔に戻ってしまう。五秒以上笑っていられない体質なのかもしれない。

石川はすぐに、昨夜の状況を詳しく聴き始めた。私はできるだけ正確な説明を心がけ、慎重に答えた。今のところ私は善意の第三者であり、石川もそのように扱ってくれている。

一時間ほど話した。十時……疋田に定時連絡を取るまでにはまだ間がある。一段落したところで、私の方で質問を持ち出した。

「二人の身元は分かりましたか？」

「いや、完全黙秘だ」石川の顎に力が入る。

「身元を示すものは？」

「何も持っていない。だが、いずれ喋《しゃべ》るだろう。それほどタフな連中とは思えない」

「日本人なんですよね？」

「日本人には見えるが、確証はない」

日本人テロリスト……「聖戦の兵士」との関連があるとも思えない。私がその疑問を口にすると、石川もうなずいた。

「もしかしたら、悪質な悪戯《いたずら》なのかもしれない」

「超悪質、ですよ」私は訂正した。

「いずれにせよ、極左のやり口じゃない。極左の連中は、ターゲットを決めてゲリラ事件を起こす。しかし今回は、二件とも無差別というか、行き当たりばったりとしか思えない。あのラーメン屋に突っこんだのも、特定の目的があってのことじゃないだろう」

「そうですね……超悪質な悪戯だとして、『聖戦の兵士』がそれに乗っかって犯行声明を出したんでしょうか？」

「だとしたら、セコい連中だ」石川が吐き捨てるように言う。「いずれにせよ、連中は俺たちの手中にいる。吐くまで、徹底的に揺さぶってやるよ」

私は無言でうなずいた。本当に、もう少し手ひどく痛めつけてやればよかったと悔いる。人を二人も殺した人間が、腕が一本折れたぐらいで許されるものではない。

「弁護士は接触してきてるんですか？」

「いや」石川が短く否定した。「極左の連中なら、必ずすぐに弁護士が接触してくる。それもないから、悪質な——超悪質な悪戯じゃないかと思っているんだ」

「ふざけた話ですね」

「ただ、もっと深い裏がありそうだがね」

「裏づけのある話ですか？」

「勘、だ」

石川が自分の耳の上を人差し指で突《つつ》く。私はうなずいた。刑事の勘は馬鹿にしたものではない。大抵が、数多くの経験から生じる推論なのだから。

「ま、時間の問題だ」石川が鼻を膨らませる。「どんなに複雑な事件であっても、必ず全容を解明してやる」

この件にはもう手は出せない、と悟った。いや、もちろん手を出し続けるつもりではある。しかし私個人と警察という組織との戦いになったら、どう考えても勝ち目はないのだ。

そこで私は、ずっと石川に隠していたことを話した。二度に亘《わた》る私への接触。一度は完全な脅迫だった。話が進むうちに、石川の眉間《みけん》の皺が深くなる。

「何で黙ってた！」吠えるように石川が言った。

「大した話ではないと思ったので」私は肩をすくめた。

「大した話かどうかはこっちが決める。まず、お前の話をじっくり聞いてからだ」

墓穴を掘った、と後悔する。こちらは被害者のようなものとはいえ、石川からねっちりと事情聴取されるのはたまったものではない。だがこれは、事件の全容を明らかにするために必要なことなのだ。

やっと解放されて店に戻る。歩きながら、疋田に「警戒解除」の電話を入れ、店に入る前に周辺をぐるりと見回ってみた。時限爆弾でも仕かけられたらたまったものではない……取り敢えず異常はないと確信してから、ようやく店に入った。

ドアに鍵《かぎ》をかけ、お湯を沸かし、コーヒーの準備をする。防犯ビデオの映像も確認しないと……本当なら、安全なホテルにでも身を寄せておくべきなのだろうが、それをやったら負けだぞ、と自分を鼓舞する。正体の分からない敵のことをあれこれ想像し、勝手にパニックに陥るのは馬鹿馬鹿しい。

こういう時は、気合いが入る曲を聴くに限る。私は主に七〇年代のハードロックを中心にレコードを集めているが、時には八〇年代以降のヘヴィ・メタルの一部も聴く。中でも、ハロウィンのアルバム『守護神伝 第2章』は、ここぞという時にかける名盤だ。特に二曲目の『イーグル・フライ・フリー』。歌詞自体は他愛もないものながら、メロディも構成も非常によくできた曲で、聴いているだけで心が奮い立つ。

アルバム——さすがに一九八八年発売なので、レコードではなくCDだ——をBGMに、コーヒーを飲みながら防犯ビデオをチェックする。早送りで見ていて目がちかちかしてきたが、これを済まさないと安心できない。

その作業は、ノックの音で中断された。鍵を開ける前に、防犯カメラの映像を現在の物に切り替え、外に藤木が立っているのを確認した。

ドアを開けてうなずきかけ、彼を中に導き入れる。藤木は憔悴《しょうすい》しきっていた。目は真っ赤で、無精髭《ぶしょうひげ》も伸びている。普段は七十歳にしては若々しいのだが、今日は実年齢より十歳にと年取っているように見えた。

「騒がしい曲だな」藤木が嫌そうに言った。

「失礼しました」私はボリュームを下げた。

「参ったな」

「お疲れですね」

「ほとんど寝てない……昨夜はいろいろ大騒ぎでね」

「兄に連絡を入れてくれたそうですね。ありがとうございました」一礼すると、頭にちくりと刺すような痛みを感じる。

「それはいいけど、真さん、退院が早過ぎるんじゃないかい？」

「入院は、治療が必要な人のためのものでしょう。私は何ともないので」結果的には、抜け出して来てよかったと思う。病院で警察の事情聴取を受けていたら、間違いなく今よりダメージを負っていたはずだ。

藤木の方では、特に重要な話はないようだった。ただ私と話して、腹の底に溜《た》まっている不安を吐き出したいだけなのだろう。私は彼にコーヒーを勧め、テーブル席で向き合って座った。

「池内さんのご家族には、警察の方で連絡してくれたんだが……」

「会ったんですか？」

「ああ。ただ、とてもじゃないが、まともに話ができるような状態じゃなかったよ」

「でしょうね。お葬式はどうなってます？」

「まだ予定が決まっていないそうだ。その……警察の方で調べているから」

死因は二人とも焼死と見られると聞いている。それでも手続き上、司法解剖は必要で、家族へ遺体が引き渡されるのはその後になる。

「お葬式は家族でやるんでしょうね」

「町会でも何とかしたいんだけど、たぶんご家族は大袈裟《おおげさ》にしたくないだろう。家はここじゃないしな」

「分かります」

「しかし、まあ……唯一の救いは、犯人が捕まったことだな。さすが真さんだ」

「まだ捜査は始まったばかりですよ。犯人が二人だけとは考えられないんです。犯行グループは、もっと大人数だと思います」

「でも二人は捕まっているんだから、後は時間の問題だろう？」

「そうだといいんですが」私は藤木のように楽天的にはなれなかった。

藤木はその後しばらく、雑談をして帰って行った。私は両手で顔を擦り、アルバムの再生が終わって静かになった店の中で立ち尽くした。まだやれることがあるはず……ふいに、高本の顔が思い浮かぶ。

充電が切れかかっているスマートフォンを諦め、店の電話で高本に電話をかける。用件を告げると、彼はいかにも面倒臭そうに、「古過ぎますね」と言った。

「取り引きしませんか？」

「いきなり何ですか？」高本が警戒した。

「昨夜、またテロがあったのは知ってますね？」

「もちろん」

「犯人二人を取り押さえたのは私です。匿名を条件に、その時のことを話しますよ。あなたのところでは無理かもしれませんが、週刊ジャパンの方は食いつくんじゃないですか？」

高本はあっさり釣り針にかかった。

4

夕方まで、私は「週刊ジャパン」の取材を受けていた。げっそり疲れたが、取り敢えず話すべきことは話し、代わりに高本から情報を得る。気合いが入っているうちにと思い、すぐにアポを入れて次の相手に面会に行く。

結果は……十メートルほど前進、という感じだった。ただし、ゴールラインはまだはるか遠い。

夜、店の二階の自宅に戻る。右膝の包帯を外してゆっくりとシャワーを浴び、体を温めた後、全身を鏡に映した。あちこちに痣《あざ》がある。特にひどいのは左肩と右膝で、かなり広範囲に変色していた。しかし左肩の痛みはさほどではなく、動かすのに問題はない。右膝は、九十度以上曲げるとやはり鋭い痛みが走るものの、朝よりはだいぶ回復している。店に下り、救急箱を確認して湿布薬を取り出した。右膝に貼《は》りつけ、テーピングテープをきっちり巻きつける。それだけでだいぶ、痛みが薄れた感じがした。二階へ戻り、冷蔵庫の中の残り物で簡単に夕食を済ましてから、ダイニングテーブルの上でメモ帳を広げる。ボールペンの先でページを突きながら、二つの事件に関して分かっている情報を書き出した。

・テロ事件　二件。二件目で犠牲者二人。二件目の実行犯二人は確保されたが身元は不明。完全黙秘状態。
・水田殺害事件　岡村を被疑者と認定。しかし逮捕状を請求できるほどの証拠はなく、詰めの捜査をしている（はず）。
・岡村と田澤に何らかの接点があった。（田澤が水田の殺害を依頼？）
・田澤が日本に戻っている可能性がある。

ここからは新しい情報だ。
・水田と田澤は取材を通して接触があった可能性がある。具体的にどんな取材だったかは不明。
・田澤は水田への取材を途中で放り出して、出国した形になる。

・田澤があの国でどんな取材をしていたかは不明。何か隠している様子はあった。
そして、まだまったく分からないこと。
・新藤美紀＝瀬波優。何故偽名を使っていたのか。この店に来た理由も不明。探りを入れるような感じだった？　正体は？
・水田殺しに関して探りを入れて来た人間一人、尾行して来た人間一人。この二人は何者？

私の前には、まだ謎がいくつもあるわけだ。このうちテロ事件に関しては、今は完全に警察の手の内にあり、私が手を出せることはほとんどない。殺しに関しては、捜査は「踊り場」の段階にあると言っていいだろう。しかし警察は、いずれは確固たる証拠を摑んで岡村を指名手配するはずだし、万が一岡村が犯人でなくても、別の真犯人にたどり着けるはずだ。

取り敢えず、田澤のことが気になる。あいつは本当に日本に帰って来ているのだろうか。あるいはまだあの国、あるいは東南アジアの他の国に潜伏していて、現地から岡村に指示を飛ばしているのか。

仮に田澤が水田殺害事件の黒幕だったとすると、動機は何なのだろう。水田を取材するうちに何らかのトラブルが発生し、それが尾を引いていたとか……そこで私はふいに、田澤があの国に飛んだのは、ほとぼりを冷ますためではなかったか、と思い至った。水田はフィクサーとして、国内では様々な権力を行使できたかもしれないが、その力が海外まで及んでいたかどうか。あの国は混乱の最中にあったから、むしろ手を出されないと判断してもおかしくはない。

田澤は、虎《とら》の尾を踏んだのか？

当時、田澤と交わした会話を思い出す。その中で、一つの言葉が頭に浮かんできた。

政治。

私が、取材対象として何に興味を持っているのかを聞いた時、彼は「政治」と即答した。もちろん、フリーのジャーナリストが何に興味を持って何を取材しても問題はないのだが、かすかな違和感を覚えたのを思い出す。何かと環境が悪く、治安の不安も大きいあの国に渡った本当の理由は分からなかった。

全ては想像に過ぎない。

図々しい――怒鳴られるのを覚悟の上で、私は村越に電話をかけた。

「何でしょうか」怒鳴られることはなかったが、村越の声は予想以上に冷たかった。

「岡村の所在は摑めましたか？」

「いえ」

「田澤についてはどうですか？」

「いや――

「国内にいるかどうかも分からないんですか?」

「そんなこと、言えるわけがないでしょう」

「村越さん、私は今、神田署ではヒーローじゃないんですか？　テロ事件の実行犯を二人、確保したんだから」

「あれは、トラックの運転手の手柄だと聞いていますよ」

「運転手は事故を起こしただけですよ」村越がなかなか話に乗ってこないのに苛《いら》つく。

私はスマートフォンを持ち替えた。シャワーを浴びて体が熱くなったせいか、掌《てのひら》が汗で濡《ぬ》れている。

「田澤のパスポートは、もう失効していますよね?」

「ええ」

「パスポートが失効した状態で、帰国できますか？　どの国にいても、出国で引っかかるでしょう」

「でしょうね」

「偽造パスポートを使ったとは考えられませんか?」

「何のために?」

素朴な疑問に対して、言葉に詰まる。わざわざ十年もの間を置いて、偽造パスポートを使って日本に戻って来る意味は……岡村に水田を殺させるため？　訳が分からない。

「いずれにせよ、偽造パスポートを使っていたとしたら、本当に日本に戻って来ているかどうか、確認は不可能ですよ」村越がまた指摘する。

「そもそも、あの国で偽造パスポートが作れるかどうか」

「そういう専門業者は、国際的に広がっているそうですがねえ……その手の話は、外事三課出身のあなたの方がよほど詳しいでしょう」

「私の情報は、十年前からアップデートされていないんです」

仮にパスポートがない状態で、あの国から日本へ戻って来るとしたら、どれだけ大変か……東南アジアの他国へは、地続きだから何とか脱出できるだろう。ただし、ジャングル地帯を抜けてさらに遠くへ——と考えると、彼一人でそんなことができたとは思えない。田澤はそれほどタフな男ではなかったはずだ。

「とにかくこの件に関しては、あなたにお知らせすることは何もありません」村越がぴしりと言った。「余計なこともしないでいただきたい。あなたが関係者に会ったりすれば、それだけで捜査に支障をきたすんですよ」

「もちろん、警察の邪魔をするつもりはありません。敢えて言えば、私は田澤がいったいどうなってしまったのか、それだけが気になっているんです」

「それに関しては、意見が一致しますね」

私は、夕方仕入れた情報の一つを開示すべきかどうか迷った。捜査に直接関係あるとは思えないが……そもそも村越の方では、この情報を既に摑んでいるかもしれない。警察が本気になったら、一人の人間のプライバシーを丸裸にすることなど、難しくないのだ。

「田澤は、日本を出る直前に妹さんを亡くしています」

「病気で？」村越の口調が変わる。食いついた——。

「事故死、らしいですね」

「そんな話は聞いていないな」

「東京じゃなくて、名古屋です。そっちで一人暮らししながら働いていた妹さんが、自動車事故で亡くなっていた、と聞いてますよ」

「事故死は珍しいことじゃない……だいたい、愛知県は日本で一番死亡事故が多い県じゃないですか。もしも不審な点があれば、愛知県警も見逃さないでしょう」

「車を運転して、夜遅くに仕事先から帰宅途中に事故に遭ったそうです。詳しい事情は私も知りませんが」

田澤は、この件を編集者の高本には話していなかった。四六時中一緒に仕事をしていたわけではないし、田澤にとって高本は、プライベートな事情を明かすほど親しい相手ではなかったのかもしれない。しかし、高本が紹介してくれた他の出版社の編集者は、この事実を知っていた。どうやら妹の葬儀の直後に仕事で会ったらしい。田澤が憔悴しきっているのが気になって確認し、事実を教えられたのだという。

そしてこの件は、私にも初耳だった。私にとって田澤は、動機はともあれ、あの国で共に苦労した「同士」である。しかし彼の方では、そんなつもりはなかったのかもしれない。人間関係は非常に難しい。五分だけの触れ合いで生涯の友になることもあるし、長年の友との関係が、たった一度の喧嘩《けんか》で途絶することもある。

「ちょっと気になりますね」村越が言った。

「そうですか?」

「家族を亡くせば墓ができる。お参りするために、どうしても帰国したいと考えてもおかしくはないでしょう」

「田澤はそういうタイプではないと思います」本当にそうなのか……そもそも、家族のことなどほとんど話さなかった。

「まあ、この件はちょっと調べてみますよ」村越が言った。

公式なルートを通して話を聞いても、通り一遍の答えしか返ってこないだろう。当時の事故処理の書類ぐらいは確認できるかもしれないが、果たしてそんな書類を十年も保管しているかどうか……当時捜査を担当した人間が知り合いなら、非公式に話が聞けるわけで、そういうやり方の方が重要な情報が得られるものだ。他の県警の警察官とも、繋がりができることはある。警察大学校などで一緒に机を並べたりすると、結構深い関係になったりするものだ。警視庁も愛知県警も大規模だから、それだけ幹部になる人間も多く、警察大学校で学ぶ人間もたくさんいる……知り合いさえいれば、私も自分で聴いてみたかった。

「今のは貴重な情報……かどうかは分かりませんが、一応お礼は言っておきますよ」

「そう思うなら、今後も私に情報を教えてくれると助かります」

「それは図々し過ぎる」村越の口調が強張《こわば》った。

「私が神田署のヒーローでも？」

「警備課にとってはヒーローかもしれませんが、刑事課には関係ありません」

村越は頑《かたく》なだった。このクソ真面目《まじめ》さというか、融通が利かない感じは、私の兄によく似ている。典型的な公務員気質。危ない橋は絶対に渡らない。

電話を切り、溜息《ためいき》をつく。何となく右足を前に投げ出し、ぶらぶらさせてみた。やはり九十度以上は曲がらない。中途半端な治療で病院を抜け出してしまったので、怪我の程度も分からなかった。新宿の病院には申し訳ないのだが、明日、近所の整骨院にでも行ってみようか。テーピングも、自己流よりはプロにやってもらった方が効果的だろう。

今夜ぐらいは自分を甘やかしてもいいだろう。少し早めにベッドに入ることにしたが、その前に家の周囲を見て回った。まだ何が起きるか分からない。寝ている間に爆弾を積んだトラックが突っこんできたら、逃げようがないだろう。いざという時は、二階から飛び下りる覚悟を固めた。

ベッドに横になると、疲労を強く意識する。後頭部に両手をあてがい、ふっと溜息をつく。あれこれ情報は集まってきたのだが、むしろ謎は深まるばかりだった。

私は深い混沌《こんとん》の中にいる。

5

結局、二日続きで店は休むことになった。日銭を稼ぐ身としては、連休は痛手になるのだが、仕方がない。朝から近所の整骨院に行って膝の治療を受ける。骨に異常がないことは、病院での検査で分かっていたが、この整骨院でも「激しい打撲」と診断された。湿布にテーピングと、自分でもできるような治療を施されたが、それでもプロの腕はやはり違う。整骨院を出た時には、もう七割方回復した感じだった。

それでも、まだ真っ直ぐ、速くは歩けない。整骨院へ行く時は下りだったので楽だったが、家へ戻るには上り坂……無理せず、ゆっくり歩くことにした。しかし、わずか十分の道のりがあまりにも遠く感じられる。駿河台下交差点で靖国通りを横断したところで力尽きる。

仕方なく、途中で休憩することにした。坂を明治大学の方へゆっくり歩き、喫茶店に入る。自分の店以外でコーヒーを飲むのは久しぶりだった。警察官時代には、修業のつもりであちこちの店に通っていたのだが。

ここは古くからある店で、ある年代から上の人が「喫茶店」と聞いた時に浮かべるイメージそのままだった。落ち着いた内装、上質なカップ類。珍しく煙草《タバコ》が吸えるのも、喫煙者には嬉しいだろう。よく、大きなテーブルでゲラを読んでいる人を見かける。

まだ開店したばかりなので、客はほとんどいなかった。四人ほどが座れるテーブル席がいくつか、十二人分の椅子《いす》が置いてある巨大なテーブル、それに長いカウンター席……すぐに、「テイオー・カンパニー」の三嶋が、カウンターについているのが見えた。私は彼に近づきながら声をかけた。三嶋が驚いたような表情を浮かべて顔を上げる。その表情がすぐに、照れ臭そうな笑みに変わった。

「店を浮気してるわけじゃないですよ」

「うちは、今日は休みにしました」

私は結局彼の隣に座った。何とも落ち着く空間……元々黒かったカウンターは、塗装が剝《は》げてはいるものの、よく磨きこまれている。カウンターの向こうには横に長い棚があり、高価そうなカップが整然と並んでいた。私の店なら、レコード類が収まっている場所である。

私がコーヒーを注文すると、三嶋は煙草に火を点《つ》けた。私に遠慮するように顔を背けて煙を吐き出し、コーヒーを一口飲む。

「この前の夜は大活躍だったそうじゃないですか」

「代償で膝を傷めました」

「重傷ですか？」心配そうに三嶋が訊《たず》ねる。

「重傷ということにしておいてくれませんか？　その方がありがたみがあるでしょう」

三嶋が短く笑う。しかし、いかにも元気がない……無理して笑っている感じだった。

「会社の方は、どうですか？」

「まだ再開の目処《めど》が立たないんですよ。こんな時間にこんな場所で時間を潰《つぶ》しているんだから、分かるでしょう？　業者を入れて中を片づけて、商品データを再入力して……無事に年を越せるかどうか、分かりませんね」

「そういえば年末なんですよね」どうも私の商売では、カレンダーの感覚が薄くなる。

「まったく、被害甚大で……でも、池内さんのところよりはましでしょう」

「残念なことです」言うと、私は胃がキュッと締まるような感覚を味わった。池内が死んだことが、未《いま》だに実感として湧《わ》かない。あんなに現場の近くにいたのに。

「しかしこれで、もう変なことは起きないんじゃないですか」

「そう願いますけど、まだ事件が全面的に解決したわけじゃないですからね」

「でも、犯人は逮捕されたんでしょう？」

「まだ共犯がいると思いますよ」

「やだねえ……」

会話が途切れたところで、私のコーヒーができあがった。一口飲んで、思わず唸《うな》る。やはり美味《うま》い……深みが違う。店の雰囲気だけでなく、コーヒーの味も、全ての喫茶店の手本になる店だ。

三嶋は、煙草を一本灰にしてから出て行った。振り返って見送ったが、背中にも元気がない。まだショックから立ち直っていないようだった。三嶋がどんな人生を送ってきたかは知らないが、個人商店のような小さな会社を、必死にここまで育て上げてきたのだろう。ところが、自分にはまったく責任がない事故で会社が傾きかけている――四十代なら、ここで気合いを入れ直して会社の再建に全力を注ぐところだろう。しかし彼の姿、話しぶりを聞いていると、もう全てを放り出してしまったようにも見えた。

スマートフォンが鳴る。慌てて取り出すと、疋田だった。この店は、店内では携帯電話使用禁止のはずで……私は慌てて店を出て、狭く急な階段の途中で電話に出た。膝の具合が思わしくないので、階段の途中で立ち止まると何とも危なっかしい。

「コーヒー二年分のネタかもしれないぜ」疋田が嬉しそうに言った。

「さすがにそれは……相当の大ネタじゃないと、二年分は無理だろう」

「瀬波優の居場所が分かったぞ。居場所というか、住所が」

「本当か?」私は思わずスマートフォンをきつく握り締めた。この情報が当たっているとすれば、この男の調査能力は驚異的だ。

「ああ。少なくとも現住所――公式のデータに記載されている住所は川崎だ。どうする?」

「川崎のどこだ?」川崎は巨大な街で、場所によって使う路線がまったく違う。

「住所から見ると、最寄りの駅は元住吉だな」

となると、結構面倒臭い……東横線を利用するのに、神保町からだと必ず乗り換えが必要なのだ。半蔵門線から東横線か――しかし渋谷駅では上り下りが面倒臭い。この膝では、相当時間がかかると想定しなければならないだろう。

「行くんだろう?」それがさも当然のように疋田が言った。

「行きたいのは山々だけど、すぐには行けない」

「どうして?」

この男は、私が右膝を怪我したのを知らないのだろうか。街中の人間全員が知っている様子なのに。疋田に怪我のことを話すと何だか面倒臭いことになりそうだったが、成り行き上、黙っているわけにもいかない。説明し終えると、疋田が声を上げて笑った。

「あんた、カウボーイかよ」

「何だ、それ」

「アメリカではよく、そんな風に言うらしいぜ。危険も顧みず、自分の信念に従って無茶する男——要するに馬鹿だな」

むっとしたが、言い返す言葉もない。だいたいあの時の私は、信念ではなく本能に従っていただけだ。

「負傷したカウボーイさんが、足を引きずって元住吉まで行くのは、面倒だろう」

「正直、そうだ」

「かといって、回復を待っていたら、いつまでかかるか分からない」

「普通に歩けるようになるには、年明けを待たないと駄目だろうな」

「よし、無料のコーヒーをもう少し増やすために、俺が一肌脱ごう。車を出すよ」

「あんた、免許なんか持ってたのか?」

持ってたらおかしいか？」むっとした口調で疋田が言い返した。「今からでも出られるぞ」

「酒は？」

「酒？　酒って何だよ」疋田が嘲笑《あざわら》った。「俺が酒であんたに迷惑をかけたことがあるか？　とにかく、これから店まで迎えに行ってやる。半日あれば、結構調べられるだろう」

疋田はあっさり電話を切ってしまった。何というせっかちな男か……もちろん、申し出はありがたく受け入れることにした。だいたい、向こうから言い出してくれたことなのだし。

ただし、彼の運転には一抹の不安があったが。

疋田の運転を心配する前に、車を心配する羽目になった。店の外で、どろどろと重低音のエンジン音がしたので嫌な予感がしていたのだが、外に出て驚く。ジープ……なのだが、屋根がない。まさか疋田が、こんな豪快なオープンカーに乗っているとは。

「何でオープンにするんだよ。十二月だぞ」私は結構うるさいエンジン音に負けないよう、声を張りあげた。

「今日は晴れてるし、暖かいだろうが。開けられる時に屋根を開けるのは、基本中の基本だよ」

第二の問題点。ジープは車高が高く、ステップに足をかけないとシートに座れない。右ハンドルなので助手席は左側……右足で踏ん張れるかどうか分からなかったので、左足をステップにかけたが、そうするとシートに腰を下ろすためには右足を大きく持ち上げて体を捻《ひね》らないといけなかった。かなり無理のある動きで、シートに落ち着くのに少し時間がかかった。

「松葉杖《まつばづえ》はないのか?」疋田がからかうように言った。

「そこまで重傷じゃない」

「そうかね? 車に乗るのにそんなに苦労してるようじゃ、この先が思いやられる」

「いいから出してくれ」

「飛ばすぜ——瀬波優に逃げられないようにな」

威勢のいい台詞と裏腹に、ジープは走ったり停《と》まったりとのろのろ運転を繰り返した。年末なので、どこも車で埋まっている——それは私にとって不幸中の幸いだった。最近のオープンカーは、屋根を開けた時の空気の流れも計算して、車内に不快な風が入りこまないようになっているはずだが、このジープの場合は「ただ屋根がない」。走り続ける限り、冷たい風が渦舞くように車内を洗っていく。

「何でこんな車に乗ってるんだ? 弁護士が乗るような車じゃないだろう」

「男らしさを求めて、的な?」自分の言葉に自信がないようだった。

「こんな車で依頼人のところへ行ったら、信用されないだろう」

「ひとしきり話題にはなる。車が会話の摑みになるんだよ」

訳が分からない……どうもこの男の感覚は、普通の人からだいぶずれているようだ。もっとも私も、このジープについて彼と散々話しているのだが。

免許は持っているものの、しばらく車を運転していなかった私は、川崎方面への行き方をすっかり忘れていた。元住吉の近くを、首都高が通っているかどうか……疋田は、下道をだらだらと走って行った。日比谷通りをひたすら南下し、第一京浜で大田区の南部を走り抜ける。六郷橋で多摩川を越えると、府中街道に入って北西へ進む。どう考えても電車を乗り継いだ方が早いと気づいたが、もう手遅れだった。ただしここまで来ると道路は空いていて、寒いことを除いてはドライブは快調に進んだ。

府中街道から綱島街道へ入り、元住吉駅の近くへ――この辺には馴染《なじ》みがない。疋田は慣れた様子で、駅の東口に近いコイン式の駐車場に車を預けた。オープンのまま露天の駐車場に預ける度胸には驚いたが、慣れてしまえば気にならないのかもしれない。

「ここから先、車で入るのが面倒なんだ」言い訳するように疋田が言った。

「少しぐらい歩いた方が、リハビリになる」

「まるでアメリカ人だな」疋田が軽く笑った。「アメリカ人は、手術をした翌日からリハビリを始めるそうだぜ」

「せっかちなんだろう。あるいは病室が足りないのか」適当に話を合わせておいてから、私は歩き出した。ジープの車内で冷たい風に当たり続けていたせいか、右膝は痛むというより強張っている。

すぐに東横線のガードをくぐった。左側には、かなり長いエスカレーター。駅舎は相当高いところにあるようだ。その先は細い道路が続く商店街になっている。入り口のところに、道路を跨《また》ぐように金属製の門があり、上部の三角のでっぱりの下にはオブジェ……よく見ると、ロバや犬が積み重なっている。そういえば少し手前にも、同じようなモチーフの像があった。

「何か、変な商店街だな」

「ブレーメン通り商店街だ」疋田がさらりと言った。

「ブレーメン？　ドイツと姉妹都市とか？」

「姉妹都市というか、ブレーメンの商店街と友好提携しているらしい」

「何でそんなこと、知ってるんだ？」

「昔、近くに女が住んでてね……日吉《ひよし》だけど。この辺にはよく来たんだ」

「あんたに女？」私は思わず目を見開いた。疋田にはまったく女性の影が見えないのだ。

「何だよ」疋田が睨《にら》みつける。「俺に女がいたら変か？」

「変だ」

一言で決めつけると、疋田がむっとした表情を浮かべて黙りこむ。しかしすぐに機嫌を直したようで、話し出した。

「住むには便利な街なんだよ。この商店街も最高だ。今、日本で一番いい商店街かもしれない——

それは褒め過ぎだろうと思ったが、実際歩いていると、彼の言い分も大袈裟《おおげさ》ではないと分かってきた。石畳の道路は細いせいか、両側に建ち並んだ店舗が賑《にぎ》やかさを増幅させている。最近では珍しくなった個人経営の書店があるし、飲食店も軒を連ねている。確かに便利そうで、この商店街の中だけでも十分生活できるだろう。

疋田は、途中で小さな交差点を右折した。こういう商店街にありがちだが、メーンの通りから一本裏に入ると、途端に静かな住宅街になる。一戸建ての家や低層のマンション、かなり古いアパートが建ち並んでおり、静かな生活の匂《にお》いが濃厚になる。

「確かに、住むには便利そうな街だ」

「だろう？」自分の手柄でもないのに、疋田が嬉しそうに言った。

「で、家はどの辺だ？」そろそろ歩き続けるのがきつくなってきた。

「すぐそこだ」

疋田が言った通り、そこから三十秒も歩かなかった。三階建て。繁華街に近い住宅地にはよくある、コンパクトなマンションだった。

「二階だけど、上がれるか？」疋田は私の膝を本当に心配しているようだった。

「努力する」

コンクリート製の手すりをしっかり摑んで、階段を上がる。膝が曲がらないことはないので、体を少し揺らすようにすれば、階段を上るのにもさほど苦労はしなかった。ただ、疲れは如何《いかん》ともし難い……膝を庇《かば》いながら歩いていると、想像しているよりも下半身に負荷がかかるのだ。

何とか階段を上がりきり、ドアの前に立つ。表札が入る部分は空。これは不思議でも何でもない。女性の一人暮らしの場合、用心のために名前を掲示しなかったり、苗字《みょうじ》だけを書くことはよくある。

「いるかね」

疋田がいきなりドアをノックした。まだ早い——私は顔から血の気が引くのを感じたが、やってしまったものは仕方がない。

反応、なし。私はノックするのではなく、インタフォンを鳴らしてみた。音はするものの返事はない。

「この住所、どこから割り出したんだ？」疋田が「公式のデータ」と言っていたのを思い出して私は訊ねた。

「運転免許証」

「失効してないか？」

「していないはずだ」

一応、信頼できる情報だと考えていい。彼がどうやって運転免許証のデータを手に入れたかは分からないが、警察内部にいい情報源を持っているのかもしれない。弁護士と警察は、常に微妙な関係にあるのだが。

「どうする？」疋田が訊ねる。

「少し張り込みしてみる。あんたは帰ってもいいよ」

「いや、しばらくつき合うよ。どうせ今日は暇だし」

「弁護士は張り込みなんかしないだろう」

「何事も経験だ」

　私たちは一階に下りた。郵便受けが並んだ場所で、優の部屋番号、「二〇三」のボックスを確認する。隙間から覗きこむと、新聞こそ入っていないが、ダイレクトメールの類《たぐい》が結構あるのが分かった。住んでいないわけではないが、家にはあまり寄りついていないのでは、と私は推測した。さらにはっきりと住所を確認するなら、市役所で住民票を請求する手があるが、個人情報の保護についてうるさくなった現在では難しいだろう。警察官なら捜査を理由に何とでもなるが、弁護士では自らの事件関係者用でなければ住民票を請求するのは難しいのではないだろうか。確認してみると、疋田が肩をすくめた。

「行政当局に関係者だと偽るのは、法律違反だね」

「だったら、取り敢えずは聞き込みと張り込みだ」

　こういう感覚は久しぶりだった。私はマンションの他の部屋をノックし、優の名前を出して容貌《ようぼう》を説明しながら、彼女が実際にここに住んでいるかどうかを確認した。百パーセントではないが間違いない……都会の集合住宅の常で、隣近所のつき合いはほとんどないのだが、優の容貌はかなり印象的なようで、「見たことがある」という人が何人かいたのだ。

ここに住んでいることが分かれば、後は待つだけ。張り込みも久しぶり——帰って来るかどうか分からない相手をひたすら待つ感覚が蘇《よみがえ》ってくる。しかし今回は、条件が悪かった。まだ明るい住宅地で、男二人での張り込みはいかにも不自然である。車があれば少しは誤魔化せるのだが、これからここへ車を持ってくるのも大変だ。しかも、何かと目立つオープントップのジープ。昼間の住宅街なので、人通りが多くないことだけが救いだった。買い物客で賑わうブレーメン通りだったら、同じ位置に十分立っているだけで、怪しく思われるだろう。

懐かしい感覚もあったが、むしろ居心地の悪さを感じる。疋田はしきりに無駄話を持ち出したが、私はほとんど反応しなかった。二人の中年男性が揃《そろ》って立っているだけでもおかしいのに、大笑いしていたら、ますます不自然になる。

しかも彼の話は非常につまらない。

夕闇《ゆうやみ》が降りてきた。昼間は晴れて暖かかったのが、気温も急激に下がっている。私はダウンジャケットの前を閉めて、冷たい空気を遮断した。疋田は薄いコート姿なので、明らかに寒そうにしている。そのうち、足踏みを始めた。

「寒いなら、先に引き上げてくれよ」

「別に平気だけど……あんた、いつもこんな面倒臭いことをやってたのか？」

「もうちょっと楽にやれることもあるけどね」

公安の監視について説明してやってもよかったが、こんな場所で話すことでもない。しかし、今回ほどきつくないことも多かった……監視用に部屋を借りることもあり、その場合は普通に「暮らし」ながら相手を見張ることができた。もっとも私の場合、張り込みによる監視よりも、相手と直接接触して情報を取ることの方が多かった。その場合に役に立ったのが英語の能力……外事三課に誘われたのも、その後国連の選挙監視団スタッフとして派遣されたのも、英語を話せたのが大きかった。今考えてみると、それが自分の人生にとってよかったかどうかは分からないが。

午後六時、疋田が両腕を順番に擦り始めた。私は電柱に背中を預け、無言を貫きながらマンションを監視し続けた。それほど好きでもない張り込みだが、まだしばらくは我慢できる。私は何度も疋田に「引き上げるように」と勧めたが、その都度彼は拒絶した。どうしてむきになっているかは分からない。

午後七時になると、さすがに私もきつくなってきた。夜になって風が出てきており、ダウンジャケットに包まれた体はともかく、むき出しの顔が冷たくて仕方がない。どうするか……私が帰ると言わない限り、疋田もこの場にい続けるだろう。これでは無意味な意地の張り合いだ。

「八時まで待とう。それまで帰って来なかったら、今日は引き上げだ」私は結論を出した。

「明日は？」

「それについては……ちょっと考えがある」

「あんたの事件だから、好きにすればいいさ。それより、こういう時は立ったままホットドッグでも食べるもんじゃないのか？」

「刑事ドラマの見過ぎだ。実際にはそんなことはしない」

「表通りに、ホットドッグを売ってるような店が何軒かあったけど」

「とにかく八時まで待とう。その後で何か奢《おご》るから」

あと一時間——そう決めると時間が過ぎるのが遅くなる。疋田はこの状況もあまり気にしていないようだったが、私の苛立ちは頂点に達しつつあった。七時五十分、手帳を取り出して、優あてのメッセージを書きつける。こういうのを準備している時に限って相手が現れたりするものだが……と思ったが、何も起きないまま八時になった。私はまた足を引きずりながら二階まで上がり、ドアの隙間にメモを挟みこんだ。郵便受けに突っ込んでおく手もあったのだが、あの状態を見ると、優はほとんどチェックしていないかもしれない。

メモを残し終えると、私たちは連れ立ってブレーメン通りに出た。八時になって、昼間よりもずっと賑わっている。この商店街で飲食する人、帰宅を急ぐサラリーマン……疋田がホットドッグを所望したのを無視して、カレーショップに入る。何が悲しくて、夕飯をファストフードにしなければならないのか……。

疋田は妙に興奮した様子で——カレーが辛いせいもあるだろうか——警察官の仕事の実態をしきりに知りたがった。弁護士なのだから、警察の活動はよく知っているはずなのに。結構長時間一緒にいるのに、この男のことがますます分からなくなってきた。

優についても、だが。

6

クリスマスが過ぎ、私にはごく普通の日常が戻ってきた。

同様の手口のテロは、その後は起きていない。逮捕された二人は、石川の読みとは逆に完全黙秘を貫いていた。そして、私に接触してきた二人に関しては、行方も正体も分からないままである。唯一の動きは、二度目のテロに関しても、「聖戦の兵士」が犯行声明を出したことだった。

水田殺しの捜査は行き詰まったらしい。村越は私からの電話を着信拒否するようになった。何もそこまでしなくても……「税金で暮らす人間には許せない態度だ」と留守電にメッセージを残してやりたかったが、何とか我慢する。

年内最後の営業日は大晦日《おおみそか》になる。この日は定休日であっても店を開け、正月三が日だけ休むのが、「フリーバード」の年末年始のパターンだ。特に意味はない。この街では大晦日まで働く人も少なくないから、三十一日まで店を開けておくだけだ。一方、三が日は人出も少ないので、儲《もう》けとランニングコストを天秤《てんびん》にかければ休んだ方がいい。

最終日には、明日花が手伝いに来てくれた。それも自分から「行く」と言って。どういう風の吹き回しだと怪訝《けげん》に思ったが、大晦日には店の大掃除もしなければならないので、これは助かる。

客足が途切れたタイミングであちこちを拭《ふ》き掃除しているうちに、大晦日は過ぎていく。一番埃《ほこり》が溜まりやすいのはレコードの棚で、ここは特に念入りに掃除した。一枚ずつ取り出して、埃取り用のクリーナーで両面を拭き、分かりやすいように順番を入れ替える。何十枚か続けていくうちに、レコードの隙間に案外埃が溜まっているのに気づいて驚いた——驚くのも毎年のことだが。

接客の合間合間に掃除をして、午後七時。もう十分だ。今日は早めに店じまいして、明日花を家まで送っていく予定になっている。実家への新年の挨拶はせずに、大晦日に顔を出すのが私の習慣だ。少なくとも、両親が立て続けに亡くなった七年前からはそうしている。実家と言っても、今は継いだ兄の家になっているし、元々私は、正月の家庭的な雰囲気が好きではない。ここ数年は、三が日だけは商売のことを忘れ、都心部の高級ホテルに泊まるようにしていたのだが、来年はパスすると決めていた。事件続きで、とてもそんな気になれない。

明日花は嫌がるかもしれないと思ったが、年内最終営業日なのでケーキを用意しておいた。神保町ではなく、湯島のケーキ専門店で購入したチーズケーキ。明日花用に紅茶、自分用には濃いコーヒーを淹れる。本来は夕飯を食べる時間にケーキということになるのだが、予想に反して、明日花は喜んで食べていた。

「また、太るなんて文句を言うかと思ってたよ」

「チーズケーキは別だから」

「どうして？　他のケーキとカロリーは変わらないだろう」しかもこのチーズケーキは、甘みがどっしりしていて、いかにもカロリーが高そうだ。ケーキが得意でない私は、半分食べたところで持て余し始めた。

「それ、食べようか？　もったいないよ」

「いいのか？」

「うん……真さん、無理に合わせなくてもいいのに」

「君がケーキで、俺がピザを食べてたら変だろう。相手に合わせるのも大人のやり方なんだよ」

「よく分かんない」

「実は俺もよく分かってない」

「真さんって、基本、子どもだよね」

呆《あき》れ顔で言われて、思わず苦笑してしまった。子どもに子どもと言われても。

結局明日花は、ケーキ一個半を平らげてしまった。紅茶もお代わりして、上機嫌な様子である。

「補習、上手くいってるのか？」

「あんなの、楽勝よ」明日花がにやりと笑う。

「来年は大変だな。受験か就職か、そろそろ考えないと」

「真さん、海外で仕事するのって、どうだった？」

「何だよ、いきなり」明日花にはこれまで、あの国での仕事について話したことはなかった。十年前……明日花はまだ小学校に上がったばかりで、悲惨な経験を話す必要はないと思っていたから。その後も話すタイミングがなかった。

「なんか、日本にいてもしょうがないかなって思って」

「もちろん、海外でもいろいろ仕事はあるけど、何で急にそんな話になるんだ？」この店でバイトするようになってからの明日花といえば、とにかくだるそうにしている印象しかない。将来のことなど、考えるのも面倒臭そうだったのに。

「何でかな。もしかしたら、家を出たいだけかも」

「相変わらず兄貴と上手くいってないのか？」

「別にそういうわけじゃないけど、パパ、煩いじゃない」明日花が唇を尖《とが》らせる。「日本にいたら、一人暮らしをしてても毎日電話してきそうだし」

「兄貴ならあり得るな」

「海外だったら、さすがにそんな風にはならないでしょう？　何か、上手い手はないかな」

「いくらでもあるさ。大学へ行って留学する手もあるし、海外での仕事が多い会社に就職してもいいし」

「最初から海外で仕事できるようなところは？」

「そういうところもあるだろうな。でも、そんなに簡単じゃないぞ。先進国は物価が高い。

発展途上国はインフラ整備がまだまだだし、治安もよくない」

「日本が一番？」

「それは、日本を出たこともない人がよく言う台詞だ」

「真さん、あの国でどうだったの？　テロで大変だった？」

「ああ、大変だった」私は認めた。認めざるを得なかった。

「でも、何であの後で警察を辞めちゃったの？　ここ、儲かってないでしょ？」

「はっきり言うなよ」私は苦笑した。

「普通、公務員になったら、馘《くび》にでもならない限り、自分から辞めようとしないでしょう。パパだってそうだろうし」

「そうだな。だから最近は、安定志向で公務員が人気なんだろう」

「自分から辞める人って、よほど変わってるんじゃない？　真さん、そんな変わり者には見えないけど」

「兄貴と比較してみろよ。兄貴が普通の人だったら、俺なんか社会の落伍者《らくご》《しゃ》だぜ」

「パパも絶対に普通の人じゃないけど。あんなにクソ真面目な人、私の周りには他にいないわよ」

「……俺は大事なものをなくしたからかな」

「あの国で？」

「つき合いは短かったけど、友だちがいたんだ。日本人のジャーナリストで、現地に長く滞在して取材していた。日本人なんかほとんどいなかったから、どうしても親しくなる……同い年で、音楽の趣味も同じでね」

「要するにオタク趣味だよね？」明日花が、馬鹿にしたようにレコードの棚を見た。

「まさか」

七〇年代は、ロックが完全に産業化した時代だ。オタクどころか、当時の若者にとってはごくごく一般的な趣味だったと言っていい。そう説明すると、明日花は何となく納得してくれたようだった。

「とにかく、音楽好き同士で友だちになったわけね」

「命を救ってもらったこともある」

明日花が目を見開く。「命」という言葉の重みを感じたようだ。私は敢えて、厳しい表情を浮かべないように努めた。確かに命は重い。だがあの時期のあの国では、私たち在留外国人も含めて、命は軽かった。

「そういう人間が、テロで行方不明になった。その直前まで、俺は一緒にいたんだ。後で訪ねる約束をしていたんだけど……もしも別れるタイミングがもう少し早いか遅かったら、あいつはテロに巻きこまれていなかったかもしれない」

「それは、真さんの責任じゃないでしょう」

「分かってる。でも、納得できなかった。死んだと分かっていればともかく、ずっと行方不明のままというのはきついよ。帰国してから、彼の両親や婚約者にも会って、謝った」

一真さんが謝ることじゃないよ」

「そうなんだけど、謝らないといけないと思った。かえって辛い思いをさせてしまったと思うけど……とにかくそういうことがあって、俺は燃え尽きたんだろうな。本当は警察を辞めて、もう一度あの国へ行って捜すつもりだった。やっぱり自分に責任があると思っていたからね。でも、帰国した直後から、イスラム過激派のテロが激しくなって、渡航制限がかかった。そうやって一年……一年経つと、どんな気持ちも薄れるんだ。俺は燃え尽きて警察を辞めて、その後は君も知っての通りだ」私は肩をすくめた。

「よく分からないけど……」

「実は俺も分からない」

「何だ、じゃあ、私が分かる訳ないじゃない」

「一＋一は二、みたいに簡単な話じゃないんだ。人の心の動きは、割り切って説明できない」

「何か、面倒臭いなあ。社会に出るのって大変だよね」

「社会に出なくたって同じだよ。君は兄貴を嫌ってるみたいだけど、どうしてか説明できるか？」

「それは――」口を開きかけた明日花が、急に不機嫌な表情になって黙りこむ。「よく分かんない」

明日花が立ち上がり、二人分の皿を持ってカウンターの内側に向かった。会話は中途半端に終わっていたが、私は密《ひそ》かに満足していた。これまで明日花は、私との会話を避けていたのに、少なくとも今日は、多くの言葉が二人の間を行き来した。もしかしたらこの姪っ子は、ようやく反抗期と暗黒期を抜け出そうとしているのかもしれない。

ドアが開く。閉店はもう少し先になりそうだと思い、私は立ち上がった。

新藤美紀——瀬波優。

私は明日花に視線を送った。カウンターから出るな——明日花は鋭く私の意図に気づいたようで、黙って皿を洗い始める。

「メモをいただいたので」優は店に一歩入ったところで立ち止まっていた。中に入ると、罠《わな》にかかるとでも恐れているのかもしれない。

「見てもらえましたか」

「家まで来るのは、やり過ぎじゃないですか」優の目つきは、これまで見たことがないほど鋭かった。

「あなたに対抗しただけです。あなたはたくさん嘘《うそ》をついた——胡散臭《うさんくさ》い話です」

「その件については申し訳なかったけど、私にも事情があるのよ」

「入りませんか？　コーヒーを淹れますよ」

「コーヒーはいらないけど……」優がドアを閉め、店に入って来た。私の前にゆっくりと座る。初めてこの店に来た時と同じように薄化粧で、アクセサリーの類はつけていない。

あの時はそれでも光り輝くようだったが、今はそれが少しくすんでいる。疲れているのか、何か別の事情があるのか――別の事情ではないか、と私は想像した。

　向き合って座ると、私はすぐに切り出した。

「あなたは、名前を偽っていた」

「ええ」

「どうして？」

「言えません」

　最初から説明は拒否か――だったらどうして彼女はここへ来たのだろう。嫌な予感が膨らんできた。

「ここからは想像です。あなたは、田澤直人を知っている。いや、相当深い関係にあったでしょう」

「何のことですか」

「あなたのことは、ある程度調べました。十年前、あなたが日本を出国して、田澤がいた国へ向かった記録が残っている」これも結局、疋田が調べ上げた情報だった。「ただし、田澤がテロに巻きこまれる数日前に帰国していますね？　その後、新宿のレコード店でウィッシュボーン・アッシュの海賊盤を買った。それをデータ化して田澤に送った――違いますか？」

　反応なし。ぶつけた仮説が当たったのだ、と確信する。優が「兄」と言っていたのは田澤なのだろう。

「残念ながら私は、あの国でウィッシュボーン・アッシュの海賊盤を聴く機会はありませんでした。帰国してから手に入れて……ここで、あなたにも聴かせましたよね」

「好きになれないわ……」髪をかき上げ、不機嫌に表情を歪《ゆが》める。

「どうして？　彼に音源を送ってからすぐに、あのテロが起きたから？」

「そういう解釈で結構です」

「田澤は日本に帰って来ている？」

「ええ」

優があっさり認めたので、私は少し拍子抜けした。

「政界のフィクサーとして長年暗躍していた人間が、先日殺されました。現場は、この店から歩いて五分ほどのところです。容疑者と田澤が、メールでやり取りしていたことが分かっています。田澤が、十一年前に被害者の周辺を調べていたらしいことも分かっています」

「そこまで割り出したのね？」

「割り出せた、と思います」私はうなずいた。「問題は、田澤がどうしてそんなことをしたかだ。十一年前の取材で何かトラブルがあったかもしれないと考えましたが、十一年は長い。どんなにひどい恨みでも、五年も経てば薄れるものです」

「あなた、警察官だったんでしょう？　警察官なら、もっと被害者の気持ちが分かると思けど」

「田澤は何かの被害者だったんですか？」

優が黙りこむ。私は、胸の中で嫌な予感が湧《わ》き上がってくるのを感じた。まさか……。

「家族に危害を加えられたらどうですか。そういう恨みも忘れられると思いますか」

「……彼の妹さんは亡くなった。もしかしたら、事故死ではなかったのでは？」

優は反応しなかった。うつむき、唐突に「入って」とつぶやく。何のことだ……次の瞬間、私は彼女のコートの胸元に小さなマイクが仕込まれているのに気づいた。マイクの色がコートと同じ黒だったので分からなかったのだが、おそらくスマートフォンにつながっているのだろう。

私はゆっくりと立ち上がった。

ドアが開く。男が——田澤が入って来た。十年分の年齢を重ねてはいなかった。そもそも顔が違う。顎の黒子《ほくろ》もない。それでも彼だと分かったのは、独特の軽快な身のこなしの故だった。

人は顔を変えられても、体の動きの癖は変えられない。

7

「田澤……」

「久しぶりだな」

田澤は後ろ手にドアを閉めた。濃いグレーのチェスターフィールドコートの襟元には、上質そうなマフラー。右手にはベージュ色の角ばったトランクをぶら下げている。私は何となく、あの国の暑さを思い出していた。古めかしいデザインのそのトランクは、白いリネンのスーツにカンカン帽を被《かぶ》った紳士が持つに相応しい。

そして今日は、完全に素面《しらふ》の様子だった。酒が入っていない彼を見るのは初めてだったかもしれない。

「まさか、本当に店の名前を『フリーバード』にするとはな」

「他に考えつかなかったんでね」田澤の想い出のために、とは言えなかった。以前ならそう言えたが、今は無理だ。

「しかしよく、すぐに俺だと分かったな」

「雰囲気までは変わらない」

「韓国の美容整形技術は世界一だと思っていたんだが……金をどぶに捨てたな」田澤が唇の端を持ち上げるように笑った。

「いや、よくできてるよ。お前が外で待っていることは、予想していたんだ。彼女が合図したら、ここへ入って来ることになってたんだろう」

私は自分のシャツの襟元を指さした。その辺にマイクをしこんでおいたな？　田澤がうなずき、カウンターの中にいる明日花をちらりと見る。まずい……明日花を巻きこむわけにいなたい[illegible]しゃがみこんでいれば外からは見えないのだが、明日花は立ったままだった。状況を把握しきれずに、その場で固まっている。私が目配せすると、のろのろと身を沈めて椅子に腰を落ち着けた。

「座れよ。俺に話があるんだろう？」私はテーブルに向かって顎をしゃくった。

「失礼する」

田澤が椅子を引いて座った。かなり大きいトランクは床に下ろさず膝に抱えこんで、両肘を載せた。

「二人の関係は？　前にあんたが喋っていた、現地での恋人か」

「そう考えてもらっていい」

「岩井留美子さんがいたのに？　彼女は今も独身だぞ」

「彼女には悪いことをした」田澤の目つきが暗くなる。「謝れるものなら謝りたい」

「そんなつもりはないだろう」

「気持ちはある。そういう機会がないだけだ」

「作ればいいじゃないか」

「いつまでも日本にいるつもりはないから」

「またあの国へ帰るのか？」

「さあ」田澤が首を傾《かし》げる。本当に、自分でも自分がどこへ行くのか、分かっていない様子だった。

「聴きたいことがたくさんあるんだが」

「答えられるかどうかね……一つ、取り引きしようか」

「材料は？」

「ちょっと手を貸して欲しいことがあるんだ。約束してくれれば、今まで何があったか、全部話すよ」

「約束はできない」田澤に手を貸せば、犯罪になるかもしれない……私は警戒した。

「そうか」田澤がうなずく。「そうだろうな。じゃあ、取り敢えず質問してくれ。答えられることなら答える」

「俺が知りたいのは全部だ」私は力をこめて言った。

「おいおい、素人じゃないんだから……」田澤が苦笑する。そうすると、十年前の――オリジナルの顔の面影が蘇った。「ゼロか一か、なんていう取り引きはやめようぜ」

「十年前に日本を離れたのは、水田とトラブルを起こしたからか？」

「あのオッサンは、代議士秘書の自殺に絡んでいた」

「間違いないのか？」

「本人は認めなかったが、間違いない」田澤がかすかに胸を張る。自分の取材に徹底した自信を持っているようだった。「こういうことだ……あの代議士事務所では、怪しい金の流れがあった。明らかに代議士本人の指示によるもので、東京地検も捜査に乗り出していたんだ。しかし何しろ、宇尾派のホープだったからな。何とか揉《も》み消す必要があった」

—それで、事が大きくなる前に、秘書に責任を被せて自殺させたわけだ——その裏で糸を引いていたのは水田だった」

「ああ」田澤が深刻な表情でうなずく。あの国ではついぞ見たことのない、いかにも不正を憎むジャーナリストの顔……あるいはこの表情も、整形の賜物《たまもの》だろうか。

「あんたはその件に突っこんで取材していった。ところが宇梶派の背後にいた水田は、宇梶派の代議士だけではなく自分にも取材の手が伸びたことを知って反撃に出た」

「そういうことだ。あいつにすれば、後ろ盾のないフリーの人間を潰すぐらいは、何ということもなかったんだ」

「妹さんは殺されたのか？」

「それは分からない。俺も調べたんだが、交通事故が仕組まれたものかどうかは結局分からなかった。ただ妹は、あの事故の少し前から、誰かに尾行されているみたいだと言っていたんだ。単純な事故でなかった疑いは強い」

「水田の関係者が、嫌がらせで追跡していたのかもしれない。それで焦った妹さんが事故を起こしたとか——それなら、直接手を下したわけじゃないけど、殺されたようなものじゃないか」

「それで俺は、盛大にびびったわけだよ」田澤が自嘲《じちょう》気味に言った。

「水田の手から逃れるために、日本を出てあの国に向かった？」

「そう、俺は逃げ出したんだ。あれだけ混乱している国にいれば、水田でも手は出せないからな。もっとも、あの国に興味があったのは本当なんだ」

「いや、あんたが興味を持っていたのは『政治』だ。日本の政治。その取材を諦めてまであの国へ行ったのは、単なる逃げだろう」

「ジャーナリストは、どこにいても取材する。それだけの話だ」田澤が首を横に振る。

「ところで、コーヒーは飲ませてくれないのか？　夢を叶《かな》えて店を構えたんだから、あんたが淹れるコーヒーがどんなものか、試してみたいな」

「飲ませるかどうかは、あんたが何をしていたか、知ってからにする」

「そうか……知りたいか？」

「知りたい」私はうなずいた。「あんたが喋らなくても、俺はいずれ調べ出すつもりだが」

「警察官として？」

「いや、俺はもう警察官じゃない。ただ、一人の人間として、どうしても知りたいんだ。たぶんあんたは……何人かの死に関係している。あの国での自爆テロの後、何があったか教えてくれないか？」

「どうしたものかな。俺には時間がないんだ」田澤が首を捻った。

「あんたは、イスラム過激派に感化されたんじゃないか？　向こうで取材――イスラム教関係の話を聞いたと言っていたよな」

「ああ。ただし俺は、正規のイスラム教徒じゃない」

「どうして日本に戻って来た？」

「『聖戦の兵士』のために」

「奴らはイスラム過激派だぞ？　お前はイスラム教徒じゃないのに、どうして『聖戦の兵士』に絡んでいるんだ？」

「『聖戦の兵士』は、狂信者の集団じゃない」

テロを企図する時点で既に狂信者と言っていいと思うのだが……議論を避け、私は質問を続けた。

「連中との間に何があったんだ？」

「あの自爆テロで、お前はどうした？」田澤が聞き返してきた。

「大した怪我はなかった。お前は巻きこまれたんじゃないのか？」

「死ぬところだった」田澤が皮肉っぽい笑みを浮かべた。「タイミングが悪かったら死んでいたと思う。その俺を助けてくれたのが、『聖戦の兵士』の構成員の一人なんだ」

「自分たちで仕かけたテロだろう？　それで怪我した人間を助けるのは、筋が違うんじゃないか」

「顔見知りだったんだ。俺に、イスラム教の基礎について教えてくれた人間……あの国の基礎を知ろうと思ったら、多数派のイスラム教徒以外に、『聖戦の兵士』のことも知らなければならなかった。『聖戦の兵士』で俺の指南役だった人間が、あのテロ現場にいた
——意識を失った俺を助けてくれたんだ」

「まさか、それに恩を感じて、日本でのテロに手を貸したんじゃないだろうな？」

「持ちつ持たれつ、というところかな」

「意味が分からない」私は首を横に振った。田澤の精神は捻《ね》じれてしまったのだろうか。

「なかなか説明しにくいんだが」田澤がトランクに顎を載せる。自分の頭の重みに耐えかねているような様子だった。「『聖戦の兵士』は自分たちの影響力を拡大するために、各地でのテロを計画していた。それも、これまでイスラム過激派によるテロがなかった地域で起こすのが効果的だ。それで狙われたのが、東アジアだったんだ――特に日本。しかし日本で、海外から入って来たイスラム過激派がテロを起こすのは、相当ハードルが高い」

「実際、二度目のテロで逮捕されたのは日本人なんじゃないか？」

田澤が無言でうなずく。彼が意識しているかどうかは分からなかったが、この時点で田澤は一線を越えた。逮捕された二人は、未だに完全黙秘を続けているという。つまり、日本人かどうかも分からない。しかし田澤は、二人が日本人だと認めた――つまり、二人の正体を知っている。このテロ事件に関わっていると自ら明かしたも同然だ。

「その他にも、俺に接触して来た人間が二人いる。あいつらは何者だ？　もしかしたら、テロリストのグループか？」

「まあ……そういうことにしておいてもいい。情報収集は基本の基本だろう。ただ俺は、事情を全て知っているわけでもないんだ」

私はその件には突っこまず、あくまで周辺から話を進めることにした。今は普通に話しているが、田澤の態度がいつ豹変《ひょうへん》するか分からないのが不安だ。完全に沈黙したままの優の存在も不気味である。

「ホームグロウンテロなんだな？」

「その言葉が正しいかどうかは分からない」私の指摘に、田澤が反論した。「ある国に生まれ育った人間が過激派思想に感化されて自国へのテロリストになる——それが、一般的な意味でのホームグロウンテロだ」

「逮捕された二人は、『聖戦の兵士』の人間ではないんだよな？」完全黙秘を続けているのもその証拠だろう。もしも『聖戦の兵士』の人間だったら、警察に対してもテロの成果をアピールするのではないだろうか。

「ああ」

そこで私はピンときた。しばし口をつぐみ、頭の中で推理を広げていく。こういう時の常で、純粋な推理が瞬時にして完全なシナリオとして完成した。

「あんたが『聖戦の兵士』のシンパだということは分かった。彼らの命を受けて日本に潜入し、テロを計画した。目的は『聖戦の兵士』の存在のアピールだから、特に重要な施設を狙う必要はなかった。神保町のようなごく普通の街でテロを起こしても、世間には十分なショックを与えられる。実行部隊を金で雇って、テロを実行させたんじゃないか？」

「『聖戦の兵士』の資金は潤沢なんだ。誰だって、百万単位の金を積まれたら、多少危ないことにも手を染めるさ」

「連中に対する報酬は？」

「それを言うつもりはない」田澤が首を横に振る。

「どうしてこの街でテロを起こした？」

「ここには水田がいたからな。監視を続けるうちに、この街は新宿や渋谷に比べて警察の警戒が甘いことが分かった。それに、警察がテロの捜査に力を入れれば入れるほど、他のところには目が届かなくなるんだよ」

「とにかくあんたは、『聖戦の兵士』の手先になって日本に戻り、テロを企画した。しかしあんたは、シンパではあってもイスラム教徒ではない。使命感からテロを起こしたわけじゃないだろう？　何か取り引き材料があった――水田を消すために、『聖戦の兵士』を利用したんだな？」

「金だよ」田澤があっさり認めた。「『聖戦の兵士』は、日本でテロを起こす代償として、十分な資金を提供してくれた。偽造パスポートを作り、韓国での整形費用も全部出してくれた。俺が別人になれたのは、『聖戦の兵士』のおかげなのさ」

「そうやって日本へ戻って来て、テロを計画し、さらに水田を始末する準備を進めた。しかも自分では手を汚さず、人を雇ってやらせた。岡村に、水田を殺させたんだな？」

「ああ」

「奴はどこへ行った？」

「犯行が終わった後のことまでは知らない。所詮《しょせん》は闇サイトで雇った人間だから。金だけの関係だよ」

「闇サイトを使って殺し屋を手配するほど、水田に恨みを持っていたのか……」

「家族を殺されて、黙っていられると思うか？　人が一番恐怖を覚えるのは何だと思う？　忘れた頃に、自分を憎む相手が突然姿を現すことだ。あれはまったく、笑えた……」田澤が表情を緩める。「岡村を家に侵入させた後、俺は玄関ではなく勝手口から入った。話をして、命乞《いのちご》いをする人間が殺されるのを見るのは、たまらない快感だったな。あれですっかり、心に淀《よど》んでいたものが消えた」

「勝手な理屈だな」

「水田のような人間には、ああいう最期が相応しい」

「そうすることで、お前は水田と同じレベルに落ちたんだぞ」

「何とでも言ってくれ」田澤が肩をすくめる。

その瞬間、私はこの男との友情は完全に終わったと確信した。短く濃いつき合い――特殊な環境が育《はぐく》んだ特殊な友情は、他の何にも代えられない貴重なものだと思っていたのだが。

「彼女は――あなたはどういう関係なんですか？」私はつい、優にきつい質問をぶつけた。

「田澤には学生時代からつき合っていた婚約者がいた。彼女を日本に残してあの国へ行き、あなたと交際していたとしたら、とんでもない話ですよ」

「そういう関係じゃないわ」優があっさり言った。先に田澤が言ったのを、全面的に否定している。

「意味が分からない」

「男女の関係というと、恋愛——そうとは限らないのさ」田澤が淡々と言った。「彼女は俺のシンパだ」

「『聖戦の兵士』絡みで?」

「違います」優が否定した。「私は十年前、大学を出たばかりで、フリーライターを目指していたんです。田澤さんとは何度か一緒に仕事をしたことがあって……私にとっては先生役でした」

「先生を助けるために、あの国へ渡った? それは無謀過ぎる。恋愛関係なら、そういう無理をするのも理解できるけど、単なる仕事仲間のために命まで懸《か》けるか?」

「命を懸ける、というほど危険な状況じゃなかったでしょう」優が反論した。

「テロで何十人も死んでいる」

「危険を避ける手はあったわ」

「だったら今回は? いったい何が目的だったんだ?」

「私は……あなたの様子を探っていただけです。テロについてどれぐらい知っているか。それと、最終的に彼と引き合わせるために……」

「恋人のためには、ずいぶん無茶なこともするんだな」

「その話はよそう」田澤が言った。「説明しても、あんたには分かってもらえないと思う。ただ、これだけは覚えておいてくれ。俺たちは男女の関係じゃない。今の俺には、そういうものはいらないんだ。やるべきことがあったから」

「使命を果たすまでは女断ちか――あんた、これからどうするつもりなんだ？　『聖戦の兵士』から指示されたテロは終わった。水田に対する復讐《ふくしゅう》も終わった。このまま日本に残るつもりか？」

「そんなリスクは負わない」

「だったら――」

「取り敢えず、日本を出るんだ」田澤がトランクを開け、中に手を突っこんだ。そのまま動かなくなる。「そこまでは、事前にきちんと予定を立てていた。ところが、いろいろと不具合が生じてね……予定していた計画での脱出ができなくなった。それで、あんたにお願いがあるんだが」

「それが最初に言った取り引きか」

「俺が日本を出るのに手を貸して欲しい。あんたならできるだろう？　あんたはもう警官じゃないんだし、自分の気持ちに従って動けばいいんじゃないか？」

「俺の気持ちか……」友情はつい先ほど壊れた。しかし田澤を憎んだり恨んだりする気持ちはまだない。もっとも田澤は、私の気持ちをまったく読んでいないようだった。この十年間のどこかで、普通の人間としての感情を失ってしまったのかもしれない。

「手助けしてくれないか？　大した手間じゃないんだ」

「断ったら？」

「どうしても頼みたい。あんたなら引き受けてくれるはずだ」田澤がトランクから手を引き抜いた。小さな拳銃《けんじゅう》を握っている。銃口を私に向けることはなかったが、それでも十分な威圧感を発していた。「こういうものもあるんだ」

「結局は脅しか」

本物の銃かどうかも分からないが、リスクは冒せない……少なくとも明日花だけは守らないと。彼女がこの状況に気づいているかどうか。顔色を確かめたかったが、カウンターの方を見て、田澤たちに明日花の存在を意識させてしまうのもまずい。ヘマした、と私は内心唇を嚙《か》んだ。

「ちょっとしたヘルプが欲しいだけだ。もちろん違法だが、あんたが黙っていれば、ばれることもないだろう」

「あなたはどうするんですか」

私は優に訊ねた。彼女は何も言わず首を横に振るだけで、代わりに田澤が答える。

「彼女もこのまま日本にいるわけにはいかない。これからどうするかは決まっていないが、取り敢えず日本を出ることになる」

「そうか……お別れに、何か一曲聴かないか?」

「もう、あの頃聴いていた曲は聴かなくなった」田澤の顔に、一瞬だけ寂しそうな表情が浮かぶ。

「五分ぐらいは余裕があるだろう。俺も帰国してから、ウィッシュボーン・アッシュの海賊盤を手に入れたんだ」

「あの海賊盤か」田澤が微笑《ほほえ》む。

「変な言い方だけど、いい海賊盤だった。音質もよかった」私は立ち上がった。

「妙な真似《まね》をするなよ」一転して表情を引き締め、田澤が警告した。

「妙な真似って？」

「分かってるだろう」

ゆっくりカウンターに向かう。明日花はいつも使っている椅子に腰かけたままで、緊張した表情を浮かべていたが、私の顔を見ると素早くうなずいた。何かを伝えるように――何だ？　明日花がカウンターの天板に視線を向けた。それで私は事情を悟った。よくやった、と褒めるべきか……分からない。私の命がどうなるかはともかく、田澤と優の命運は尽きかけている。私はそれを黙って見ていていいのだろうか。

レコードをかけてからテーブルに戻り、田澤に視線を向ける。次いで優に。

「あなたは、どうしてこの店に来たんですか？　最初から俺を巻きこもうとしていた？」

「日本を離れる前に、一度あんたに会いたかった。そのために、いろいろ調べてもらったんだ」田澤が優の代わりに答えた。「友情を確かめるために」

「自分の身元を偽り、妹がテロに巻きこまれたと嘘をついて、接近してきた――下手な嘘だった。もしかしたら、捜査の攪乱《かくらん》も狙っていたんじゃないか？　例の怪しい車の情報……俺に話せば警察にも流れると読んで、ノイズになる情報で警察を混乱させようとした。

違うか？」

田澤も優も黙りこむ。この男が何を考えているのか、さっぱり分からなくなった。二件のテロ、殺人事件……そんなことをして、まだ私たちの間に友情が存在していると思っているのだろうか。あるいは単に、私を「利用できる人間」として巻きこみたいだけなのか。

ふと、ドアの向こうで動きがあった。小さなガラス窓に人影が映る……明日花がいきなり動いた。中腰の姿勢のまま、カウンターから裏口へそっと移動する。裏口のドアを開け、素早く脱出した。よし、これで明日花はもう安全だ。

田澤が、拳銃を握ったまま立ち上がりかける。正面のドアが細く開いたタイミングを狙って、私は素早く身を引き、テーブルを思い切り蹴飛ばした。テーブルが田澤の腿《もも》を直撃する。バランスを崩して倒れかけた田澤が、引き金を引いてしまった。銃弾が照明を撃ち抜き、天井に食いこむ。優はテーブルが胸に当たって、床に転がっていた。

銃声が合図になったように、警察官が店に雪崩《なだれ》こんでくる。

「銃を持ってる！」

私は叫んだが、田澤は……田澤は一つだけ、昔とまったく変わっていなかった。

諦めがいい。

薄い笑みを浮かべると、拳銃を床に落として両手を軽く上げた。

それから始まった混乱についてはよく覚えていない。数人の警官が田澤を押さえこみ、逃げようとした優を他の警官が捕まえ——最後に入って来た村越は、困惑の表情を浮かべていた。

「いったい、どういうことですか？」

「あなたに、水田殺しの首謀者を進呈します」

「俺を警察に売るのか？」両腕を制服警官に押さえられた田澤が、唸《うな》るように言った。あっさり諦めたように見えたのに、まだ何とか逃げられると考えているのかもしれない。

「あんたはもう、警察官じゃないだろう」

「ああ」

「だったら、どうして――」

「あんたが俺を裏切ったからだ。俺は……あんたを友だちだと思っていた。それなのにあんたは、十年間まったく連絡も寄こさずに、テロリストの手先に成り下がっていた」

「そうせざるを得なかった理由は話しただろう！」

「理解はできる。でも許せない」

「元警察官としてか？」

「違う」私は首を横に振った。「一人の人間として。あんたにはもう、そういう感覚はないだろうが」

田澤ががっくりとうなだれた。一人の人間を破滅に追いやってしまった……私は顔を上げたまま、田澤の顔を凝視し続けた。

今まで、田澤は自由な鳥だった。危険が迫れば逃げ、復讐のチャンスがあれば舞い戻り……しかし今は翼を奪われ、おそらく二度と飛ぶことはない。

混乱する店内を後にして、私は外へ出た。ぽつんと立っている明日花を見つけ、安堵《あんど》の吐息を漏らす。

「通報ボタンを押してくれたんだな?」

明日花が無言でうなずく。目が少し潤んでいるのは、恐怖と寒さのせいだろう。

「助かったよ。よく気がついたな」

「前に教えてくれたじゃない」

「そうだったな……でも、肝心な時にはつい忘れがちなんだ」

「でも警察、遅かったよ。ボタンを押してから、十分ぐらいかかったんだから」

「いいんだ。全員無事だったんだから」

明日花が突然、その場にへたりこむ。田澤たちがやって来てから、相当な緊張を強いられていたのだと分かる。私は腕を摑んで明日花を引っ張り上げ、頭を二度、ぽんぽんと叩いてやった。それで緊張の糸が切れたのか、明日花がいきなり泣き始める。命の恩人が声を上げて泣くのを、私はただ見ていることしかできなかった。

8

「フリーバード」を開店してから初めて、私は長期の休暇を取った。といっても一週間だ。

それ以上店を休んでいたら、常連客から文句を言われる。実際藤木に報告すると、「休みなんて、三日で十分じゃないか」と言われたぐらいなのだ。

しかし、どうしても一週間は必要だった。あの国にはまだ日本からの直行便がなく、距離が近い割に、行き来するだけでもそれなりに時間が潰れてしまう。

飛行機を降りて空港の建物に入った瞬間、私は間違った場所に来てしまったのではないかと自分の目を疑った。十年前は、ひどく古びて設備も老朽化し、もはや使われていないと言われたら信じてしまいそうな空港だったのに、完全に建て替えられて近代的に生まれ変わっている。豪華ではないが、清潔で使いやすそうだ。

歳月の重みをはっきりと意識する。

入管の係員は、十年前とは全く違う、パリッとした濃紺の制服を着ていた。態度にどことなく余裕があるのは昔と同じ……表面をいかに変えても、国民性がそう簡単に変化するわけでもあるまい。基本的にこの国の人たちは呑気《のんき》なのだ。

空港を出た途端に襲ってくる、湿気を帯びた熱風。かつてはそこに、土埃の臭いが混じっていたのだが、今はほとんどない。見ると、空港の周辺では道路がきちんと整備されているのだった。国際線の到着ロビーの外はバス乗り場。しかし私は、時間節約のためにタクシーを摑まえて、市街地へ向かうことにした。

高速道路が建設中だった。走っている車は、昔と同じように古いトヨタ車が目立つ。しかし十年前と違って、ヨーロッパ車も増えていた。しかし、運転手つきの高級車を乗り回す富裕層は、まだ存在していないのかもしれない。

タクシーの運転手とは基本的に言葉が通じなかった。こちらは英語しか話せないし、向こうは現地の言葉と片言のフランス語だけ。幸い、ホテルの名前だけは理解してくれたようなので、あとは彼の運転テクニックに任せることにした。

市街地が近づくと、交通量が一気に増えてくる。車だけではなく、バイク、それに自転車も。十年前は、バイクはほとんど見かけなかった。そのバイクも、ほとんどが日本製だ。日本企業は、この国にも確実に食いこんでいる。頬杖《ほおづえ》をつきながら外を眺めていると、人々の顔が明るいことに気づいた。「聖戦の兵士」によるテロが激しかったのは五、六年ほど前までで、アメリカ軍の援助を得た政府軍が駆逐した後は、国内情勢は安定している。命の危険が小さくなれば、気持ちに余裕ができる……当たり前のことを、私は今さらながら痛感した。

国会議事堂や首相官邸、中央官庁などが集まる中心地の様子は、それほど変わっていなかった。フランス統治下の古い建物が未だに残っていて、独特の趣を醸し出す。ところが、そこから車で五分ほど走っただけで、急に様相が変わった。真新しい高層ビルが建ち並び、巨大なショッピングセンターが威容を誇っている。見かける看板も、スターバックスにマクドナルド……アメリカに侵食されているのは、世界中どこの大都市でも同じだ。この国特有の甘いコーヒーを飲ませる店は健在なのだろうか。

当時、選挙監視団が宿舎に使っていたホテルにチェックインする。外観は当時のままだが、中は大規模なリニューアルを受け、高級リゾートホテルの様相を呈している。三か月間、毎日のように顔を合わせたホテルのスタッフはいないだろうかと探してみたが、一人もいなかった。それはそうだろう。このホテルは五年前に、アメリカ資本に買収された。その後、外観だけを残して、中身も従業員も完全に別物になったと考えていい。

部屋——こぢんまりとしてはいたが、清潔だった——に荷物を置くと、すぐに外へ出る。ここまではジャケットを着ていたのだが、脱いで半袖《はんそで》のシャツ一枚にした。この国では、襟がついたシャツを着ていれば「正装」と認められる。正装で行かねばならない場所があるとは思えなかったが。

周囲の光景はすっかり変わっていた。どうやら、官庁街から少し離れたこの辺りは、オフィス街、ショッピング街として整備されたようである。道路も拡張され、ベンツやBMWなどの高級車も普通に走っている。急速に海外資本が入りこんできた波に乗り、上手く金儲けをしている人も少なくはないようだ。

迷いながらも、爆破テロの直前までコーヒーを飲んでいたカフェを捜す。まさか、スターバックスに衣替えしていないだろうな……と一抹の不安を抱いた。そもそも、あのカフェも爆破されてしまったわけで、その後営業を再開したかどうかも知らない。

化粧直しを終えたのは表だけだとすぐに分かった。一本裏に入ると、記憶にある通りの光景が姿を現す。舗装されていない道路、低い、朽ち果てかけた建物……当時は不快でしかなかった埃っぽい雰囲気が、今となっては懐かしく感じられる。表通りではスーツ姿のビジネスマンも多く見かけたのだが、ここへ来るとラフなTシャツや民族衣装姿の人がほとんどだった。

十年前の記憶が蘇る。そう、このレストランで、田澤と一緒に地元の名物の蟹《かに》料理を食べて腹を壊した……不自然にワインの品揃《しなぞろ》えが豊富だったあの店では、選挙監視団のスタッフと宴会をして悪酔いした……やがて、あのカフェが見えてきた。

看板は変わっていたが、テラス席は記憶にある通りだった。もちろんテーブルも椅子も当時とは変わってしまっていたが、それでも間違いなくあの店だ。爆破に負けず、しっかり復旧したのだと考えると表情が緩んでしまう。店名が違うのは、オーナーが変わったからか。常に柔らかい笑みを浮かべていた無口なオーナーはどうしただろう。覗きこんでみると、カウンターの中には見覚えのない中年の男性が入っていた。

店を通り過ぎ、最初の爆破で完全に崩壊してしまったナイトクラブの前に出た。ナイトクラブの「跡地」になっていた。海外資本が貪欲《どんよく》に入りこんで、あらゆる空き地に建物を建てようとしている状況から取り残されたように、何もない。私はズボンのポケットに両手を突っこんだまま、しばしそこで固まってしまった。ここだけ空き地になっているのはどういうことなのか。日本の感覚なら「事故物件」扱いで、買い手も借り手もつかないのも理解できるが。

ここで田澤は、一度死んだ。

テロに巻きこまれた経験が、彼の人生を狂わせるのにどれほどの影響を及ぼしたかは分からない。しかし間違いなく、あの事件を契機に田澤はテロリストの手先として動き始めたのだ。彼には彼の目的があったとはいえ、それを「大義」と呼べるかどうかは分からない。

あの時、傷ついた彼を捜し出して助けていれば、こんなことにはならなかったかもしれない。少し変わった、しかし貴重な友として、今でもつき合っていたのではないだろうか。私は未だに警察官で、ジャーナリストを続ける彼のネタ元になっていたかもしれない。

仮定の羅列からは何も生まれない。

私は、空き地に向かって軽く一礼した。ゴミが打ち捨てられ、激しく落書きされた看板がぽつんとある場所に向かって頭を下げるような格好になり、周りを歩く人たちが奇妙な視線を向けてくる。しかし、気にもならなかった。ここで死んだ、昔の田澤への黙禱《もくとう》。

カフェに戻り、懐かしいコーヒーを頼む。味は記憶にある通り、歯に染みるほど甘かった。ぼんやりとコーヒーを飲みながら、田澤の行く末を考える。田澤は銃刀法違反容疑で現行犯逮捕され、その後すぐに殺人罪における教唆《きょうさ》の罪に切り替えて再逮捕された。田澤に手を貸していたことが分かり、優も殺人の共犯で逮捕された。岡村だけはまだ逃亡中で、田澤も行方については一貫して「知らない」と言い続けている。テロ事件で逮捕された二人組は、最初の一勾留では黙秘を貫いていたものの、続く十日間で供述を始めた。それによって、田澤が国内で集めたテロ組織の実態も明らかになってきた。田澤は思想的な問題を無視して、金で動く人間だけを集めた。そもそも田澤が日本に戻って来たのは四年も前だというのだから驚く。タイや韓国でテロの準備を進めていた田澤は、四年前に偽造パスポート――韓国のものだった――で日本に入国すると、その後も日本と韓国を行ったり来たりしながら、着々と準備を進めてきたのだという。

何という孤独だろう。家族や婚約者、知り合いとの接触を諦め、ひたすらテロと水田に対する復讐の準備を進めてきた。

その悪いルートから逃げ出すチャンスはあったはずだ。もしも私に接触してくれれば……事情を知ったら、私は彼を説き伏せられたと思う。馬鹿なことはよせ、と――。

埃を舞い上げながら歩く人たちを眺めながら、私はスマートフォンを取り出した。誰かと話したい……しかし話す相手がいなかった。田澤の元婚約者・岩井留美子には全ての事情を話すべきだとも考えていたが、私にはそうする権利もないと思う。というより、彼女と話すのが怖かった。結局、最終的に田澤を破滅に追いこんでしまったのは私なのだから。

明日花とも話せない。あの一件では、彼女の機転で私は生き残ることができたものの、本人は大きなショックを受けてしまった。喫茶店でのバイトもずっと休んでいる。ただ、冬休みが終わると、学校には真面目に通い始めたそうだ。気持ちが大きく変化したのだろうが、それがいいことか悪いことかは分からない。

兄と話すのは論外だった。田澤が逮捕された後でもう散々説教を受けていたし、今でも私に対しては怒っているだろう。カッカしている相手の懐に飛びこむのは、自殺行為だ。こんな時結局電話することを諦め、スマートフォンに小型のヘッドフォンを挿しこむ。

に相応しい曲が、ウィッシュボーン・アッシュにはあるのだ。『剣を棄てろ』――名盤『アーガス』の最後を飾るこの曲は、ミドルテンポの大人しい曲調なのだが、戦いの終わりには敗者も勝者もいない、という歌詞が身に沁《し》みる。

私は何と戦っていたのだろう。戦いは終わったはずだが、自分が勝ったのか負けたのかも分からない。

そして世界からは、戦いは永遠に消えない。その度に傷つき、戸惑う人がいる。自分もその一人なのだろうか、と私は思った。

解説

藤田香織

　書評家、という仕事柄、あまり大きな声では言えないけれど、二〇二〇年を迎えた現在、飛躍的に増えてきた「寄り添い小説」に、実はちょっと辟易《へきえき》している。

　もちろん、エンターテインメント小説の世界がまだまだガッツリ男性社会で、馴染《なじ》みのある女性直木賞作家といえば向田邦子と林真理子と山田詠美くらいだった学生時代に比べれば、今の方がずっといい。小池真理子、乃南アサ、篠田節子、宮部みゆき、桐野夏生らが立て続けに直木賞を受賞したのは一九九〇年代後半になってからのことで、二〇〇〇年代に入ると女性作家の比率自体が格段にあがり、多種多様な人生の難題を浮き彫りにした物語が描かれるようになった。でも、三十年ほど前までは、女性作家＝恋愛小説家という印象が強く、愛だの恋だのとばかり言ってられない！　という小説がごく普通に、当たり前に読めるようになったのは、まだ最近のことなのだ。

　そうした作品が世に出るようになって、それはもう何度も救われた。女の幸福＝結婚という社会的共通概念が崩れ、恋愛も就職も結婚もご自由に！　ということになっている時代の理想と現実、歓喜と苦悩、迷いや揺れを主人公に重ねて、そうそう！　わかるわかる！　と数えきれないほど共感してきた。こんなふうに「上手《うま》くやれない」ことに悩んでいるのは自分だけじゃない。解《わか》ってくれている人がいると励まされるあの心強さ。それは確かに、読書の大きな大きな魅力だ。

でも、だけど。最近ちょっと距離が近すぎではないか、とも思うのだ。大丈夫、あなたはひとりじゃない。勇気を出して、繋《つな》がることを恐れないで。有難い。有難いけど、そんなにぐいぐい背中を押さないでよ、という気持ちにもなってくる。微に入り細にわたり「気持ちをお察し」しようとされているようで、息苦しく感じることが増えてきた。共感も勇気も感動も、与えられるのではなく、勝手にさせて欲しい。そんなモヤモヤを抱いている人は、実は案外多いのではないだろうか。

本書『絶望の歌を唄え』は、そうした意味で、読者に「寄り添わない小説」である。

主人公の安宅真《あたかしん》は、かつて国際テロの情報収集を主にする警視庁公安部外事三課に所属していた元警察官。定年後の夢にしていた喫茶店経営を三十年も前倒しにして、現在は、東京の神田神保町で珈琲《コーヒー》専門の喫茶店「フリーバード」を営んでいる。

安宅の人生設計は、十年前、フランスが旧宗主国であるアジアの某国でテロに遭い大きく狂った。軍事政権と反政府軍の内戦がようやく終わったばかりだった其《そ》の国で、新大統領と国会議員を選ぶ普通選挙が行われることになり、世情が落ち着かない状態での選挙を不安視した国連が選挙監視委員会を派遣。安宅はその監視要員として警視庁から派遣されていたのだが、ある日、トラックを使った爆弾テロに巻き込まれた。同じく選挙監視要員として米陸軍グリーンベレーから派遣されてきていたリックに救出され、九死に一生を得たものの、事件の直前まで安宅と共にいたフリージャーナリストの田澤直人の行方は、十年経《た》った今尚《なお》、不明のままだ。

「山手線の内側にジャズ喫茶だった店を居抜きで借りて、自分好みの千五百枚ものレコードとCDを備えた喫茶店を開いている、国外で爆弾テロに遭ったことがある元警察官」に、自分を重ねられる読者など、そうめったにいないだろう。でも、その距離感が良いのだ。本書からは、共感を強要されない小説、というものの魅力を、改めて感じることができる。

店の二階に寝起きする安宅は、神田神保町という街に十年住んでもまだ馴染んだ実感が持てない。それでも、店の近くでテロと思《おぼ》しき事件が起きれば、町会の夜回りに加わり、喫茶店のマスターでありながら「警官の血」を滾《たぎ》らせもする。「ワケアリ」そうな雰囲気満々の美女・新藤美紀の正体、連鎖していく事件。作者である堂場さんは、謎を追う安宅の「今」を描きながら、その胸に刻まれた深い傷を抉《えぐ》り出し、突き付ける。それはもう、安宅真という男の問題であって、読者に阿《おもね》るところはない。

しかし、だからといって読者を斬り捨てているわけではないのだ。安宅は、ハードボイルド小説の主人公にしては、脆《もろ》さも弱さも隠さず人間臭い。美紀や姪の明日花とのやりとりにおいて、随所で突っ込みたくなるのも、十分承知の上だろう。安宅の存在は、遠いはずなのに、「わからなくもない」と思わせる。その匙《さじ》加減が絶妙なのだ。

本書の舞台となっている神田神保町といえば、堂場作品のなかでも特に人気の高いシリーズの第二作『敗者の嘘　アナザーフェイス2』（文春文庫）や、生まれも育ちもこの町の法学部准教授が主人公を務める『夏の雷音』（小学館文庫）が印象深い。特に『夏の雷音』は、実在する洋食店や喫茶店が登場するので、本書の後に読まれると、安宅の生きる街の匂いを更に近しく感じられるだろう。個人的には単行本の刊行後、主人公の吾妻幹《あずまかん》と同じ大学の経営学部教授・石原が、「最近はアフリカの冒険小説がいいんだよ」と語ったとされる場面をきっかけに、彼がお勧めだという〈デオン・メイヤーという南アフリカ出身の作家〉の本をＡｍａｚｏｎで購入して読んだことも思い出深い。『夏の雷音』を読まなければ、南アフリカの警察小説を読んでみようと思うことなど、私には絶対になかったと言い切れる。

本書に登場する、レイナード・スキナードの『フリーバード』や、ヴァン・モリスンの『アストラル・ウィークス』を始めとする名曲の数々を、実際に聴くことは難しくない。ラグビーや野球、水泳、駅伝、マラソン、スキーやクライミングといったスポーツ小説も、警察小説や本書のようなハードボイルドも、何を読んでも、そこから世界が広がっていく。知らなかった世界に触れて、感じて、考える。堂場作品を読む醍醐味《だいごみ》は、寄り添われないところにこそあるのだ。

（ふじた・かをり／書評家）

ハルキ文庫　　と 5-11

絶望《ぜつぼう》の歌《うた》を唄《うた》え

者　堂場《どうば》瞬一《しゅんいち》

2020年4月18日第一刷発行

発行者　角川春樹

発行所　株式会社角川春樹事務所
〒102-0074 東京都千代田区九段南2-1-30 イタリア文化会館

電話　03(3263)5247(編集)
03(3263)5881(営業)

印刷・製本　中央精版印刷株式会社

フォーマット・デザイン　芦澤泰偉
表紙イラストレーション　門坂 流

ISBN978-4-7584-4334-0 C0193 ©2020 Shunichi Dôba Printed in Japan
http://www.kadokawaharuki.co.jp/[営業]
fanmail@kadokawaharuki.co.jp[編集]　ご意見・ご感想をお寄せください。